（美）金伯利·贝尔—

田果果—

The Marriage Lie

爱人消失的那一天

百花洲文艺出版社
BAIHUAZHOU LITERATURE AND ART PRESS

图书在版编目（CIP）数据

爱人消失的那一天 /（美）金伯利·贝尔著；田果
果译. — 南昌：百花洲文艺出版社，2018.12（2024.1重印）
ISBN 978-7-5500-2861-6

Ⅰ.①爱… Ⅱ.①金… ②田… Ⅲ.①长篇小说—美
国—现代 Ⅳ.① I712.45

中国版本图书馆 CIP 数据核字（2018）第 118963 号

江西省版权局著作权版权登记号：05-2018-254

爱人消失的那一天

（美）金伯利·贝尔　著　田果果　译

出 版 人　姚雪雪
策划编辑　郑　磊
责任编辑　袁　蓉
装帧设计　阿茜设计
出版发行　百花洲文艺出版社
社　　址　南昌市红谷滩新区世贸路 898 号博能中心 A 座 20 楼
邮　　编　330038
经　　销　全国新华书店
印　　刷　三河市金元印装有限公司
开　　本　880mm×1230mm 1/32
印　　张　11.5
版　　次　2018 年 12 月第 1 版第 1 次印刷
　　　　　2024 年 1 月第 1 版第 2 次印刷
字　　数　166 千字
书　　号　ISBN 978-7-5500-2861-6
定　　价　42.00 元

赣版权登字 05-2018-254

T h e   M a r r i a g e   L i e

目　录

CONTENTS

特别感谢内秀外美的克里斯蒂·贝瑞特

第一章

　　他一只手环绕在我腰间，一把将我拉了过去。我从睡梦中醒过来，整个人都贴在他滚烫的肌肤上。我"嗯"了一声，躺在丈夫熟悉的怀里，后背窝在他的胸前，沉浸在他的温暖中。威尔在睡觉时，身体就像个火炉，而我的身上，总有些地方是暖不热的。今天早上则是双脚冰凉，于是我把脚挤进威尔温暖的小腿里。

　　"你的脚趾头好凉呀。"他低沉的嗓音在我耳边响起，回荡在漆黑的房间里。从我们卧室窗帘的另一边看去，天还没有完全亮，天边刚刚泛起鱼肚白，闹钟大约还有半个小时才会响。

　　"你的脚是耷拉在床边或者什么地方了吗？"

　　四月将至，但三月的寒意还未消散。在过去的三天里，灰蒙蒙的天空下着倾盆大雨。寒风凛冽，气温骤降至平均值以下，气象学家预测这种寒冷的天气至少还要持续一周。而威尔却是亚特兰大唯一一个大开窗户、迎接寒冷的人，因为他体内总是烈火熊熊。

"都是你，坚持要睡在冰窖里，我觉得我的手脚都冻伤了。"

"过来，宝贝。"他的手滑过我的身体，把我拉得更近，"那就让我来给你温暖一下吧。"

他的胳膊环住我的腰，下巴窝在我的肩上，我们就这样静静地躺着。威尔睡得浑身黏糊糊的，可是我一点也不介意。每当此时，我们的心跳相同，呼吸相连，就像做爱一样亲密无间，这是我最珍惜的美好时光。

"你是我在这个世界上最爱的人。"他在我的耳边低吟着。我不禁莞尔，我们选择对彼此说这句话，而不是更格式化的"我爱你"。对我而言，它比"我爱你"动听多了。这句话每次从他口中说出，像是一个承诺激荡着我的心弦。我最爱的是你，现在是，将来也是。

"你也是我最爱的人。"

我的闺密们都说，我对丈夫的这种爱恋是不会持续很久的。她们说，我和威尔之间的熟悉感会消磨掉我的激情，我会突然把目光转移到别的男人身上。我会为了一些叫不出名字、完全陌生的人装扮自己。我还会想象他们抚摸我的身体，抚摸那些只有我丈夫才可以触碰的地方。我的闺密们称之为"七年之痒"，但我完全无法想象这种事情。因为直到今天，已经七年零一天了。而威尔的手滑过我的肌肤，依然是我能感受到的唯一的"痒"。

我闭上眼睛，眼皮在颤动，他的触碰刺激到了我，像是在提醒我工作快要迟到了。

"爱丽丝？"他在我耳边唤道。

"嗯？"

"我忘了给空调换滤芯了。"

我睁开双眼，"什么？"

"我说，我忘了给空调换滤芯。"

我笑了起来，"我就知道你会这么说。"威尔是一位出色的计算机专家，但是有注意力缺失症的倾向。他的脑子里塞满了各种信息，因此总是会忘记一些小事……当然了，做爱是个例外。我把他的健忘归咎于繁忙的工作，再加上他马上要去佛罗里达参加一个为期三天的会议，所以他今天的待办事项要比平常多得多。

"你可以在周末回来的时候再换。"

"如果在那之前天气回暖了呢？"

"不应该吧。就算回暖了，那个滤芯再坚持几天也没问题的。"

"还有，你的车估计该换机油了。你上次换是什么时候？"

"不知道。"

我和威尔根据男女体力的差别分配家务。汽车和房子的维修保养归他，做饭和清洁归我。但我们并没有分得那么清楚，大学教育我要男女平等，而婚姻教会我面对现实。做千层饼可比清理下水道舒服多了。

"看一下维修收据好吗？它在手套箱里。"

"好的。怎么突然关注这么多家务啊？你是不是已经厌倦我了？"

我能感觉到威尔在我脑袋后面咧着嘴笑的样子。

"也许这就是那些怀孕书上说的筑巢吧。"

我心中一阵欣喜，这提醒了我们正在做的事情——或者已经做过了——我翻过身来面对着他。

"我还没怀孕呢，我们只试了不到二十四个小时。"

昨天晚饭前做了一次，晚饭后又做了两次，也许我们对我们的第一个"造人计划"有点操之过急。但我要辩解一下，这都因为那天是我们的结婚纪念日，威尔可是个典型的看重成就者。

他一副自鸣得意的表情。如果我们身体之间有空隙能让他拍胸脯的话，他肯定会那样做的。

"我敢肯定我的孩子们是游泳健将，你很可能已经怀孕了。"

"那可不一定。"我说，即使他的话哄得我有点飘飘然。威尔在我们的关系中一直是个现实主义者，一个在我这种像拉布拉多一样乐观的人面前保持头脑清醒的人。我没有告诉他我已经对我的生理周期进行了研究，从上一次经期后就一直数着日子，在手机应用程序上做了记录。他说得对，我可能已经怀孕了。

"大多数人在结婚七周年纪念日都会送毛织品或铜器，而你送我的却是精子。"

他面带微笑，却又神情紧张，好像做了不该做的事。

"还有其他的。"

"你……"

去年，在他的坚持下，我们把所有的积蓄和每月收入的很大一部分都花在了抵押贷款上，因此变成了房奴。不过，这房子确实很棒，是我们梦想中的那种：维多利亚风格，三间卧室，位于英曼公园的街道上，门前是宽敞的走廊，还有许多木制品。虽然明知将来会空出一半的房间，但当我们走进房子的那一刻，威尔就坚持要买了。所以这会是个没有礼物的结婚纪念日。

"我知道，我知道，但我控制不住自己，就想给你买些特别的东西，让你能在只有我们两个人的时候想起这个时刻。"他走过去"咔嗒"一声打开了灯，从床头柜的抽屉里拿出一个红色的小盒子，羞涩地递给我，"结婚七周年快乐。"

我一看到卡迪亚就知道了。那家商店一尘不染，我们可买不起里面的商品。我一动不动，威尔看我没有想打开的意思，就用拇指"啪嗒"一声掀开了盖子，露出来三个相连的环儿。其中一个带有一排排的小钻石，闪闪发光。

"这是一组亲子套戒：粉色代表爱情，黄色代表忠诚，白色代表友谊，分别象征着你、我、我们未来的孩子。"

我的眼泪流了出来。威尔用一根手指挑起我的下巴，让我看着他。

"怎么？你不喜欢吗？"

钻石在红色皮革的衬托下发出耀眼的光芒，我摸了摸。威尔买的肯定是最好看的一件，这枚戒指简单、精致、让人为之震撼。要是我们拥有整个世界的财富，让我自己选，我也会买这一款，只可惜我们没有那么多钱。

虽然不该买，但我却非常想要——不是因为它的美丽或昂贵，而是因为这枚戒指是威尔花了那么多心思为我精心挑选的。

"我很喜欢，但是……"我摇了摇头，"太贵了，我们买不起。"

"不贵，还不是为了我未来孩子的母亲？"他把戒指拿出来给我戴上。戒指很有质感，很棒，大小正合适，跟我的手指完美地结合在一起，就像是专门为我定制的。

"你可要给我生个像你一样的闺女。"

我细细端详着丈夫的面庞，看着我最喜欢的部分：左眉上浅浅的疤痕；鼻梁上的肿块；宽厚的方下巴；让人忍不住想亲一口的厚嘴唇；迷茫的眼睛；蓬乱的头发；还有扎人的胡楂。他所有的习惯，所有的情绪，所有的一切，我都了如指掌。我最喜欢他像现在这样：甜美，温情，粗糙。

我满脸泪水，朝他笑了笑，"要是个男孩呢？"

"那我们就继续生，直到生个女儿为止。"然后他给了我一个温存的吻，嘴唇久久贴着我的嘴唇，"喜欢这枚戒指吗？"

"非常喜欢。"我搂着他的脖子，钻石在他的肩膀上闪烁着，"这枚戒指非常完美，就像你一样。"

他笑着说："也许在我走之前我们应该再来一次，以防万一。"

"还有三个小时你的飞机就要起飞了。"

但是他已经顺势亲到了我的脖子，手一直往下摸。

"外面还在下雨，所以路上会堵得水泄不通。"

他翻身把我压在了身下，"那我们最好快点。"

第二章

我是福雷斯特学院的一名辅导员老师。学校位于亚特兰大一个绿树成荫的郊区，是该区唯一一所包含从幼儿园到十二年级的学校，每年的学费高达两万四千美元。假设银行通货膨胀率为5%，在这样的学校上十三年要花四百多万美元，而这才是上大学之前的费用。在我们这上学的大都是外科医生、公司总裁、银行家、企业家、联合新闻主播和职业运动员的孩子。他们都是拥有特权的精英阶层，也是你能想象到的，最难管教的学生。

十点多我才推开门——足足迟到了两个小时，真得感谢威尔的磨蹭，还有路上扎破我轮胎的钉子。我朝学校大厅走去，教学楼一片寂静，这种寂静只有学生们在教室里围成一团欣赏崭新的苹果笔记本时才会有。第三节课已经上一半了，所以我就没有必要着急了。

走到拐角时，我看到几名学生围在我办公室门口，低头看手机。学生们知道我平时不关门，就经常过来蹭网。

然后，又有许多学生从教室跑了出来，他们兴奋得嗷嗷直叫，吓得我动弹不得。

"怎么回事？你们为什么不上课呢？"

本·惠勒抬起了头，"有架飞机坠毁了，据说是从哈茨菲尔德起飞的。"

恐惧瞬间将我吞噬，心脏几乎停止了跳动。我抓着门把手站稳，问："什么飞机？在哪儿？"

他举着瘦瘦的手臂说："具体细节不太清楚。"

我挤过人群，跳到我桌子后面去摸鼠标，手不停地在颤抖。"老天保佑，老天保佑。"我低声说着，快速按动鼠标，把电脑从休眠状态唤醒。我的脑海中不断浮现出威尔航班的信息。到现在，他已经在空中飞了三十多分钟，很可能从佛罗里达边境附近的某个地方飞过。他乘坐的飞机肯定不会是坠毁的那架，但这种概率能有多大？每天有成千上万架飞机从亚特兰大机场起飞，没有一架会掉下来，每个人肯定都会安全着陆的。

"格里菲斯老师，您还好吗？"艾娃在门口问我。她是名高二的学生，身材瘦削。她的话使我一下子惊醒过来。

仿佛等待了一个世纪，我的网络浏览器才加载出来。我手指僵硬，机械地输入新闻网的网址，然后就开始祈祷，求求你，求求你，千万不要是威尔乘坐的那架飞机。

几秒钟后，屏幕上满是让人触目惊心的图片。飞机被炸成了碎片，烧焦的土地上散落着正在冒烟的残骸。这是最惨烈的一次事故，绝对无人幸免的那种惨烈。

"这些人真可怜。"艾娃在我的头顶小声地说道。

我的喉咙在燃烧，烧得我直恶心。我向下滚动鼠标，直到看到航班的细节信息：自由航班23号。我终于长舒了一口气，瘫作一堆烂泥。

艾娃将手搭在我的肩膀上，问："老师，您怎么啦？我能为您做些什么？"

"没事。"我有气无力，话都说不好，就好像我的身体器官还没有得到通知一样。我知道我应该为23号航班上的乘客以及他们的家属感到难过。这些可怜的人被炸成了碎片，散落在密苏里州的玉米地里。他们的家人和朋友像我一样，在新闻媒体上看到这些图片，一定心都碎了。但我却只有解脱感，这种解脱感像安定剂一样，强劲、快速地传遍我的整个身体。

"这不是威尔的飞机。"

"威尔是谁？"

我两手摸了一下脸，深呼一口气，努力保持镇静，但仍深感恐惧，"我丈夫。"不管我告诉自己多少次，这不是威尔的飞机，但我的手还是在抖，心扑通扑通直跳，"他正在去奥兰多的路上。"

她瞪大了眼睛，"您以为您丈夫在那架飞机上？天哪，怪不得您刚才都站不稳了。"

"没有，我只是……"我把手压在胸口，深深地吸了一口气，"根据医学记录，我的反应与这个情况并没有太大的关系。

像我所经历的那种骇人的恐惧，会导致人的肾上腺素激增，使身体做出强烈的反应。但我现在很好，已经没事了。"

我大声地说着，用科学依据来掩盖我的生理反应。释放了堵在胸口的东西后，我怦怦的心跳也变成了正常的悸动。感谢上帝，这不是威尔乘坐的飞机。

"嘿，我只是说说而已，我见过您丈夫，他嗜烟如命。"她把自己的背包扔到地上，一屁股坐在拐角的凳子上，还跷着二郎腿，这些都是违反学校规定的。像我们学校里的其他女孩子一样，艾娃把裙子使劲往上提，提成了超短裙，活像个妓女。她的目光落在我仍压在胸口的右手上，"对了，戒指不错，是新买的吗？"

我把手放了下来。艾娃当然会注意到这枚戒指，或许她还知道它的价格。我对她的奉承视而不见，倒是关心她的前半句话。

"你什么时候见过我丈夫？"

"在您的脸书页面上。"她笑着说，"要是我每天早上都能在他身边醒来，我也会上班迟到。"

我瞪了她一眼，"虽然我很乐意跟你聊天，但你是不是应该回教室了？"

她嘟起粉嘴唇扮了个鬼脸。即使皱着眉头，艾娃也是一个漂亮的女孩：碧蓝的大眼睛，艳若桃李的皮肤，长长的褐色卷发。她的美让人心疼，让人难以忘怀。她很聪明，而且会搞怪逗乐。她可以勾搭上学校里任何一个男孩……而且她也确实勾搭过不少。不过艾娃并不挑剔，如果我开始玩推特，也能轻松把她骗到手。

"我翘了文学课。"她像个孩子一样，支支吾吾地不想承认。

我友好地笑了笑，不带责备的意思，"为什么？"

她叹口气，翻了个白眼，"因为我要避开跟夏洛特·威尔班克斯呼吸同一片空气的任何地方。她很讨厌我，给你重申一下，我也不待见她。"

我问她："你觉得她为什么讨厌你？"尽管我已经知道答案。夏洛特和艾娃之前是最好的朋友，但她俩的恩怨由来已久，这个早已众所周知。那些多年前激起她们仇恨的东西，现在已经被遗忘，淹没在一大堆令人不快的、毫无趣味的推文中，也正是这些推文把"坏女孩"推到了一个新的高度。根据昨天我在推特上看到的消息，她们最近一次争吵是因为她们的同学亚当·奈廷格尔——乡村音乐传奇人物托比·奈廷格尔的儿子。上周末，有人看到艾娃和亚当在附近一家果汁吧里搂搂抱抱。

"那谁知道？我猜可能是因为我比她漂亮吧。"她摆弄了一下指甲，上面涂着亮黄色的指甲油，看起来像是昨天刚涂的。

像这个学校里的其他孩子一样，艾娃的父母会给她想要的一切，什么全新的敞篷汽车、坐头等舱旅游、感受异国风情、白金运通卡，除此之外还会时不时地问问她最近的状况。但是，送那么多礼物并不代表他们关心女儿。如果他们就坐在我对面，我会鼓励他们树立一个好榜样。艾娃的母亲是亚特兰大的社会名流，能力超凡，每次都能想出旁门左道来解决问题。艾娃的父亲，是名外科整形医生，常常骚扰一个年龄只有他一半的女孩，城里的人就给他起了个外号——"乳男"。

我接受的教育教会了我顺其自然和后天培养同等重要，但我的工作让我知道后天的培养总是会胜出，在缺乏管教的时候尤其如此。父母越不管教，孩子的生活就越糟，就这么简单。

但我也相信，每一个人，即使是最差劲的父母和最不听话的孩子，都有挽救的价值。艾娃之所以会这样，原因就在于她无法自控，是她的父母使她成了这样的人。

"我敢肯定，如果你再好好想想，你就能想出一个更好的理由来解释为什么夏洛特会这样。"

"咚，咚。"高中部的校长泰德·罗林斯来了。他瘦瘦高高的个子，头戴一顶紧绷的帽子，满头浓黑的卷发，让我想起了贵宾犬。除了自己的领带，他几乎对所有的东西都很较真。他肯定有上百种可怕的东西，总是以学校为主题，荒谬可笑。但在他眼里，那些玩意儿却非常迷人。他今天弄了个亮黄色的涤纶制品，上面布满了物理方程式。

"我相信你已经听说飞机坠毁的消息了。"

我点了点头，目光扫过屏幕上的图片：那些可怜的人，那些可怜的家庭。

艾娃说："飞机上肯定有咱们学校的人，等着看吧。"

她的话让我的脊背一阵发凉，因为她说得对。亚特兰大虽然是个大城市，但和一个小镇并没有什么区别，这儿的人都不会离家太远。他们与其中一个遇难者有联系的概率并不小。我所能期盼的是：最好不是我的家庭成员，或是我亲密的朋友。

"学生们都很焦虑。"泰德说，"当然，这是可以理解的，今天是上不成课了。不过，我想在你的帮助下，把这场悲剧变成一次与众不同的学习机会：为学生们创造一个安全的地方，让他们讨论所发生的事情，并提出问题。坎贝尔老师说我们学校的某个学生在这次事故中失去了心爱的人，如果这是真的，我们更应该提前准备好给予学生所需要的道义支持。"

"这个主意不错。"

"太好了。我很高兴你能赞同。我要在礼堂召开一次会议，届时咱们俩再好好讨论。"

"没问题。只要给我一两分钟准备准备就可以去。"

泰德轻轻敲了敲门，然后就急匆匆走了。因为文学课取消了，我就在抽屉里扒拉我的化妆盒。这时，艾娃拿起背包，快速翻了一下。

"看这儿。"她说着，把一堆化妆品倒在了我的桌上——香奈儿、纳斯、圣罗兰还有魅可。

"没有冒犯您的意思，我就是觉得您比我更需要它们。"她露出迷人的微笑，柔和地说道。

"谢谢，但我有自己的化妆品。"

但艾娃并没有收起这些东西。她两只脚来回摆动，手在背包上划拉着，咬着嘴唇，低头瞥了一眼自己的牛津鞋。经过新闻媒体那些无中生有的报道后，她羞涩地说："还好那不是您丈夫的飞机，我真的很高兴。"

这口气松得很慢，它将我温暖地包裹住，就像今天早上威尔的身体，就像一束阳光照在我裸露的肌肤上，使我慢慢镇定了下来。

"我也很高兴。"

她一走，我就立刻拿起手机拨打威尔的电话。我知道他还要一两个小时才能接听，但我就是想听到他的声音，即使只是一条语音记录。听到平稳、熟悉的声音，我放松了下来。

"这是威尔·格里菲斯的语音邮箱……"

我坐回椅子上，等待"哔"的一声。

"嘿，亲爱的，是我。我知道你还在飞机上，但有一架飞机刚从哈茨菲尔德起飞后坠毁，大约有十五秒的时间，我以为那是你的飞机，我也不知道怎么了……就是想听到你说你没事。我知道这听起来很傻，但你一着陆就给我打电话，好吗？孩子们都吓坏了，所以我要去礼堂给学生们开个会，但我保证会去给你接机。就这样，我该走了，我会再联系你的。你是我最爱的人，想你。"

我把手机放在口袋里，朝门口走去，没去看艾娃留在桌子上的一堆化妆品。

第三章

　　在礼堂的舞台上，泰德就坐在我旁边。他用手捋顺领带，在满是高中生的大厅里高声阔谈："大家都知道，从哈茨菲尔德－杰克逊国际机场飞往华盛顿西雅图的自由航空23号航班，一小时前不幸失事，机上一百七十九名乘客有可能已经全部遇难。机上男女老少都有，他们都是跟你我一样有血有肉的人。我把大家召集到这里，这样我们就可以作为一个团体，来公开、诚实、不加批判地进行讨论。像这样的悲剧能让我们充分意识到这个世界的危险。就我们自身的弱点来说，生命是多么脆弱。对于我们来说，礼堂是个安全的地方，我们可以提问、哭诉，或者以其他方式来面对这件事。但我们要保证，接下来在这个礼堂里的言行只会留在这个礼堂里。"

　　其他高中的校长可能会举行全校默哀活动，然后告诉孩子们回去继续学习。泰德知道，对于青少年来说，灾难比任何一节微积分课都重要，因为他把所有的事情——无论好坏——都看作是一个学习的机会。毫无疑问，学生们都会跟着他学。

俯视着福雷斯特将近三百名高中生,我发现,他们被分成了两半:一半学生被一张飞机的坠落图吓坏了,飞机上可能载着他们的邻居;另一半人则为取消了整个下午的课而兴奋不已,他们兴奋的谈笑声在洞穴般的大厅里回响。

一个女孩的声音响起:"这不是有点像团体治疗吗?"

"嗯……"泰德对我做出个疑问的表情,我点了下头表示赞同。如果有一个领域让其他学生愿意去探索,那就是团队治疗。不过我们的治疗属于孩子有快速拨号键、能很快联系到治疗医师的那种。

"对,就像团体治疗。"

既然学生们知道了接下来的事,他们似乎就放松了下来,交叉着双臂,坐回到他们舒适的座位上。

"我听说那是恐怖分子干的,"有人在观众席的下面大声喊道,"有恐怖组织已经承认了。"乔纳森·范德比克,一个是否能毕业都成问题的学生,在前排座位上扭动着。

"谁告诉你的?莎拉佩林?"

"凯莉·詹娜刚转发了这条推特。"

"说对了。"乔纳森哼了一声说,"因为说到我们国家的安全问题,卡戴珊一家可是专家。"

"好了,好了。"泰德轻拍了几下麦克风,让大家都坐好,"我们不要再说这些谣言和推测了,这只会让局势变得更糟。我已经仔细看过新闻了,除了飞机坠毁属实外,真的没有什么其他信息了。没有人确认飞机失事的原因，也没有人知道飞机上都有谁，只有等他们联系遇难者的近亲们。"他的最后三个字——近亲们——就像一枚燃烧弹，又热又重，在大厅上空悬了一两秒后炸开了。

"我们继续，还有比推特更可靠的消息来源，对吗？"

前排传来一声窃笑。泰德默默地摇了摇头以示责备，"现在，格里菲斯夫人有几件事要说，然后她会带着我们展开讨论。与此同时，我将用笔记本电脑时刻关注新闻网。一旦航空公司发布任何新消息，我将会打断讨论，大声读出来，这样我们就都能得到最新的信息了。听起来还不错吧？"

同学们都点了点头，泰德把麦克风递给了我。

接下来的几个小时里，我一直盯着手机，等待威尔的来电。在坠机后的七十六分钟里，只有十分钟我是在跟同学们讨论。该航空公司最终发布了首次声明，比原计划足足晚了十五分钟。据新闻网报道，威尔斯学院高中曲棍球队的十六名队员和教练都在遇难者之列，他们正在参加本赛季季中赛的路上。

"天哪，怎么会这样？我们这周还在一起打比赛呢。"

"是上周，你个白痴，刚刚你自己说的。也就是说，从打完比赛到今天早上，他们有很多时间去坐飞机。"

"你才是白痴，大白痴。我是说我们输掉的那场比赛，为威尔斯赢得了比赛焦点，好好算算吧。"

"慢着，"我说，声音在礼堂回荡，避免讨论再次让局势变得更糟，"不肯相信是对朋友去世消息的正常反应，但愤怒和讽刺可不是好的应对机制，我敢肯定在座的每个人都知道这一点。"

他俩都面带悔意，相互看了看，然后老老实实坐到座位上了。

我说："看吧，我发现，隐藏心底的负面情绪很容易，但要面对亲朋好友所遭受的不幸却并非易事。"我的语气柔和了一些，"你会感到困惑、悲伤、震惊甚至是无助，但这些都是对这类消息的正常反应。公开而真诚的谈话将帮助我们所有人克服这些不好的情绪。现在，我敢打赌，想起上次看到威尔斯球员的人，肯定不止卡洛琳一个。还有谁看过他们的比赛？"

学生们一个接一个举起了手，然后开始讨论。大多数学生都没有在同一个赛场同一时间见过他们，但很明显，孩子们被这种亲近的关系吓坏了，尤其是那些长曲棍球运动员。如果他们在那场比赛中获胜，如果福雷斯特是晋级的学校，那么在那架飞机上的，很有可能就是我们的学生了。我一心组织讨论，一直到该吃午饭、会议结束时才抽出空。

学生们都陆续退场了，我从口袋里掏出手机，看着没有任何显示的手机屏不停地皱眉。威尔应该在一个小时前就落地了，但他始终没有给我打电话，也没有发短信，什么都没有。他到底在哪儿？

泰德把手放在我的前臂上，问："没事儿吧？"

"什么？啊，没事。我只是在等威尔的电话，他今天早上飞奥兰多了。"

泰德的眼睛瞪得大大的，脸也在抖动，一副同情的样子，"哦，怪不得我来你办公室时你是那副表情，你一定吓坏了吧。"

"是啊，艾娃当时已经安慰过我了。"我拿起手机晃了晃，"我只是想看看是不是我手机信号的问题。"

"嗯，好，那你忙吧。"

我从舞台上跳下来，站在中间的走道上。在走出门之前，我又拨打了威尔的电话。福雷斯特学院建得像个大学校园，在一英亩大的校园里，有六七座常春藤覆盖的建筑，我沿着通往高中教学楼的石板路往下走。雨已经停了，但乌云仍然在天空中低垂着，寒风嗖嗖地吹着。我把毛衣往上拉了拉，快速爬上楼梯，进门暖和一下。这时，威尔的手机又响起了语音提醒。

该死的。

我在等待"哔"一声的时候，暗暗给自己打气。我告诉自己不要担心，他不接电话是因为在过去的几个月里，他的工作压力特别大，一直睡不好觉，也许他在打盹呢。这家伙老不上心，是个典型的技术控，似乎永远不能专注于一件事。我想象着他编辑完短信后忘了按发送键；我想象着他在酒店的游泳池边跟大人物在谈事，又忘了他手里嗡嗡作响的电话；或者他的手机没电了；或者他把手机忘在飞机上了。想到这些，我高兴得已经按捺不住了。

"嘿，亲爱的，"在电话里我尽量不让他听出我担忧的语气，"我只是想确认你一切安好。你现在应该已经到酒店了吧，我猜酒店的接待很糟糕吧，或者你有什么其他事，不管怎么样，有时间了给我打个电话。坠机的事让我坐立不安的，我真的很想听听你的声音。就这样，等你电话。你是我最爱的人。"

到办公室后，我直奔电脑，打开电子邮箱。几个月前，威尔把会议的细节发给过我。但我的收件箱里有三千多封邮件，还没有好好整理。经过一番搜索，我终于找到了这个邮件：

发件人：w.griffith@ appsec-consulting.com
收件人：irisgriffith@ lakeforrestacademy.org
主题：防火墙：重要资产的网络安全：情报峰会

给我检查一下！我是周四的主讲人。只希望他们不会睡着，别像你那样，只要我说工作的事，你就犯困。

威尔·格里菲斯
软件工程师
AppSec 咨询有限公司

我松了一口气，感觉自己是对的。白纸黑字在这儿写着，威尔在奥兰多，安然无恙。

我点击附件，打开一个全页的会议宣传单。威尔的头像大约在中间往下一点，旁边是关于他如何擅长资产风险管理的介绍。我点击了"打印"，把会议酒店的名字写在便利贴上，然后在浏览器上搜电话号码。在抄号码时手机响了，我母亲的脸显示在了屏幕上。

我胸口一阵刺痛，作为一个语言病理学家，母亲知道在学校环境中工作是什么样的。她知道我忙得要死，所以在工作期间从不打扰我，除非是生死攸关的大事。就像那次父亲的自行车前轮爆胎，人被甩了三百六十度，重重摔到了柏油路上，把锁骨给摔折了，头盔都摔成了两半。

我接了电话，"怎么啦，妈？"

"噢，亲爱的。我刚看了新闻。"

"坠机那个？我知道。学校里整天都在处理这件事，孩子们都吓坏了。"

"不，我不是问这个。嗯，不完全是。我的意思是威尔，亲爱的。"

她说了一些其他的，小心谨慎，旁敲侧击，就是不问威尔。我身上每一根寒毛都竖了起来。

"他怎么了？"

"嗯，先说说他在哪里。"

"在奥兰多参加一个会议。怎么了？"

听到母亲叹了口气，我就知道她有多揪心了。

"哦，谢天谢地。我就知道不会是威尔。"

"你在说什么？什么不是威尔？"

一个学生突然闯进办公室大喊大叫，把母亲的回答完全盖住了。

"老师，罗林斯先生让我告诉您，他们刚刚公布了一份名单。"她说的声音非常大，就好像我不在场似的，但其实我离她只有三尺远。我做了一个嘘声的动作，让她别说话。

"妈，您再说一遍。什么不是威尔？"

"他们说威廉·马修·格里菲斯在那架飞机上。"

在我内心深处某个遥远的地方，丈夫的样子没有冒出来。威尔在另一架飞机上，完全不在一个航线上。他要是在那架飞机上，自由航空公司早就给我打电话了。他们不会不通知我就公布他的名字的，我可是他妻子，是这个世界上他最爱的人。

但我在给母亲说这些话之前，我的手机又接到一个来电，来电显示的名字让我心跳骤停。

自由航空公司。

第四章

我的手不住地颤抖，挂断了母亲的电话，接通了自由航空公司的来电。

"喂？"我嗓子眼发紧，声音沙哑无力。

"您好，请问是爱丽丝·格里菲斯女士吗？"

从她叫我名字的方式，从她那小心翼翼、柔声细语的语气和很正式的口吻，还有我嗓子眼堵的那口气，我就知道这个女人为什么要打这个电话。

是她搞错了，威尔在奥兰多呢。

"威尔在奥兰多。"我自言自语说道。

"抱歉，这是爱丽丝·格里菲斯女士的手机号吗？"

如果我说不是，会发生什么？这样能阻止她说出她想说的话吗？她会挂断电话，打给另一个威尔·格里菲斯的妻子吗？

"我就是爱丽丝·格里菲斯。"

"格里菲斯夫人，我是自由航空公司的卡罗尔。威尔·格里菲斯把您列为了他的紧急联系人。"

威尔在奥兰多，威尔在奥兰多，威尔在奥兰多。

"是。"我两只手抱着肚子，"我是他的妻子……我是他的妻子……是……"

"夫人，很不幸地通知您，您丈夫今天上午乘坐的 23 号航班，在从亚特兰大飞往西雅图的途中坠毁。据推测，机上乘客无一幸免。"她听起来就像一个机器人，正在照着手稿读，就像是 Siri（苹果手机上的语音助手）在说我丈夫死了一样。

我浑身无力，瘫作一团。身体前躬，耷拉到腿前，像被折断的树枝。沉重的打击如大风般迎面刮来，使我呼吸困难，只能呻吟。

"我知道这是个巨大的打击，但我向您保证，只要您需要，自由航空公司无论如何都会与您同在。我们已经开设了专门的热线电话和电子邮件，以便您随时与我们联系。我们的网站 www.libertyairlines.com. 也会定期更新信息。"

她再说什么我都不会听了。手机"咣当"一声摔到地上，摔在杂乱的办公室中间。门口都是满脸惊讶的学生，我从椅子上滑了下来，双手捂着嘴大哭，生怕别人听见。

我看见两只大脚走了进来。

"哦，爱丽丝，我刚刚听说了，真的非常、非常为你难过。"

我抬起头，从发间看到头发卷曲、眉头紧皱的泰勒后，情绪稍稍缓解了一点。他是个情感专家，知道该怎么做：他会打电话给航空公司，然后别人会告诉他搞错了，不是我的威尔，不是这架飞机，不是我。

我试着振作起来，但我做不到。我意识到我的办公室里挤满了高中生，早就听见他们在门外的走廊里嘀咕，说什么丈夫、飞机、死了的话，看来他们都听说了。

不会的，就在今天早上我往旅行杯里倒咖啡时，他还用手机查看奥兰多的天气。

"今天气温好高呀，87 ℉（ ≈ 30.6℃）。"他摇摇头说，"就这还没到夏天呢，所以我们绝不要住在佛罗里达。"

艾娃满眼泪水地看着我。我对她说："威尔在奥兰多。"她的表情略带遗憾。

我瘫坐在地上，哭得稀里哗啦。让艾娃和他们看到我这样，使我很难堪。我用手捂着脸，希望他们赶快离开，希望他们都不要管我。我不关门的习惯可把我害苦了。

"来，起来吧。"泰德把我拽起来，扶我坐到椅子上。

"我手机在哪儿？我要再给威尔打个电话。"

他弯腰把地上的手机捡起来递给了我。九个未接电话，都是母亲打来的，我看后悲痛万分。没有威尔打来的，一个都没有。

"同学们，给我们一点私人空间好吗？"泰德朝门口看了一眼，"出去时把门带上。"

孩子们一个接一个出去了，边走还边小声哀悼。艾娃走的时候用手指迅速碰了一下我的胳膊，我把胳膊缩了回来。我不想要任何人的同情，同情就意味着那个女人说的是真的，同情就意味着我的威尔已经死了。

人都走了，只剩下我们俩。泰德把手放在我的肩膀上。

"需要我给谁打电话吗？"

打！我正要打给酒店。我的目光落在打印机里的会议传单上，一把拿了过来，在泰德面前晃了晃。

"这个！这个就能证明威尔在奥兰多。他是明天的主讲人，要飞往奥兰多，他不在飞往西雅图的飞机上。"希望在我胸中绽放。

"那他在酒店办理登记手续了吗？"泰德顺着我说道。

我颤抖着手找到那张记着号码的便利贴，把数字一个一个输进手机里。我能看出来，泰德压根儿没抱什么希望，他认为这样做纯粹是在浪费时间，他只是做出一脸安慰的样子而已，这让我很难受。我没有盯着屏幕上的手指划痕和污迹，而是低头看着办公桌。电话响了，然后又响了一声。

过了很久，听到一个欢快的女声。"下午好，这里是威斯汀环球大道酒店。请问有什么可以帮您的吗？"

"帮我查一下威尔·格里菲斯先生的房间。"我说得很快，就像拍卖师哗啦哗啦地在做宣传。

"好的。"我听见接待员在电话那头嘀嘀咕咕，我敢肯定她在疯狂地煲电话粥，这是女人在追求桀骜的男朋友或者跟丈夫调情时惯用的伎俩。威斯汀大概有一本培训手册，专门教前台如何应付像我这样的客户。

"您刚才说格里菲斯？"

"对，威尔·格里菲斯，或者是威廉·格里菲斯，名字中间的首字母是个大写的 M。"我深吸一口气，努力让自己平静下来，但我的腿却在不停颤抖，根本停不下来。

泰德耸了耸肩，把外套披在我身上。我知道他是为了我好，但这样让我感觉太亲密了，而且衣料闻起来很香很陌生，跟泰德一样。我真想把外套脱下来从窗口扔出去。除了威尔，我不想让任何男人的衣服接触我的身体。

那个女人敲了几下键盘，"呃，对不起，我们这里没有格里菲斯先生的订房信息。"

我哽咽了一下，"请再检查一遍好吗？"

她又照我说的敲了好一会儿键盘。恐惧就像一只寄生虫，在我的身体里钻来钻去，一点一点地啃食着我的意志。

"您确定是威斯汀酒店吗？我们还有一家威斯汀酒店在玛丽湖，就在城北。如果您需要，我可以把那里的电话给您。"

我摇摇头，眨了眨眼睛，努力把泪水挤掉，往下看传单底部的酒店信息，"我正在看会议传单。上面写的就是环球大道酒店。"

她的声音洪亮起来，"哦，这样啊，如果他在这里参加会议，也许我可以给会议联系人发一条消息。请问是哪个会议？"

"重要资产的网络安全：情报峰会。"

她只犹豫了一两秒钟，但足够我把心提到嗓子眼了。

"对不起，夫人，我们酒店没有这个会议。"

我把手机扔到了垃圾篓里。

招生办公室的一位同事克莱尔·马斯特斯来到大厅，开车带我回了家。虽然我们不是朋友，但倒也算友好。我很清楚为什么我会在这里，在她的福特探险者的副驾驶座上。去年年初，克莱尔的丈夫死于霍奇金病。现在，不管是她自愿开车送我回家还是泰德让她来接我的，这一举动的目的显而易见。如果说有人能理解我现在的处境，那只能是另一名寡妇了。

寡妇，我应该再吐一次，但我的肚子空无一物。

我扭过头盯着窗外，看着熟悉的巴克海特购物商店在窗外掠过。克莱尔开得很慢，一句话也不说，两只手分别置于十点和两点钟方向。她默不作声，凝视着前面的车辆，和我一样憎恶现在的悲惨境地，至少她知道我需要的只是想一个人静静。

我的手机在腿上嗡嗡作响，我母亲已经打了上百个电话。愧疚像一把利刃扎进了我的内心，我知道这样躲着她对她不公平，但我现在没办法跟她说话，没办法跟任何人说话。

"不想接吗？"克莱尔的声音高亢，像把长齿刀划破了沉寂。

"不。"我用尽全部的精力说道。

她看看我，看看我的手机，又看着前面的车辆。

"相信我，你妈现在都快急疯了。"

她好像什么都懂似的，但我很不配合。

"我做不到。"最后一个字停顿了好久才说出来。因为和妈妈说话意味着要大声说出那些可怕的话，"威尔去了，威尔死了。"说这些话会让这件事变为现实。

铃声停了，过了一两秒钟又响了起来。

这一次，克莱尔从我的腿上拿过手机，滑动解锁接了电话。"嗨，我是克莱尔·马斯特斯。我是爱丽丝在福雷斯特的同事。她就坐在我旁边，但还没准备好跟您说话。"她停顿了一会儿。"嗯，夫人，我想那件事是真的。"又停顿了一会儿，这次时间更长。"嗯，好，我会告诉她的。"她挂断电话，把手机轻轻地放到我的腿上。"你父母正在路上，天黑之前就能到这儿。"

我应该感谢她，但我已经一点儿力气都没有了。我盯着窗户，试图去想象我的威尔在冒着烟的残骸中，周围到处都是散落的行李、碎片，还有烧得变了形的金属碎片，但我做不到，似乎无法理解。对我来说，这就像德鲁克博士高等物理课中的某个概念一样抽象。威尔要去奥兰多，而不是西雅图。他不会死的，这不可能。

克莱尔驶向格鲁吉亚 400 道的坡道，她把油门踩到了底。我们心怀希望，默默地一路向南。

第五章

无论我跟她说了多少次没必要，克莱尔还是跟着我一路来到我家门口。我从包里拿出钥匙，打开门说："谢谢你送我回来，我没事的。"

我推门进屋，正打算关门的时候，克莱尔一掌拍在彩色玻璃做的门板上，拦住了我。

"亲爱的，我会留下来，直到你爸爸妈妈赶过来。"

"我没别的意思，克莱尔，但是我想一个人静静。"

"我也无意冒犯，爱丽丝，但我是不会走的。"她抬高的声音透露出一股出奇的坚定，但是她的笑容又使她的话听起来柔和多了，"如果你不想跟我说话，我也不会逼你，但是我必须待在这里，就这样。"

我往后退一步，让她进门去。

克莱尔环顾前厅，蜜色的墙面，黑色的松木地板，复古式楼梯上雕刻的栏杆。她在前厅的一个角落里伸头四顾。我家的客厅里除了一套尚未付清的米白色沙发（我们从食宿上节省下来作为送给彼此的圣诞礼物），什么家具都没有——接着她指着屋后说道："我猜这边是厨房？"

我点了点头。

她把包放在门旁，接着径直走向玄关。

"我去煮点茶。"她说着，然后消失在通向厨房的拐角处。

她一走，我就瘫在楼梯端柱上，今早的记忆开始在我的心头肆虐。威尔压在我的身上，用他的双手和赤裸滚烫的皮肤点燃我的身体。他的双唇在我的脖颈处逗留并一路前进，晨起新生的胡茬摩擦我的胸部、小腹，我的手指缠绕着他的头发。威尔冲完澡走出来，水珠从他结实的身体上滴落。给他递浴巾的时候，我们触碰到彼此的指间。他光滑温暖的双唇从我这里索要了一个香吻，完全不顾我对他会误机的多次警告。在驱车离开之前，他拖着行李，站在门前最后一次向我挥手，手上的结婚戒指在晨曦的照耀下熠熠生辉。

他必须要回来的。我们还要一起筹备晚宴、预订酒店、准备生日派对等事宜。我们打算下个月去锡赛德，在结婚纪念日那天共享我们的二人世界，还要在这个夏天和我的家人一起去希尔顿黑德岛。就在昨晚，他的唇辗转在我的小腹上，感叹道他已经迫不及待地想看到我因为肚子里的宝宝而变胖的样子，到时候他的胳膊肯定环不住我了。威尔不可能离我而去。这样的结局太不现实，也让人难以接受。没有证据我是不会相信的。

我把杂物扔在地板上，然后径直从玄关走到房子后面。我们家的厨房是开放式的，与餐室和起居室连着。我从水果篮里拿出电视机遥控器，按了几个键后，调到了美国有线电视新闻网（CNN）。一个黑发记者站在一片玉米地前，任凭风拨乱他的头发，正在采访一个穿着宽松外套的白发苍苍的老人。屏幕下方的字幕显示这个老人就是玉米地的主人，而那块玉米地此时凌乱地堆着飞机的残骸和遇难者的遗体。

克莱尔抱着一箱茶包从拐角走过来，她睁大双眼说："你现在不要再看这个了。"

"嘘！"我不停地上调音量，直到电视发出的声音刺痛我的耳朵，就像他们的谈话刺痛我的心一样。我在寻找关于威尔踪迹的时候，那个记者一股脑儿地扔给老人一箩筐的问题。我看见了一绺棕色头发，以及他的羊毛海军袖子。我屏住呼吸，睁大眼睛使劲瞅，但除了浓烟和玉米秆在风中摇摆外，其他什么也看不到。

记者让那个老人描绘一下他所看到的场景。

"我当时正在农田的最西边干活，然后就听到它靠近的声音，"老人一边说，一边指向他身后玉米地的最后一排，"我指的是这架飞机。我先听到它的声音，然后才看到它的。很显然，它发生了事故。"

记者打断了他的叙述。"您是怎么知道它发生了事故的？"

"是这样，它的引擎发出刺耳的声音，但是我没有看到火或是烟，直到它掉落到田里。我这辈子从来没见过那么大的火球。

我当时大概离它有一英里远，但能感觉到大地在摇晃，紧接着它发出一声巨响就爆炸了。温度真是太高了，把我的头发都烧焦了。"

飞机用了多长时间从天上掉下来？一分钟？五分钟？我伏在水槽上，想着威尔当时经历的情况。

克莱尔拿起遥控器，按了静音。我双手放在厨房台子上，盯着水槽的刮底，等着我的胃不再翻滚。我心里想着：我现在要做什么？我现在到底该怎么做？在我身后，我听到克莱尔正在厨房里翻箱倒柜，冰箱门开开关关。她拿出一盒苏打饼干和一瓶水递给我。

"给你。水很凉，你慢慢喝。"

我没搭理她，沿着案台移动到另一端，瘫坐在高脚凳上，崩溃到不能自已。"拒绝、愤怒、自欺欺人、沮丧、接受。"克莱尔疑惑地看着我，"这是库伯乐·安斯关于悲痛发展过程的理论。很显然，你现在还处于拒绝接受的阶段，因为这完全是无稽之谈。一个好端端的人乘飞机去往奥兰多，怎么可能会死在向西航行的航班上？难道会议地点改到了西雅图还是怎么回事？"

她耸起双肩，但从她的表情里可以看出，她也不确定。我可能还处于拒绝接受的阶段，但克莱尔绝对不是。尽管她没直说，但她确实接受了自由航空公司发布的消息——威尔同其他一百七十八人一起掉落在密苏里州的玉米地里，粉身碎骨。

"这不可能。如果有什么情况的话，威尔会跟我说的，要不然他绝对不会不停地说去奥兰多的事情的。就在今天早上，他站在你现在站的地方，告诉我他有多讨厌那个城市，讨厌它炎热的天气、它的交通以及那些随处可见的该死的主题公园。"我摇摇头，绝望使我提高了音量，就像汽笛一样刺耳。

"他压力太大了，可能他不知道会议地点转移了；可能这段时间他确实一直待在那个城市，在奥兰多燥热的街头闲逛。但是他为什么一直不回我电话呢？"

克莱尔紧闭双唇，没有任何回应。

我闭上双眼，心跳早已乱了节奏，绝望和痛苦像炸弹一样在我胸腔里喷涌。我该怎么办？我该找谁？我的第一反应是打电话给威尔，我之前遇到解决不了的事情都会打电话给他。他理智的头脑总能考虑到一些我想不到的东西，而且几乎每次都能帮我找到解决的办法。

他帮我调查了一个学期人们对毒品和酒精的认知后，绘制出了一个图表，我当时对他说："你应该去设计一款软件，你一定会因此发家致富的。你可以给它取名为'威尔怎么看'。"

他轻拍着大腿，脸上挂着让我着迷的微笑。"这种时候他都会夸我很可爱，并叫我过去给他一个吻。"现在我用双手按住双唇，告诉自己要冷静地思考。一定有人可以帮助我，他会告诉我这一切只是一个天大的误会。

"杰西卡！"我猛然离开长凳，冲向电话，在微波炉旁边一个充电器边停下来，"杰西卡知道他在哪儿。她一定知道会议地点转移到哪里去了。"

"杰西卡是谁？"

"威尔的助手。"我猛烈地敲击着那个烂熟于心的号码，背对着克莱尔，这样我就不用面对她皱起的眉头、躲闪的目光以及咬嘴唇的方式。她只是在迎合我，就像泰德一样。

"AppSec 咨询公司，我是杰西卡。"

"杰西卡，我是格里菲斯，你——"

"爱丽丝？我以为你们都在度假呢。"

她回复得太快了，我好久才反应过来。杰西卡在接电话和协调那些乱七八糟的工作的时候可能是把好手，可是她在处理自己缓存的记忆时可能就没有那么得心应手了。

"啊，不是。你为什么会这样想？"

"因为你们应该在玛雅海滨过着一个完美的造人假期啊！威尔给我看过那个度假区的图片，看起来——"她吞下了最后几个字，接着深吸一口气，"哦，天哪，爱丽丝，我一定是搞混了。我想我把这几个星期搞得一团糟。"

我知道杰西卡在想什么。她一定以为威尔在跟另一个女人度假，而我根本不在乎她怎么想。因为，如果她的猜测是正确的呢？如果威尔还活着，正懒洋洋地躺在墨西哥的海滩上呢？这样的希望在我心里停留了一两秒，接着又被我自己打消，因为我知道这不可能。威尔永远都不可能出轨，就算他出轨了，也绝不可能会去墨西哥，因为他极其讨厌炎热的天气。你说他去阿拉斯加的话，还靠点谱。

"他不可能在墨西哥，"我说，我也只能在这种客套的话语中掩饰我的痛苦，以便让我的声音冷静下来，"他是网络安全会议的主要参加者之一，你还记得吗？"

"什么会议？"

我的眼睛睁得大大的。为什么 AppSec 公司的老板会雇用这种员工？"就是在奥兰多开的那场会议。"

"等等，我真的搞晕了。那他现在不在墨西哥？"

上帝啊，听完她这个问题我真的要爆发了。我深吸一口气，在电话里吼出声来，吼得我嗓子疼。"我不知道，杰西卡！我他妈的不知道威尔现在在哪儿。这才是最主要的问题！"

她们都被我震得说不出话来，从我身后的克莱尔，到电话另一头的杰西卡。好像在沉默中，我的声音也变成立体的了，在我两只耳朵边窜来窜去。我应该道歉，我知道我应该道歉，但是悲痛的呜咽声夺走了我的呼吸，我哽咽着说出那些可怕的话。"他——他们说威尔早上乘坐的飞机失事了，但是这不可能是真的。他在前往奥兰多的航班上。快告诉我他在奥兰多。"

"哦，我的天哪。我看到这个新闻了，但是我不知道威尔在里面，爱丽丝，我不知道。"

"求求你，请帮我找到威尔。"

"当然。"她陷入了短暂的沉默，我听到她敲击键盘的声音。

"我敢肯定我没有为他订今天的机票，但是我有他航空账户的登录数据。坠毁的是哪个航班？"

"自由航空公司，23号航班。"

又是一阵长长的沉默，伴随着更快的敲击键盘的声音。"好的，我已经登录进去了，让我看看……23号航班是吧？"

"是的。"我把两个胳膊肘都架在案台上，用一只手支撑着头，紧闭双眼，心里默默祈祷着。

我屏住呼吸，接着听到了杰西卡的答案。

"哦，爱丽丝……"她说着，我感觉整个屋子都在旋转，"对不起，但是我已经查到了。23号航班今早八点五十分离开亚特兰大前往西雅图，最后回到……啊！看来他订的是单程票。"

我的腿已经完全不听使唤了，我跌坐在地板上。"查一下德尔塔航空公司。"

"爱丽丝，我不确定——"

"查德尔塔航空！"

"好的，请稍等一两秒，正在加载中……等等，真奇怪，这里也有他的航班数据。他乘坐的是前往奥兰多的2069航班，今早九点出发的，周五晚上八点将返程。他为什么要订同一时间段，但旅程截然相反的两张机票？"

我松了一口气，浑身的骨头软成一摊烂泥，我僵直地坐了起来。

"会议究竟在哪儿开的？我打电话给环球大道的旅馆，但是他们肯定已经换地方了。"

"对不起，爱丽丝。我对你所说的会议一无所知。"

"那么就问问其他人啊，你们自己公司举行的会议，肯定有人知道是怎么回事。"

"不，我的意思是，在十一月初之前，AppSec 公司议程上没有任何会议。"

我用力试了三次才把口中的话挤出来。"那墨西哥呢？"

"去墨西哥的航班不在德尔塔航空公司也不在自由航空公司，如果你想知道的话，我可以查查其他航空公司的。"

她的语气里充满了怜悯，我再也忍受不了了。我挂了电话，从谷歌上搜索德尔塔航空公司的电话。我花了九分钟终于挤进了热线，这对我来说就像一个世纪那么漫长。我向客服代表说明了我的情况，最后我的热线被交给了卡丽，一个声音轻快活泼的家庭助理代表。

"你好，卡丽。我是爱丽丝·格里菲斯。我的丈夫威尔今天早上乘坐 2069 号航班从亚特兰大前往奥兰多，但是自从他登机后我们就失去了联系。您能帮我查查他的航班是否安全抵达了吗？"

"好的，女士。您只需要告诉我他的登机编号。"

这就意味着我必须挂掉电话，重新打给杰西卡，但是我不可能在电话里让步。我现在就需要答案。

"你难道不能通过名字找到他吗？我真的必须知道他是否

在那趟航班上。"

"恐怕这是行不通的。"她的声音轻快活泼，就像是在唱歌一样。她传递坏消息的语气就像是在丹妮餐厅获得了一份免费午餐那么开心。"由于隐私限制的相关规则，我们不能在通话中泄露乘客的旅程信息。"

"但他是我的丈夫，我是他的妻子。"

"我明白，女士。如果你可以在电话里证明你们的婚姻状况，我就会把航班信息告诉你。或许你可以带着有效证件到您附近的德尔塔航空公司，那里有人——"

"我没有时间去德尔塔航空公司的柜台！"这些话从我喉咙最深处爆发出来，我自己都被这突如其来、强有力的嘶吼声所吓到，而电话那头的女人还是一如既往的平静。如果不是电话里头的杂音、敲击键盘声以及人说话的声音，我都会认为她已经挂了我的电话。

紧接着，麦克风里发出了刺耳的尖叫声，我愣了一会儿才发现那是我自己的声音。我在绝望的重压下彻底崩溃了。

"但是你知道吗，他还订了一张自由航空公司的 23 号航班。但他不应该出现在那趟航班上，他应该在你们的航班上。现在，他没有回我电话，宾馆没有他的入住信息，会议也没有任何着落。就连他的助手都以为他在墨西哥，但是我确定他不在。而现在，随着时间一分一秒地流逝，我还是不知道我丈夫在哪里，我的耐心一点一点地快要被耗尽了，所以，拜托你了，再仔细看一下电脑，告诉我他是否在那趟航班上。求求你了。"

她清了清嗓子说："格里菲斯女士，我……"

"拜托了。"我颤抖地说出这个词，在说出这个词之前，我挣扎了好久。此刻，眼泪决堤，簌簌流淌，打湿了空气，扼住了我的喉咙。"拜托你了，帮我找到我的丈夫。"

接着是一段长时间的沉默，我紧紧地握住电话，手指传来僵硬的痛感。"对不起，"许久之后她才说，声音很小，像是在耳语，"但是你的丈夫没有在 2069 号航班检票。"

我尖叫一声，把电话一摔。它在橱柜上弹了一下最后掉落在地板上，我不想知道它是否被摔碎了。

我整个下午都在床上躺着，穿着衣服把自己裹在威尔的浴袍里。威尔骗我。他竟然骗我。不，他不只是说谎了，还编造出一场虚假的会议来支撑他的谎言，接下来又将有无数的谎言自圆其说，简直把这种廉价的套路练到了登峰造极的地步。怒火在我的喉咙里熊熊燃烧，扼住了我的咽喉，不容我有其他任何想法。威尔怎么会做这种事呢？他为什么要费尽心机做这么多事？我剧烈地颤抖着，连骨头都在震动，大概是因为我找不到他去奥兰多的理由。

我的父母如他们所说的，在天黑之前赶了过来。我听到他们在楼下和克莱尔微弱的谈话声。当克莱尔向他们描述我在学校的崩溃情景以及和杰西卡、德尔塔航空公司在电话里的失态表情时，我能想象得到我母亲脸上惊恐的表情。我看到母亲伸长脖子朝楼梯上看，脸上写满了渴望，她听完克莱尔的话后迅速冲上楼梯来找我。不一会儿，当车道上的车驶离后，妈妈就坐在了我的床沿上。

"哦，亲爱的，我的宝贝，亲爱的爱丽丝。"她的嗓音很温柔，但从她口中说出来的辅音字母却听起来又硬又尖——和她爱吃的肉和土豆一样，是她固有的荷兰人的特色。

这听起来非常可怕，我无法面对母亲，最起码现在还不行。我知道在我卸下一切保护壳的时候我会看到什么：妈妈的眼圈红红的，充满了遗憾和怜悯，而且我知道他们会对我做什么。

"你爸爸和我都很心痛，我们都爱威尔，而且我们会永远怀念他的。但是我的心碎大部分是为了你，我亲爱的宝贝。"

泪水刺痛了我的双眼。我还没有准备好用过去式谈论威尔，我也不允许任何人这样做。"妈妈，拜托了，我需要时间。"

"你想要多少时间都可以，宝贝。"要知道母亲只会在极其痛苦的状态下才会用家乡话这么叫我。

"你的弟弟九点钟会赶到。得到这个消息的时候，詹姆斯正在做手术，所以他们在一个小时前才离开萨瓦娜。"她停顿了一下，似乎是希望能得到我的回应，但当我没有回应的时候，她继续说道，"有什么我可以帮助你的吗？"

有，把威尔带到我的面前，我要扭断他的脖子。

第六章

　　我醒来后想到的第一件事就是威尔在哪儿？我丈夫在哪儿？

　　已经半夜十二点多了。我难以忍受浴室里的流水声，光脚踩在木地板上的啪啪声，但现在卧室里除了暖气吹过通风口发出的声音之外，一片寂静。

　　白天的场景呼啸着迎面而来：威尔、飞机、死亡。疼痛在全身蔓延，使我无法呼吸。

　　恐惧向我袭来，我慢慢从床上站起来，打开灯，深吸了一口气。我掀开被子，伸手去摸床垫，威尔昨天还在这里躺过。没有威尔，我们的超大号床犹如海洋油轮一般，巨大的空白将我吞噬。我把手伸到他的枕头套上，将粘在上面的几根黑发拔了下来。闭上眼睛，我仍然可以感觉到他的存在：身体感受到他皮肤的温度，胡楂滑过我的肩胛骨，身体压在我身上，以及他进入我身体时我的呻吟声。前一秒钟他还在这儿，下一秒钟就不见了，就像魔术师瞬间消失的表演一样。

现在我应该相信他已经血肉模糊，散落在密苏里州的玉米地中了吗？我不能想这些，我要疯了。

爬下床犹如逆流而上，我身体沉重，四肢僵硬无力，好像有一个虎钳将我的肺部牢牢夹住，让我难以呼吸。我还裹在威尔的长袍里，袍子粘在我的身上。我解开腰带，重新整理了一下衣服。长袍温暖舒适，这一切闻起来像威尔——我真想永远像这样裹着。

楼下，电视机在黑暗的厨房里闪烁着蓝光和白光。我在这儿站了很久，一直盯着屏幕里的记者。他正在报道坠机事件，身后是一片焦土，还有冒着烟的金属碎片，这让我突然意识到，他或许还有点儿享受这一刻呢。他眼睛很大，眉毛紧皱，有关他的一切都非常戏剧化。也许在整个职业生涯中，他都在等待像这样一个大事件，所以一定要好好表现。

在我身后，沙发上的那位坐了起来——我的孪生弟弟戴夫，他穿着格鲁吉亚斗牛犬队运动衫和格子睡衣裤。

"我正想你什么时候下来呢。"他低声说道，听起来像个体育播音员，一点都不像房地产经纪人。他点燃了一根雪茄，吸了一大口，拍了拍身边的垫子。

"我要告诉妈妈你吸烟了。"这次没有哭腔，这是七个小时以来我第一次正常说话，喉咙又哑又疼。我坐在了沙发上。

"我丈夫是医生，"戴夫屏着呼吸说，"这烟是药用的。"

我哼了一声说："药用才怪。"

他把烟递给我，我摇了摇头。我已经被毁了，再吸大麻、吃点药什么的就更没救了。

我们在雪茄的烟雾下坐了很久，静静地看着电视屏幕上的无声画面。死亡画面数不胜数，所以我把精力集中在记者那张严肃的脸上。他打了个手势，让摄影师跟随他拍到一个巨大的机身，然后指向一只废弃的小孩的鞋子，我试着用唇语分辨他说了什么。"一张贴纸，芝士糖，一只山羊和三只妖怪。"聋子是如何分辨唇语的？

那个记者额头上的皱纹一条又一条，戴夫摇摇头，"这个该死的都乐得不行了。"

你曾经听说过的有关双胞胎的一切都是真的，戴夫和我就是活生生的例子。我们的长相、习惯、行为举止都非常相似。我们都是厚嘴唇，指关节都很突出，都喜欢看各种运动，但自己不会去玩，都不吃酸的食品。我们甚至有心灵感应，即使一个字也不说，就能知道对方在想什么。要举个例子吗？在他自己搞清楚之前，我就已经知道他是个同性恋了。

他把烟头掐灭在茶杯托盘上，把撒满烟灰的托盘挪到一边，"你知道，妈妈已经崩溃了。她列了一份足足有半英里长的清单，把克罗格商店里的每种食物都买了一份。如果你不让她过来照顾你，那你这里的食物很快就能开一个流动厨房了。"

"照顾我就意味着这是真的。"我叹了口气，把头靠在他的肩上，"我不断地告诉自己这不是真的。周五威尔会风风火火地走过那扇门，浑身大汗，疲惫不堪。我会尖叫着告诉你这些，告诉你威尔不在那架飞机上。我一直在等待有人能捏我一下，抓着我的肩膀把我晃醒。但到目前为止，什么都没有，我被困在了噩梦中。"

"当然像地狱一样。"他抓起我的手，跟我手指交叉，用手指转动着我的戒指，"好精致的卡迪亚戒指。"

我眨了眨眼，把眼泪挤了回去。

"我和威尔正在努力要个孩子，你可能快当舅舅了。"

戴夫足足看了我半分钟，然后又陷入了沉默，没有说一句话，但也没必要说。他的眼睛在说：我们还要像这样多久？说这些话好像威尔就在这里一样。

我的答案是越久越好。

但听说我怀孕时，他似乎并不感到惊讶。

"为什么这么久才要孩子？詹姆斯和我觉得你们早该生一窝了。"

"威尔想再等等。他说他要再完全拥有我一阵子。"

"那又是什么让他改变了主意？"

这个问题我必须好好想一想。

"我不知道，老实说，我从来没有想过要问他。最后他终于开窍了，这让我很兴奋。他说他想要一个长得像我一样的小女孩，但如果这一切都是真的，如果我真的永远被困在这个噩梦里，那我希望生个长得像他一样的小男孩。"

"即使在你知道根本就没有这个会议之后？"

当然，戴夫知道是威尔杜撰出来的会议。我确信母亲是从克莱尔那儿打听到的，然后跟感兴趣的人讨论这个谎言长达几个小时。我相信她已经提出了一大堆理论设想：威尔为什么会这样做？为什么他要费尽心机伪造会议传单？为什么他会订两张飞往相反方向的机票？

当然我早已经知道答案了。所以我不想知道他要去哪里，他要去做什么，他要去见谁，还有上面说到的问题。

我之前气得在被窝里直打战，这种无奈和愤怒如同泡沫即将浮出水面，我又给咽了回去。我爱我的丈夫，我很想他，我想他回来。这种渴望如此强烈，根本没有愤怒的余地。我愿与上帝交换，尽管连我自己都不完全相信：只要把威尔带回来，我甚至都不会问他去了哪里，我保证我根本不在乎。

"戴夫，一个谎言否定不了我们七年的婚姻，你说我很恼火吗？或许是。但这抹杀不掉我对威尔的爱。"

他耸耸肩膀表示承认这一点，"那当然。但是能不能问点儿其他的？你可不能打我。"

他不说话了。我不情愿地点点头。

"西雅图有什么？我的意思是除了雨、星巴克和花格子衣服。"

我举起双手，"我哪儿知道？威尔在孟菲斯长大，从田纳西大学毕业后直接搬到了亚特兰大，他一辈子都生活在东海岸。

我从来没有听他说过西雅图，据我所知，他从来没有去过那里。"
我窝在沙发上，盯着猫的眼睛，"你到底要问什么，我认为威尔有外遇？"

戴夫缓缓点了点头，"不是吗？"

我感觉心被揪了一下——不是因为我觉得丈夫在欺骗我，而是因为其他人认为威尔肯定有外遇。

"当然不是。我也不认为他在那架飞机上，很明显，我还没有掌握确凿的证据。你怎么看？"

戴夫沉默了很久，似乎在想他要怎么回答。

"说到姐夫，我有很多不解的问题。不要误会，我很欣赏他，主要是因为他非常爱你，这种爱不是能装出来的。每次走进房间，他的脸上都写满了幸福，我都要转过脸去——我是个同性恋，看到他这样总觉得自惭。那么，我的答案是：没有，我认为他没有外遇。"

我悬着的心终于落了地。不只是因为戴夫对我丈夫的信任，或者说这些话的时候好像他在这里，更多的是因为弟弟对我的爱如此强烈，都默认延伸到了另一个人身上。我两手抓住他的上臂，把头靠在他的肩膀上，心想：我对他的爱已无以复加。

"不管怎样，我想说的是：威尔一个人走进了你的生活。他父母双亡，也没有兄弟姐妹，从不谈论其他的家人或朋友。每个人都有过去，但直到他遇到了你，才算开始真正的生活。"

戴夫只说对了一部分。威尔有很多同事和熟人，但没有多少朋友。不过，对于像威尔这样的技术人员来说，开口说这些要费好大的工夫。

我坐起来，转过身面对着我弟弟，"因为他离开了哥斯达黎加，不停地换学校，他跟几乎所有的高中同学都失去了联系，但唯独有一个人例外，我知道他们两个还会定期收发邮件。"

"那其他人呢？朋友、老邻居、工作伙伴、酒友。"

"男人不像女人那样广交朋友。"戴夫看了我一眼，我更正了一下，"异性恋的男人。他们觉得不需要混一大堆朋友，而且威尔这人你是了解的。他宁愿待在家玩电脑也绝不会在一个吵闹拥挤的酒吧里待着。"这也是七年前我们俩私奔到北卡罗来纳州山脉的部分原因，这件事只有我的父母、戴夫和詹姆斯知道。威尔不喜欢热闹，讨厌人们动不动就大惊小怪。

"再内向的人也有一个最好的朋友，"戴夫说，"谁是威尔最好的朋友？"

这个问题很简单。我张嘴刚要回答，却被戴夫打断了。

"我是说除了你。"

既然我的名字已经从列表上划去，戴夫的问题就让我更难回答，我慢慢地闭上了嘴。威尔和我说过很多他认识的人，但他从来没有把他们当作真正意义上的朋友。

戴夫打着呵欠，躺在了沙发上，很快他就忘记了自己的问题打起盹来。戴夫打着呼噜，我坐在他旁边，看着电视屏幕上闪过可怕的图像，幸好我不在现场。

我正在想我们的第一个结婚纪念日，我跟他去孟菲斯公路旅行。我曾花了几个星期来计划，我们的庆祝主题是"走入你的生活"之旅，一路上都是他旧时的回忆，走走停停，他会告诉我关于在那里成长的一些故事：他的高中母校，他住过的地方（直到他的母亲去世），他在晚上和周末都要加班的必胜客。

但我们离这个城市越近，他越是不安，越是沉默。最后，走到I-40这片贫瘠的土地，他说出了真相。威尔的童年并不愉快，他并不想再回忆起有关孟菲斯的往事。这一次就已经够艰难了，所以我们掉了个头，去纳什维尔的音乐酒吧度过了整个周末。

所以，威尔不喜欢谈论他的过去。

但西雅图呢？那里有什么？谁在那里？

我看着熟睡的弟弟，看着他的胸口在黑暗中起伏。我真想把戴夫的疑虑封锁在深渊，阻止他去怀疑威尔，但这些疑虑就像烟雾一样悄无声息地飘了回来，让我喘不过气来。

我对自己的丈夫到底了解多少呢？

第七章

我下楼的时候，已经快十点了。家人都在厨房里，喝着咖啡，听詹姆斯大声读他在 iPad 网页上看到的更新的坠机消息。爸爸在他座位旁边一阵咳嗽，詹姆斯停下刚读到一半的话，他们用内疚中夹杂着关心的眼神看着我，就像四个偷我饼干的孩子被我抓到了一样。

"他们找到黑匣子（飞行记录器）了吗？"我突然问道。

妈妈拿着锅铲翻炒着煎锅里半熟的鸡蛋，她看起来好像并不比我睡得好，眼睑下的黑眼圈好似瘀斑。她的头发，通常像用魔法棒变幻的灵感作品，现在凌乱地耷拉在浮肿的脸边。

"哦，亲爱的。"她跑出厨房，猛地一把把我抱在怀里，"我都为你操碎心了，我还能做些什么？你想要什么？"

我想要的太多了，我想知道威尔为什么上了那架飞机；我想知道飞机为什么会坠毁；我想知道他生命最后一刻是什么样的，他是否有大喊大叫或者还没来得及反应，他是否正在辩论花生饼跟椒盐饼哪个更好吃，而下一秒就变成了尘土；我想知道他此时此刻在哪儿，我还有机会掩埋威尔的遗体吗？

但是最重要的是，我想他根本没去西雅图，而是在他本来要去的奥兰多。

我从母亲的怀里挣脱出来，看向詹姆斯，因为他在读新闻。我问他："他们有公布飞机坠毁的详细原因吗？"

"要过几个月才能确定。"詹姆斯说，语气很谨慎。他那双蓝眼睛以医生的眼神凝视着我，镇定而又深邃，好像他在从厨房桌子的另一边给我做检查。

"你睡得怎么样？"

我摇了摇头，看到他们针对我问的坠机问题相互交换眼神，我当然很不想讨论我睡眠不足的问题。

"直接说吧，詹姆斯。"

他深吸一口气，目光越过我的右肩看向戴夫，像是在请求他的许可。戴夫无疑点头了，因为詹姆斯重新看向了我。

"记住，这仅仅是一个推测，媒体猜测是由于飞行员操作失误造成的机械故障。"

"飞行员操作失误？"我迟钝地说出这几个字，就像舌头被涂上了糖浆。

詹姆斯点点头。

"飞行员操作失误，有人搞砸了，而我丈夫现在却死了。"

詹姆斯一脸痛苦的表情。

"很抱歉，爱丽丝，但听起来是这样的。"

胆汁涌上喉头，房间正在摇晃——或许只是我在晃。

詹姆斯跳下凳子，绕过餐桌匆忙跑过来，手扶着我的胳膊肘，"想让我给你开点儿药吗？我不知道怎样解除你的痛苦，但药片可以减轻痛苦，至少能管几天。"

我摇摇头。我的悲伤慢慢蔓延，它是唯一一把我和威尔联系在一起的东西。我一想到失去丈夫这种伤感，哪怕只是一点点，都会让我觉得不安。

"我赞同吃抗焦虑的药。"戴夫说。

詹姆斯看了我一眼，像是在说你这个弟弟真疯狂，然后拍拍我的手臂，"考虑一下，好吗？你想要什么药方我都可以开给你。"

我努力挤出微笑回应他。

"快过来。"母亲带我走向厨房，这里到处都是食物——一大盘炒鸡蛋，堆成小山的培根，冒油的腊肠，还有一整条烤面包。对于母亲来说，没有什么比丰盛的食物更能展现自己深深的爱了。这个早晨，她的爱足以养活一支军队。

"你想吃点什么？"

我看着满屋的食物，这些食物的味道简直让我作呕。黄油鸡蛋和油乎乎的炸猪肉弄得我的胃都在翻滚。

"什么都不想吃。"

"你不能不吃东西，我做点儿煎饼怎么样？我会做荷兰式煎饼，放点苹果和培根，你爱吃的那种。"

戴夫从咖啡壶那边看过来，"妈，别管她，她饿了就会吃。"

"到这儿来，孩子。"父亲坐在桌子旁，拍着身边的椅子，"我给你留了个位子。"

我的父亲以前是一名海军陆战队队员，他会投跳，还是一位杰出的工程师，但是他最大的长处就是充当我、我弟弟和母亲之间的润滑剂。

我坐到椅子上，斜靠着他，他粗壮的手臂绕在我的肩上。我的家庭成员不善于表达情感，只有在问候和分别时才会拥抱。亲吻更是不常见，通常碰到皮肤就会停止。今天到目前为止，我握过弟弟的手，倒在母亲的怀里，依偎着父亲，这就是死亡所给予的——让生者更亲密，死者永分离。

我的目光落在记事簿上，上面有父亲潦草的字迹。一页一页的要点，按类别分组，按重要程度排列着。如果威尔在这里，他和我父亲会发现这份清单的魅力所在，这简直就是左脑的辉煌杰作。我挪开父亲的老花镜，浏览了一下这份清单的内容。眼下有成堆的问题亟待解决，而我现在却只想回到床上，忘记昨天发生过的一切，这简直太不公平了。

然后我注意到最下面有四五条要点。

"赔偿金？"我问，语气中带着怨恨。

"航空公司会提供一笔钱给受害者家属。爱丽丝，我知道这听起来很残忍，但我只想为我的宝贝女儿着想，我要确保他们给你这笔赔偿。"

说得好像航空公司只要赔点儿钱，就能逃脱制造劣质飞机和雇用垃圾飞行员的罪行了。噢，我们杀了你的丈夫？给，去给自己买点好东西吧。

"我宁愿饿死也不会拿他们这些血腥钱一个子儿的。"

"好，那你就别管它。把它放在银行，然后什么都不要想，我会一直为你索要这笔钱。"

我拿起钢笔，自己加了一项：研究受害者家属的慈善事业。或许有人会从自由航空公司获益，但肯定不是我。

下一页比第一页列的还要多。我快速浏览后，一页一页地翻下去，在看到一页最上面写的是媒体时停了下来。在这页上，父亲列了一大串已接电话的详细记录，包括日期、具体时间、呼叫者姓名和电视台等全部信息。这些名字我有些不认识，但也有不少似曾相识：《人物》《今日秀》《亚特兰大宪法报》《今日美国》。

"他们怎么找到我的？我们的电话号码又没有在编入册。"

戴夫定坐在桌子那头，桌上还放着鸡蛋培根三明治。

"我不知道，但电话一直响个不停。我们一个小时前拔掉了电源插头，最后我往外看了看，我们的房子前面还停了三辆新闻车。"

"没开玩笑吧？"

"是真的。你还记得去年新年前夕你和威尔照的那张照片吗？现在已经遍布在互联网上了。"

我猜他们本可以挑一张更糟的照片。照片中，我和威尔在过节日，威尔一只手搂着我，我们俩乐得哈哈大笑。我特别喜欢这张照片，就把它当作我的脸书头像了。想到这儿，我才意识到，他们或许就是从这儿弄到的照片。

母亲把堆成小山的食物摆在我面前。

"来吧，我的宝贝，多少吃一点儿。"

我拿起叉子，切下一小片香肠，放到盘子里，直到母亲掉头回了厨房。

父亲把表单翻到下一页，"航空公司在哈茨菲尔德机场的国际候机楼创办了一个家庭援助中心。一位名叫——"他戴上眼镜去看文件，"安·玛格丽特·迈尔斯的女士是直接联络人。"

戴夫一边咬一大口食物，一边哼了一声说："哪个白痴会计划将受害者家属聚集在机场？"

"很显然，自由航空公司就算一个，"父亲说，"他们想让我们都到那里去，这样就可以——我来引用一下他们的话——'提供心理安慰和咨询服务，讨论相关计划，解答疑问'。"

"计划？"我说，"什么样的计划？"

"嗯，首先，他们正在计划尽快在这个周末开一场追悼会。"

父亲虽然语气温和，但也挡不住我的愤怒如火花般迸发。航空公司的追悼会让人感觉像是一种侮辱，像是邻居碾死了你的狗后给你买了束花一样。我不会接受他们公开的忏悔作秀，更不会原谅他们的过失。

"那些人对我丈夫的死负有责任，现在我应该接受他们的帮助吗？真是可笑。"我猛地把盘子推到桌子中间，一大堆炒鸡蛋滑到了盘子边。

"我想貌似是这样，宝贝。但不是只有航空公司，红十字会的人也会在那儿，还有那些只专注于搜集坠机消息的人。我想从他们那儿了解一些电视和报纸上面没有报道的消息。"

"或许你可以问问他们，是谁在告知我女儿之前先惊动了媒体，"母亲说着，"'砰'的一声把盐和胡椒瓶放在了桌子中间，"因为这是不可原谅的重大失误，我要告诉那个人，我是怎么看他们的。"

"我敢肯定，无论是谁，犯了这种错都会被解雇的。"父亲用他那教官式强劲有力的声音毫不含糊地说道。他转过身，凶狠的表情转为强烈的关心。

"宝贝，不管你愿不愿意，我们总有要配合航空公司的时候。如果你愿意的话，我可以先替你抵挡一阵，或者我可以回避让你自己来处理。我们听你的，但无论怎样，至少我们应该去那里看看，看看那个迈尔斯小姐怎么说，你觉得呢？"

不，我不同意。我见过那种场面，家属们一个个泣不成声，在一大堆相机中扒开一条路，把自己绝望的样子展现在世人面前。现在父亲正建议让我也成为他们中的一员？

然后，我又会有一堆的问题，但最重要的一个是：你们究竟对我丈夫做了什么？如果那个迈尔斯能回答上来，她就可以把哭得一把鼻涕一把泪的我投放到太阳信托广场上高清的 LED 屏幕上面。

我推开桌子，径直上楼去穿衣服。

在威尔生命中的最后一个晚上，他做了顿饭，不是那种从食品盒或冰箱里拿出来一热就能吃的食物，而是天然健康的家常饭。我们刚认识的时候，他还不知道怎么切西红柿。对他这样的人来说，张罗一顿饭肯定很不容易，或许他足足花了一天的时间。也许他内心有某种预感，某种能感受到生命之钟将要归零的超前意识，知道将会发生什么。但是那天晚上——我们结婚七周年纪念日——他用真正的食物、他第一次亲手做的食物给了我一个惊喜。

我看到他弯着腰在厨房看我的烹饪书，空气中弥漫着诱人的香味。

"怎么回事？"

他急忙转过身，一阵香气顺着锅铲往上飘，他骄傲的表情里夹杂着愧疚。"呃，我正在做饭。"

我能看到，每个人都能看到。他把每个罐子每个锅都用上了，案板上摆得满满的，每寸地方都放上了食材、调料和炊具，威尔身上到处都是面粉和油。

我笑了笑说："你在做什么菜？"

"菲力牛排，新鲜的土豆拌上黄油、西芹还有培根卷青豆，我忘了叫什么菜了。"

"绿色扁豆？"

他点了点头，"我还做了甜点。"他指了指正放在烤箱架上冷却的、装在白色烤盘里的两块巧克力熔岩蛋糕，蛋糕上还撒了点糖粉。看我还没说话，他接着说，"如果你想出去吃也可以，我只是想——"

"做得太棒了。"我由衷地说。我才不在乎厨房里乱七八糟，或是没能预订上在巴克海特卖得很火的寿司。这是威尔做的饭，为我做的饭。我笑着倒在他怀里，要他亲我一下。

"你真是太好了。"

然而，这顿饭并没有那么好。烤肉有点煳，土豆太面，扁豆也凉了，但再也没有比这更好吃的饭菜了，我每一口都吃得特别享受。后来，我们把蛋糕拿到了楼上，在床上一边吃一边亲吻，享受着巧克力和性爱。我们疯狂地做爱，就像没有明天一样。

然而，明天还是来了。

第八章

"格里菲斯太太，对您丈夫的遭遇，我表示深深的哀悼。"

父亲、戴夫和我肩并肩坐在一起，组成统一战线，对面是美国自由航空公司的联络人安·玛格丽特·迈尔斯。她很瘦弱，一头金发，扎着利落的马尾辫，从她脖子上挂的牌子，我可以断定她是名护理专家。我一看见她就心生厌恶：厌恶她笔挺的粉色衬衫，厌恶她始终把扣子扣到喉咙边，厌恶她法式的长指甲，厌恶她把自己的手攥到发白，厌恶她的薄嘴唇，厌恶她泥潭似的眼睛，厌恶她把同情的假面装得那么夸张。我必须把手压在屁股下面，才能忍住不朝她的脸上来一拳。

爸爸两只胳膊都撑在木桌上，"迈尔斯女士，我们其实想让你先解释一下，媒体是如何在威尔的妻子得知他上飞机之前就知道他的名字的。"

安·玛格丽特挺直了腰杆。

"抱歉，您说什么？"

父亲抬了一下肩膀，但这个动作他绝对不是随意做的。

"你们航空公司居然把乘客名字公布给媒体，不去想个更好的方式来通知家属，怎么能这么做？我想你们航空公司应该会有更好的处理方式。但我要说，你们的主意糟糕透了。"

"我……"她的嘴一张一合就像搁浅的鱼一样，目光在我和父亲之间来回扫视，"你们是通过新闻得知格里菲斯先生的消息的？"

我们三个同时点了点头。

"哦，天哪，我不知道，我可以向你保证，格里菲斯太太，斯塔福德先生，这绝对不是航空公司的主意。这里的人犯了一个重大的错误，真的非常非常抱歉。"

我知道她在做什么，她在撇清她和航空公司以及他们所犯错误的关系，我可不买账，绝不。

从父亲的愁容来看，他也不会吃这一套的。

"迈尔斯女士，谢谢你诚挚的道歉。但我相信你也明白，你的道歉并不能解决什么问题，我们要讨个说法，要负责人给个解释。"他交叉着手臂向后靠去，居高临下，掌控全局。如果运气好的话，我父亲会成为某个大人物。今天，他就是最高统帅。

安·玛格丽特显然很慌乱。

"我完全明白，只要我们这边一忙完，我就去搞清楚什么地方出了问题，然后让那个人和你们家属面对面协调。这个解决方案你们都能接受吗？"

父亲勉强点了点头，但我没有动。对我来说，这就像是她扔给我们一块骨头，我才不会屁颠屁颠扑过去抱她一下。我太累了，狼狈不堪，什么都不想说。

航空公司把我们安顿在哈茨菲尔德新国际航站楼的行政休息室。房间豪华宽敞，以黑宝石色为基调，有会客厅、吧台和落地玻璃幕墙，可以俯瞰整个机场大堂。飞机在玻璃的另一边轰隆作响，像一颗颗巨大的导弹，带着杀人的意图嘲笑我。

"记者找你了吗？"安·玛格丽特说。

我回到桌子旁，戴夫点点头。整个早上他们一直都在往我们家打电话，几辆新闻车停在街边，还有一些记者居然敢直接按门铃想要采访我们。

她摇摇头，一脸厌恶的表情，"我们已经跟媒体特别交代过了，要尊重家庭隐私，但并不是所有的记者都听进去了。我能做的就是确保你在离开这里时不必跟他们打交道。我建议你指定一个你们家的朋友和媒体交流，可以吗？这样的话，你们在这段时间里就不用跟那帮记者打交道了。"

我父亲在他的事项表上又加了一条，现在已经有很多页了。

周围的人都在哭。有个不刮胡子的银发男子，一个穿着青银相间纱丽的印度女人，还有个黑人少年，戴着耳钉，上面的钻石比我订婚戒指上的还要大。他们止不住地落泪，房间里充满了绝望的气息。看他们难过的样子就像看人打哈欠，情不自禁会受到传染。没有任何征兆，我也跟着哭了。

安·玛格丽特递给我一包纸巾。

"迈尔斯女士，"父亲说，"或许你可以告诉我们关于坠机的动态，你有什么最新消息吗？"

"叫我安·玛格丽特就行了，我还真有。正如你从新闻上听到的，两个飞行记录器、飞行数据记录仪和驾驶舱语音记录仪都已经找到了，并且已经送到美国国家运输安全委员会做分析了。我想提醒你的是，他们的最终报告结果很有可能需要几个月，甚至是几年。"

我不禁后退了一下，一个月都已经是世界末日了，几年会怎么样？

"另外……"她把一包一英寸厚的纸放在桌子上，用指尖指着印在上面的网址，"这是一个内部网站，不对大众公开。只要准确输入网址，没有链接也可以直接打开。航空公司会使用它来发布通知，只要一有新消息，我们会立刻通过该网站告知受害者的家属和朋友。里面还有一份联系人清单，上面列的是灾难管理团队中每位成员的姓名、电话号码和邮件地址。他们和我一样，七天二十四小时都在。你们就是我的家人，我会以你们为重。"

我抬起头，"你说我们是你的家人是什么意思？"

她温和地朝我微笑，"每一位乘客的家人都会配有他们自己的护理专家。我是您的专门护理，您是我的家人。如果您有任何需要，请尽管说，我一定会去办。"

"很好，那你先把我的丈夫还给我。"

她的肩膀垂了足足有一英寸，歪着头，一脸假惺惺的样子，"我真希望我能，格里菲斯太太，真的。"

我恨这个女人，这一刻我对她的恨是如此强烈，我确实因为坠机在怨恨她。我知道安·玛格丽特不是那种马马虎虎进行安全检查或者应该向左倾斜飞行却向右的那种人，但我也不相信她那种"我一直在你身边"的态度。如果这个女人真的像她所说的那样，以我的利益为重，她就会告诉我那些我真正想听的东西。

"我的丈夫为什么会登上那架飞机？"

我突然改变话题，安·玛格丽特过了一两秒才反应过来，然后向我歉意地微笑，"对不起，我不太懂您的意思。"

"我的意思是，有人看到他真的登机了吗？因为他离开家的时候已经很晚了，即使他没有遇上交通高峰期，也得着急忙慌地通过安检到航站楼，更何况他很有可能会被堵在路上。即便他准时到了机场，也很可能是最后一个登机的。"

安·玛格丽特在椅子上扭过头，盯着我父亲，像是在请他解围。看他没有要帮她的意思，她重新转向我，"您是想问我们公司怎么知道您丈夫登机了吗？"

"对，这正是我要问的。"

"好吧，那我们为什么不退后一步看呢？所有的航空公司都有正当的登机程序，像您考虑的这种错误永远不会发生。乘客的机票要先在安检处扫描，然后登机前在门口再次进行扫描。科技不会撒谎，因此我们保证不会出错的。"

我听到威尔在嘲笑她，那么清晰、肯定，好像他就坐在我旁边一样。如果他在的话，他会告诉这位女士科技会故意撒谎，因为它是由人类创造和控制的。它会有漏洞，有事故，也会有错报和漏报。尽管安·玛格丽特努力说服我不要再纠结于这件事，但对我来说，这件事还远远没完。

我愤怒的烈火在一个自我满足的遐想中熄灭。如果连自由航空公司都能犯类似于联系媒体之前忘了先通知我这么严重的错误的话，那么谁又能说那个乘客名单里的威尔不会是另一个人呢？一个再大、再能改变一个人生活的错误，也仍然是一个错误。

"如果在登机半路他转身回去了呢？在门卫检查其他人的票时，他溜了出去，门卫也许根本没有注意到。"

"我想这也有可能，我觉得……"安·玛格丽特转过脸去，一脸狐疑。她也没有接着追问——为什么他会转身离开呢？如果她问了，我会告诉她，他不该坐这架飞机，方向不对。

"或许您应该跟其他人说说？"

这才对嘛。我点点头，我以为她是在说她的老板。当然，如果是负责哈茨菲尔德安保的领导，那就更好了。

"跟宗教人士说还是非宗教人士？我们有红十字会慰问顾问，以及各大宗教的神职人员，您想要哪一个？"

我顿时怒火中烧，斜着身往前坐了坐，"我不需要和心理学家谈，我就是心理学家。我需要的是有人告诉我，我丈夫在哪儿。"

　　安·玛格丽特沉默了。她咬着下唇，瞥着周围的同事，他们都站在一旁的桌子边，安慰那些无法安抚的人。她好像在说，现在该怎么办，在护理专业培训中他们可没有教我们这一项啊！我真把她给难住了。

　　"那么，接下来呢？"连我父亲这个曾经的计划者都这样问，"我们接下来要做什么呢？"

　　安·玛格丽特稍微释然了一些，然后快速回过神来。

　　"这个周末，我们会在本市举办一个追悼会。我们公司还在准备后续工作，只要我知道了时间地点，就会立刻通知您。如果您愿意的话，我可以去您家接您，然后护送您去现场，当然这取决于您。但是会有媒体在那儿，我知道对付他们的方法。如果您感兴趣的话，我也可以想办法带您去事故现场。"

　　我被最后四个字狠狠噎了一下——"事故现场"。看到电视上的图片我都忍受不了，更别提去观看现场，站在混有一百七十九位逝者残骸的土地上，就像肚子重重地挨了一拳。

　　"也不急，"安·玛格丽特说道，填补了一下沉默的气氛，"什么时候您准备好了再说。"看我还没有应声，她就看她本子上的下一个事项，"噢，对了，航空公司正在与一个第三服务方合作，会把逝者的个人财产归还给其合法家人。在第二十三页您会看到一个表格，您填得越详细越好。图片、碑文、不同的区分特征，这一类的东西。"

威尔对珠宝首饰不感兴趣，但是他戴了一个婚戒和手表，这两样东西是我们的结婚信物，都刻有我俩名字的缩写，它们都是我想要回的。

"我想再问一次，你确定他在那架飞机上？"

我知道我这样问不妥，我不相信，因为它不可能是真的。威尔没有被掩埋在密苏里州的土壤里。他在奥兰多，忙着在会议上做关于预测分析的主题宣讲，在酒店吧台发牢骚，嫌太热了。或许他已经回家了，疲惫地坐在那儿，想着晚饭要吃些什么。我想象着自己走进门看到他在那儿，心里乐开了花。

"格里菲斯太太，我知道这有多难，但是——"

"是吗？真的吗？因为是你丈夫在飞机上吗？是你的父母儿女被炸成了碎片，散落到玉米地了吗？没有！那你就不会知道，就不会感受到这对于我来说有多难，这个房间里的任何人都不会知道。"

安·玛格丽特斜靠在桌子上，皱着眉头。

"不，我没有家人在 23 号航班上，但是我仍然能深深地感受到您还有今天这里其他人的悲伤，我同样能感受到您的焦虑和痛苦。我就在您的身边，告诉我您想让我做什么，我这就去做。"

"把我的丈夫还给我。"我尖声喝道。

我们的周围陷入了沉默，人们把头都朝向我看，布满泪水的脸像是在说要团结，他们也希望亲人能够回到身边。要是我们坐得够近的话，我们会击掌的。这个社会混乱不堪，但至少我不是孤身一人。

戴夫把手放在我的右肩上，以示安慰。他清楚我正处在崩溃的边缘，我知道他现在最迫切的愿望是带我离开这里。

"还有别的吗？"

"嗯，如果您能提供您丈夫医生和牙医的名字和地址，这将会对调查有很大帮助。请放心，我们收集的所有信息都会保密，将在医学专家的指导下由法医进行管理。另外，很抱歉，我还要再说一句，我们还需要一份 DNA 样本。"

父亲握着我的手，"还有吗？"他咬着牙说道。

安·玛格丽特从她包里拿出一个信封放在桌子上，"这是航空公司给逝者家属的首笔抚慰金。我知道这是一个非常艰难的时期，这些赔偿金是用来减轻您和您家人的一些负担的。"

我拿起信封，瞄了一眼里面的印刷纸。很显然，死亡是有代价的，如果航空公司可信的话，这里是 54378 美元。

"后期还会有更多。"安·玛格丽特说。

从我走进门就在嗞嗞作响的愤怒这会儿烧成了炽热的岩浆。火焰灼烧着我的器官，喷薄而出的岩浆流过血管，从里到外将我烧了个通透。我紧攥拳头，直挺挺地坐在椅子上。

"问你点事儿，玛格丽特·安。"

"是安……"她停顿了一下，露出怜悯的微笑，"当然，什么事情都可以。"

"你为谁而工作？"

她愣了一下，皱着眉头，好像问我在说什么，"格里菲斯太太，我已经告诉过您了，我为您工作。"

"不，我的意思是你的薪资单中最上面的名字是谁。"

她张大了嘴，又合上了，长吸了一口气，才说道："自由航空公司。"

我把支票撕成了两半，站起来去拿我的包，"我猜也是这样。"

至少安·玛格丽特很守信用。当我推开家庭援助中心的大门时，几个穿着制服的航空公司护卫领着我们，快速穿过航站楼。即使在奔向汽车的路上有记者发现了我们，我们也看不到他们。这些护卫如同人肉盾牌一般严密。

他们把我们一家人塞进父亲的切诺基车里，"砰"地关上了门。父亲一打火，他们就离去了。父亲挂上挡，但是没有把脚从刹车上移开。和我一样，父亲还惊魂未定，试着去整理我们在过去一小时里得到的信息。我不记得我们在车里坐了多久，马达在我们下面嗡嗡作响，我们静静地盯着窗外停车场的混凝土护栏，直到我感觉父亲温暖的手放在我膝盖上，戴夫的手在我肩膀上，我才意识到自己一直在哭。

第九章

一整夜，我都梦见我成了威尔。我在美国中部地区的云层之上，坐在一个靠过道的位置，系着安全带，非常安全。突然，飞机头朝上从天空掉落，来回倾斜翻转，发动机轰隆隆的声音和我的尖叫声一样震耳欲聋，我和周围的乘客一样惊慌失措。飞机急剧下降，以排山倒海之势倾斜着冲向地面，爆炸后形成一个火球。这时我突然惊醒了，威尔的恐惧还在我的脑海中回荡。他知道发生什么了吗？他叫了吗？哭了吗？祈祷了吗？在最后一刻，他想到我了吗？

这些问题一直困扰着我。它们在我大脑中行进，犹如军队般向我发起攻击，快速侵占我的大脑，把我折腾得辗转反侧。为什么我丈夫告诉我他要去一个地方，可是却坐飞机去了另一个地方？为什么他要虚构一个会议，虚构一个传单做假证？还有多少次他对我说去了一个地方却身处他方？最后这个问题使我心里一沉，答案很明显，就如同将方形木桩凿进圆形的洞一样。威尔不会出轨的，不会的。

不然，为什么？他为什么要说谎？

我在床上翻来覆去，大清早摸索着他空落落的枕头。我把冰凉的棉花枕压在脸上，吸入威尔的气息，对他的记忆是那么清晰。威尔的方下巴在他的电脑屏幕上映现出来，他的头发还是那样，一边乱糟糟的。他在想事情时总会下意识地用一只手撩头发。每当我进房间时，他的那种微笑只有我能看到。更重要的是，我能感受到那种感觉是真实的，那是他的感觉，也是我们俩的感觉。

我需要我的丈夫，需要他温暖的身体伴我入睡，需要他温热的触摸，需要他在我耳边喃喃细语，说我是他最爱的人。我闭上眼睛，他就在那里，躺在我的旁边，赤裸着上身，弯起一根手指引诱我。威尔死了，他走了，现在，我也随他而去了。

新伤口伴随着灼热的痛苦再次被揭开，我不能再待在这张床上——我们的床上——哪怕一秒钟也不能待。我踢开被子，穿上威尔的睡袍，下了楼梯。

在客厅里，我打开墙壁上的开关，停顿了一下，让我的眼睛适应这突如其来的亮光。适应以后，我似乎看到了我和威尔的生活写照，看到了在他去机场前那凝固的一刻。他的科幻小说，边角褶皱，纸页卷曲，在墙角的桌子上放着，紧挨着他最喜欢的椅子。旁边是一堆玻璃纸材质的糖果包装纸，我总是唠叨让他收起来。我在微笑时，感觉泪水已在眼中不停打转，但我又给挤回去了，因为有一个词像一把刀一样砍断了我的回忆。

为什么？

我扶着墙朝书架走去。

去年，我们刚搬进这栋房子的时候，威尔就否定了家庭办公室的想法。"一个技术人员不需要桌子，"他说，"只需要一台多核处理器的笔记本和一个休息的地方。但要是你想要一个，那就弄吧。"我不想要。我喜欢在威尔喜欢的地方休息，厨房的柜橱台上、沙发上、屋后露台阴凉的地方。客厅里的桌子成了分拣邮件、存放笔和纸夹，放置我们最喜欢的框架照片——拍摄幸福时刻的地方。我转过身背对着桌子，不去看它。

但不可否认的是，房屋所有权是有书面记录的，威尔把它们放在了起居室内嵌的储物柜里。我跪在地板上，猛地拉开小门，惊讶地看到一个商店购物清单。一排排各色三孔活页夹，一致地印着标签标记着内容。一切都按照年份分组排序。我把活页夹拿出来，依次摆放在硬木板上。从哪里最有可能找到另一个谎言呢？

三个一组的信托盘堆叠在柜子的最左边，我翻了一下里面的东西，都是与工作有关的手册，一本黄色的亚特兰大商业年鉴，附有应用程序头版文章，以及夏天滚石乐团的音乐会门票。一堆未付的账单放在上面，夹在一起，贴着威尔写的便利贴：尽快完成。我心跳加速，血液迅速往上涌，尽管房间里很冷，我已经开始出汗了。威尔没有死，他会回来的。证据就在这儿，在他容易辨认的潦草的笔记里。死人去不了演唱会，也无法解决待办事项，我丈夫那么一丝不苟，绝不会留下未完成的任务。

我盘腿坐在这些纸片之间，一页一页地翻看这些活页夹。银行报表、信用卡、贷款、合同和纳税申报表……我也不知道我在找什么。我对他全身心地付出，我认为我对丈夫非常了解，我要找出线索，解释他为什么突然变成了那种说谎的人。

一个半小时后，我无意中发现了一样东西——他新更改的遗嘱，一个我从来没有见过的版本，一个月前才改的，这一发现犹如一记重拳打在我的肚子上。他没有告诉我就修改了自己的遗嘱？我们并没有多少资产：一栋按揭的房子，两笔汽车贷款，其他也没有什么了。威尔的家人都去世了，我们也没有孩子。或许，还有未来的孩子，我们的情况非常简单。我翻阅这些活页夹，努力寻找原因。

我在第七页找到了：威尔今年早些时候新买的两份人寿保险单。跟之前买的那份在一起放着，金额加起来总共有——我看了两遍进行确认——二百五十万美元。纸掉到了我的大腿上，头顶一阵眩晕。数额如此惊人，与他的中层工资完全不相符。我知道我应该为他的这一准备而高兴，但新的疑问戳得我难以忍受。为什么有两张保险单？为什么金额这么大？

"我能问一下吗？"我抬头，看见戴夫站在门口。他穿着他丈夫哈佛的 T 恤和睡裤，这身衣服在床上弄得皱皱巴巴的。他张着大嘴打着哈欠。现在才七点，戴夫从来没有起过这么早。

"我正在寻找线索。"

"我知道。"他伸长胳膊，都要够到天花板上了，然后弯了下来，脊椎"咔吧"一声让我想到了气泡膜，"我的意思是，有没有可能找到证明他在西雅图有另一个人的证据。"

　　"实际上正好相反。没有异常的付款，没有我不认识的名字。只有一些关于机构组织的证明文件，说到整理东西，我丈夫可真是个行家。"我拿起遗嘱，翻到第七页，"你买人寿保险了吗？"

　　"买啦。"

　　"买了多少钱的？"

　　他用手捋了一下黑发，头发乱蓬蓬的，立了起来，"我不记得了，差不多不到一百万吧。"

　　"詹姆斯呢？"

　　"跟我差不多吧。为什么要问这个？"

　　"二百五十万美元。"我拿着单据在我们俩之间晃了晃，"数百万啊，戴夫。难道你不觉得高得离谱吗？"

　　他耸耸肩，"我敢肯定你是受益人。"

　　"那当然。"我说，另一个问题却在我意识里缓缓蠕动。谁能说他不是买给其他人的，买给西雅图的某个人？

　　"不过，这也不一定。我想了一下，这个数是你年薪的十倍，所以，威尔买的确实是太多了。但他很爱你，可能他只是想确保你有充足的保障。"

　　戴夫的话慢慢地暴露出他的悲伤，但我把它全咽到肚子里了。是的，我丈夫很爱我，但他也撒谎了。"这两份保险是三个月前买的。"

他头猛地一抬，眉毛皱成了 V 字形，"这要么是个难以置信的巧合，要么真的就让我毛骨悚然了。我不确定。"

"我要毛骨悚然了。"

他坐在椅子上，手抓着脸，"好吧，我们来好好想想。人寿保险肯定不是免费的，数额那么巨大，他应该花了一大笔钱，或许是用了一个多月凑的。"

我指着那一堆活页夹，其中一页列出了今年的银行报表，"嗯，他没有用我们的共同账户付款。我仔细查看了每张报表，除了有一笔星巴克的费用惊人外，没有找到其他任何东西。"

"他会不会有另一个银行账户？"

"我觉得有这种可能。但如果不在这儿，我上哪儿找呢？"

"他的电脑。电子邮件、书签、历史记录一类的东西。"

"他去哪儿都要带着笔记本电脑，还有手机和 iPad。"

"你能登录他的邮箱吗？"

我摇了摇头说："别想了。威尔不像我们，仍然用童年养的狗的名字作为密码。他用的是那些计算机生成的、不可破解的登录密码，跟其他的都不一样。"

"即使是脸书？"

"尤其是脸书。你知道社交媒体账号被黑得有多频繁吗？一直被黑。你刚知道的某件事，马上就会被推送到你的一千五百名推特关注者的手机上。"

威尔会很骄傲的，因为刚才那些都是他说过的话，那是当我告诉他我的所有登录密码都是 rocky321 时，他告诫我的。现在却从我口中一口气说了出来。

环顾四周凌乱的文件堆和活页夹，我叹了口气。可以肯定的是，这里不会有什么答案了。我站起身，把这些东西都塞回到柜子里。

"如果我想要摸清丈夫的秘密，你知道我要找的下一个地方是哪儿吗？告诉你，我可是冒着确认那些你曾听过的有关同性恋故事的风险啊。"

我伸手去拿另一个活页夹，向肩膀后瞥了一眼我弟弟，然后我们俩异口同声。

"他的衣柜。"

威尔的衣柜整洁有序，所有的衣服都是按颜色整理、按类别分放的。工作衬衫都熨平后上浆扣扣，一排带褶皱样式的长裤锋利得足以切面包。牛仔裤、T 恤和 polo 衫，每个衣架都有完美的间隔。我拽着最上面抽屉的把手往外拉，打开后我看到了他的平角内裤，堆成一排，都已经卷成土特希卷了。

这是威尔的地盘，他无处不在。我在这儿站了一会儿，像喝红酒一样将他饮进体内，感觉到胃里一阵疼痛。他爱整洁，偏爱柔软的面料和饱满的珠宝色调，喜欢闻刺鼻的肥皂和薄荷气味。好像我一转身，他就会在那里，露出那让他显得年轻却成熟的微笑。他第一次冲我这样笑是在克罗格停车场，当时外面还下着雨，我特别喜欢那个情景，虽然他开车撞到了我汽车的保险杠，我还是答应他一起喝了杯咖啡。

"知道吗？你本可以直接跟我要手机号的。"几天后，在我们第一次正式约会完，他陪我走到门口时我取笑他说，"我们的挡泥板可没有必要受到这样的撞击。"

"不然我怎么引起你的注意呢？你正好要开走。"

我笑了，"可怜无辜的挡泥板。"

"牺牲得值。"然后他吻了我，我知道他是那个对的人。

"你没事吧？"戴夫语气温和地说。

我点点头，但并不相信自己说的话。

"你确定要这样做吗？"他用一种关切的目光注视着我，"你不必这样，你知道的。"

"我知道，但我想做。"他看起来不太相信，我又补充说，"我需要这样做。"

"那好吧。"他指着柜子的一头，威尔的毛衣都整齐地叠放在里面，"我从这头开始，你从那头开始，咱们在中间会合。"

我们俩默默地检查每一条长裤、短裤以及牛仔裤的每一个口袋。戴夫把每件毛衣都抖了个通透，我把每个抽屉都翻了个底朝天。我们翻看了每一只鞋子，摸了每一只袜子。热火朝天地干了足足有一个小时，但到最后，除了线头，我们一无所获。

"我知道你丈夫很细心，但这也太离谱了。再怎么样，我们也应该能找到一些垃圾吧，旧名片、收据、一些备用的零钱之类的。他会掏空口袋，把东西放在什么地方吗？"

"我们在洗衣间有一个存钱罐，至于其他的东西……"我把肩耸得都能碰到耳垂了。

我和弟弟盘腿坐在地板上，周围凌乱地堆放着威尔的衣服和鞋子。就像龙卷风席卷了衣柜一样，衣架上的衣服都被刮了出来，所有的东西都掉到了地上。我拿起一件威尔的毛衣，这件如同婴儿屁股一般柔软的羊绒衫是我去年给他买的生日礼物，我把它拿到鼻子边，嗅着那熟悉的味道。

在那一刻，我对威尔的感觉如此强烈，我停止了呼吸，脖子后面的汗毛竖了起来。"嘿，亲爱的，"他的声音在我的脑海里回响，如此清晰，好像此刻他就站在我的身边，"你在做什么？"

我打破了幻想，把衣服扔到我的膝盖上，"现在怎么办？"

戴夫停下来想了想，"他的车？"

"在机场。"

他点了点头，"我跟爸爸会想办法把它弄回来。还有，社交媒体呢？你最后一次看他的脸书页面是什么时候？"

戴夫的问题让我一愣。威尔和我拥有一个家，一样的生活，一样的过去。我们的关系一直建立在信任和诚实之上，他给了我自己的空间，我给他放长了线。

"别这样看着我，以后也不要。偷窥的事我们可干不出来。

我们没有理由相互嫉妒，相互猜疑。"

戴夫倒吸了一口气，但他没有说出我们两个都在想的事。

一直到现在也没有。

詹姆斯的声音在拐角处传来，"嘿，戴夫？"

"在衣橱里。"戴夫大声地说。

詹姆斯的笑声先传到了壁橱门口，他穿着一套露露柠檬瑜伽服，还拎着一个白色礼品袋。他的金发被汗水和雨水打湿后垂在前额，气喘吁吁地说："我现在有很多笑话可以给你讲。"

戴夫转动着眼睛，"你去购物中心附近跑步了？"

詹姆斯低头看了一下那个袋子，好像刚想起来手里还拎着它，"哦，对了。我猜这是给爱丽丝的。我看见这个袋子在前门把手上挂着，没有留便条。"

我拿过袋子，从里面拿出一部全新的 iPhone6，这个手机的内存比我以往用过的任何手机都大，还在盒子里密封着。

"为什么有人会给你一部 iPhone 呢？"詹姆斯问。

"因为她感觉对不起我，她知道我原来的坏了。"我把盒子放回袋子里，递给了戴夫。

"要我帮你设置好吗？"戴夫说。

"不用，我要你把它拿到商店去退掉，然后用我的钱给我买一个不一样的。"

"给这个人写张支票不是更省事吗？"我弟弟总是对的。我确实需要一部新手机，但如果不是我自己买的，其他任何人买的都会让我受到诅咒。

"那好，但是你需要用我的笔记本电脑来安装。我想电脑在厨房的某个抽屉里。安装好以后，查一下那个东西的价钱，好吗？"

我必须登录学校系统才能找到克莱尔的地址，然后我就可以在邮件中附上支票。

"当然可以。"

这件事就算过去了。詹姆斯肩膀倚着门框，看着被我们弄得乱糟糟的衣柜：歪斜的衣架，地上堆成山的毛衣和衬衫，以及挂在柜子外面的衣服，就像塔吉特百货在进行五折促销。

"我能知道这儿发生了什么吗？"

"我们在侦查。"戴夫说。

"发现什么了吗？"

"什么都没有，甚至连煤气收据都没有。"

戴夫的语气意味深长，就像他的表情一样。他们两个人一顿嘀咕，我的内心结了一个死结：什么样的人才不会留下任何东西，甚至连一张口香糖包装纸或一个硬币都没有留下？一定是那种不想让妻子知道他在干什么的人。他们的话我听得清楚，还不如直接大声说出来呢。

"他没有背叛我。"我说，我的声音和我的感觉一样倔强。有些你觉得对于你来说很重要的东西，你会拿你的生命和所有去赌，这就是其中一个。

"他不会的。"

戴夫指着周围一大堆衣服说："没人会这么警觉的。"

"这里当然有事情发生。威尔登上错误的飞机，朝着错误的方向飞去。但不是因为另一个女人，而是因为某些别的东西。"

詹姆斯开口提出了意见，戴夫严厉地看了他一眼，暗示他闭上嘴巴。我知道他们一走过大厅到自己房间、关上门后，马上就会讨论此事，我想我应该对此习惯。我的家人不会是第一个对威尔做最坏猜测的，那就是他还有另一个女人，可能是女朋友，也可能是妻子或孩子的母亲，藏匿在西雅图的一个郊区。

那一阵愤怒让我喘不过气。他怎么能这样对我？他怎么能把我这样一个手无寸铁、一无所知的人留在这里孤军奋战？我想为他辩护，我想保卫我们，但我不知道该怎么做。他留给我的只有各种问题。我该如何去证明他们都猜错了？

戴夫把手放在我的膝盖上，"我们会继续找，好吗？如果有必要的话，我们会乘飞机去西雅图，我们会查到其他线索的。"

我点点头，心中充满了对我这个孪生弟弟的爱。他的提议并非出于对我丈夫的坚定信任，而是出于对我的信任。他愿意去寻找另一种解释，纯粹是因为我的坚定。

"你是我在这个世界上第二个最爱的人。"说完我就满脸泪水，因为这句话不再确切了。没有了威尔，戴夫就排在第一位了。

第十章

　　这周日阳光明媚，亚特兰大也正是因为这美好的春日而闻名。天空湛蓝，清新的微风中夹杂着缕缕青草和蜂蜜牛奶的味道。平日里，我和威尔总爱去皮德蒙特公园慵懒地遛弯，或是去亚特兰大环线上探险。这种天气不适合举办葬礼，因为阳光太灿烂了。

　　为了举办追悼会，自由航空公司包下了亚特兰大植物园。我身着黑衣，戴着墨镜缓慢环顾了一周，不得不承认这里是个举办追悼会的好地方。这儿的桥梁高高耸立，湖面波光粼粼，奇休利（著名的玻璃雕塑家）绚丽多彩的雕塑作品随处可见，场面很是壮观。但这还不算什么，记者全被堵在了门外，而且有了层层树叶的保护，任何长焦远摄像头都休想拍到我们。我在员工会议上遇见了安·玛格丽特，朝她点了点头。在盛开的郁金香的感染下，我仿佛又恢复了几分精神。

　　母亲挽着我的手臂，把头靠在我的肩上，"你还好吗？"

　　"我没事。"

谢天谢地，我说的是真话。从我们来到这儿开始，我的内心就完全麻木了，就像有人给我注射了一整普鲁佛卡因一样。我觉得自己的身体正濒临崩溃，这种迟钝来得正是时候。昨天，父亲把他从卫生间收集到的威尔的物品交给了一个满脸严肃的自由航空公司的代表，其中有威尔的牙刷、一个被遗忘在角落的指甲剪，还有几缕头发。这事儿让我昨天哭泣、呕吐了一整天。他们试图从遗传学的角度向受害者家属证明一切都结束了，但我不想一切就此了结。让他们见鬼去吧。我想要的结果是，他们在密苏里的那片玉米地里一无所获，找不到我丈夫的蛛丝马迹。

　　一群身着制服的工作人员簇拥着我们走下砖砌的小道，来到玫瑰园。这里有一大片草地，背后衬托出亚特兰大市中心的地平线。我们排成一排，依次坐进靠中间的一列，这儿的座席都是软垫折叠椅。我认出了一些熟悉的面孔，他们都是我那天在家庭援助中心遇到的。印度女人这次戴着白色的纱丽；黑人少年没戴耳钉，满脸泪水。在阳光的照耀下，他们脸颊上的泪水闪闪发亮，就像灯塔一般，幸好我戴了太阳镜。当我看到安·玛格丽特从场外往里面看时，我更是庆幸自己提前有所准备。她热切的眼神让我想起了福雷斯特的礼堂，想起那天我极力不想当众出丑的样子。在她看来，我们是"她"的家人，但我们却不这么认为。我装出一副刻薄的样子，冷冷地看了看她，转过身去。

这个仪式居然持续了一个半小时，俗气的歌曲混合着麦克风的回声，还有那些我从未见过也永远不想再见的人，真是一次痛苦的体验。他们用荒谬可笑的陈词滥调表达自己的哀悼和慰问，像什么"让爱战胜绝望、战胜悲伤""让我们用爱和希望来填补内心的空洞"，诸如此类。

什么希望？我屏住呼吸，咬紧牙关，努力不让自己尖叫出声。我还有什么希望？就是因为自由航空公司，让我落到现在这般田地。

自由航空公司，一提起这个名字我就气得浑身发抖。我恨他们马虎的机械师、虚伪的关怀、无能的灾害应对方法和笨手笨脚的工作人员。如果那个飞行员在坠机事故中没有死，我甚至想亲手杀掉他。

飞行员的家人在哪儿？在这儿吗？我仔细看着周围抹眼泪的人，想要找出那个飞行员的家人。他们敢来吗？他们敢直面这些受害家庭，敢直面自己所爱的人犯下的这个弥天大错吗？

仪式结束后，我们聚在一株玫瑰丛边吃茶点，这种情景似乎更适合婚礼而非葬礼。这种花的花期只能持续几周，含苞待放的花蕾现在只不过是个小小的凸点，但攀缘着树枝的嫩绿色藤蔓却积极乐观，这对我来说简直是无情的嘲讽。活着，活着，活着，它们呼喊着，但我的威尔已经死去了。

"你要喝点什么吗？"爸爸问道，他指向站在人群边缘、身着制服手托一盘冰镇饮料的服务员。

"一杯可乐。"我说道,其实我并不渴。手上托着玻璃杯,我就腾不出手去揍别人。但当父亲挤进人群之后,我又想想,"其实,我们可以直接回去了吧?我真的很想回家。"

母亲和戴夫交换了一个眼神。

"或许你应该和其他家庭的人聊聊?"妈妈说。

"不,我真的,真的不想。"作为一名心理学家,我非常相信集体疗法,从其他经历过类似悲剧的人身上寻找慰藉。但是,和这些人一起讨论这些,就意味着我已经默认威尔坐的就是那趟航班。除非把 DNA 检测结果摆在我面前,否则我依然拒绝接受这一切。

我的上司泰德·罗琳斯走到我的面前。尽管我没想到会在这里见到他,但我并不感到意外。他像对待家人一样对待福雷斯特的每一个人,不论老师还是学生。他当然会参加这个葬礼。

他伸出双手,握住我的手说:"我代表福雷斯特学院全体成员,给你送上最诚挚的慰问。对你丈夫的离世我们深表哀悼。如果我们能为你做些什么,请一定直说。"

我的泪水涌上眼眶,倒不是因为他的话语打动了我,而是因为他系了一条庄严稳重的黑领带,一点儿也不像他平时来学校时系的花色领带。如果有葬礼专用领带,这一定可以算是一条。他肯定是为了参加葬礼才买的这条领带,这个想法让我伤心到不能自已,"谢谢你,泰德。你的安慰意义重大。"

"你大可以慢慢恢复,好吗?等你从悲伤中走出来,我们学校见。"他紧紧地握着我的手，然后走到我母亲身边，第一个结束了哀悼。在他之后来哀悼的是其他同事和他们的家属，随后我还在人群中认出了威尔的老板和他的一些同事。他们排着队朝我走来，说着那些和泰德大同小异的话。下一批来的是福雷斯特曲棍球代表队，一脸肃穆，带着浓厚的官方口吻。但随着我和他们挨个握手，一阵阵痛楚蔓延到我的每一寸皮肤。我才不想要他们的同情，也不想听那些安慰的话，我只想要我的丈夫回到我身边。

"哦，爱丽丝。"我听到熟悉的声音，原来是我最好的三个闺密。她们眼睛都哭肿了，眼眶中布满了血丝。伊丽莎白、丽莎和克里斯蒂围绕在我身边，拥抱着我，周围夹杂着花香、蜂蜜和泪水。

"他怎么会坐上那架飞机呢？"我们的额头紧紧相贴，"他现在本该在奥兰多的。"

她们能说什么呢，她们又没法把死人变活，所以她们只能把我抱得更紧了，一句话也没有说。我知道她们足够了解我，不会用那些陈词滥调来化解沉默。

这让我心里暖暖的，但与此同时，也给我带来了新一轮的悲痛。

"谢谢你们能来。"我低声说，此时母亲突然冲了过来。去年，在我父母的结婚四十周年纪念日上她也做过同样的事情，她这是要让队伍继续保持移动，因为有人停留的时间太久了。

这会儿，她正拉着后面的人走到我面前。她笑容温和，步态轻柔，只有我明白她的真实想法。

下一位走到我面前的是一位身着条纹西装的金发男子。他说："我在家庭援助中心见过你，对吧？"

"是的。"我说，然后就闭口不言了。关键是，这个家伙光凭借自己的身高就足以让我印象深刻了。他太高了，就像在篮球场上腾跃的巨人一样。

我当时太疲惫了，也许他当时坐着，所以我没有注意到。不管怎样，他肯定也有亲人在那架飞机上。他做出一副彬彬有礼、令人愉快的样子，但那双绿色的眼睛却没能掩盖住内心的痛苦。他的眼神中充满了焦虑和不安，这一点儿都不令人愉快。

他伸出一只手，"我叫埃文·谢菲尔德。我的妻子和女儿都坐的那架飞机。"

我抽搐了一下，可同时又有了种解脱感。那个可怜的人一下子失去了两个亲人。显然，有些人比我的遭遇更悲惨。

"爱丽丝·格里菲斯。我丈夫，威尔……"我哽咽了。我仍然说不出那几个可怕的词。

埃文点了点头，一声苦笑，表示理解。他当然理解，"我想让你知道，我正在组建一个旅客和机组人员的亲友协会。我想如果我们能团结起来，我们会做成更多的事情。"

"比如说呢？"

"首先，我们得弄明白现在该做什么，该听谁的。我不知道你的情况，但我不打算盲目地遵循护理专家为我制定的计划。我觉得自由航空公司的工作人员此刻并不一定能提供最好的建议。"

"我同意。"

"很好。"他从夹克衫里掏出一张名片递给我。纸上用蓝色漩涡体印着他的名字，他用手指给我看。

"给我发封电子邮件，我好把你加到通讯录上。我初步打算下周早些时候在市中心我的公司里开第一次会议，罗杰斯、谢菲尔德和谢伊都会出席。给你发送的邮件里会有具体地址和停车指南。"我认识罗杰斯、谢菲尔德和谢伊。在南方的每一个人都知道他们，他们在2001年推翻了对特洛伊·高斯的定罪，从此就变得无人不知、无人不晓了。特洛伊·高斯来自萨凡纳，是个清白的人，却被错判了死刑。我又仔细看了看他的名字，我现在想起这位首席检察官了。

"你就是那个大名鼎鼎的埃文·谢菲尔德？"

"是的，我不是团队中唯一的律师。我们还有几名护士、一位睡眠治疗师和一帮医生。如果你有什么特殊才能，或是你想做志愿者，请在邮件中说明。当然，这不是强制性的，你也可以过来旁听。"

"我女儿是心理学家，"母亲忍不住插嘴说道，"曾就读于艾格尼丝斯科特学院和埃默里大学。"

"我不知道自己能否帮上忙，"我赶紧补充，"我现在已经快要崩溃了。"

埃文勉强挤出一个微笑，但他看起来更像是在做鬼脸。

"欢迎加入我们。每个人都说我们会渡过难关的，但是现在一切都尚无定论。"他深吸一口气，努力平复着情绪，"不管怎样，很高兴认识你，我会留意你的邮件的。"

他走了，去和下一个人说同样的话，他的双肩因为疲倦而耷拉着，而我也累得筋疲力尽。悲痛让人心力交瘁，他失去了两个至亲，而我只失去了一个。他哪儿来的这么多力气？我的目光飘向一片浓密松软的草坪，我想我也许可以躺在上面休息一小会儿。

戴夫走到我身边，伸出胳膊搂住我的腰，我也靠着他。当我跟埃文说我濒临崩溃时，我是认真的，我真的已经快支撑不下去了。当我跟妈妈说我想回家的时候，我也是认真的。突然间，我只想远离这一切。我再也受不了这些排着队的哀悼者了。

"我们走吧。"

戴夫指了指远处的草地，那儿正在设自助餐，餐桌上摆着大大的托盘，里面盛满了食物。

"但是——"

"我没有开玩笑，戴夫。我需要你带我离开这里。马上就走。"

戴夫伸长脖子瞅了瞅我，"好吧，但是妈妈刚去上厕所了，而且詹姆斯也不知道去哪儿了。"他转过身来，紧紧地握着我的手，"再等一下。我这就去找他们。"

"那太好了。谢谢。"

他刚转身离开，又有一个人扯住了我的袖子。我不由自主猛地转过身来，皱了皱眉头，"嗯？"

我不知道那个人有没有因为我的不礼貌而感到不悦，他表面总是波澜不惊的。他微微一笑，古铜色的皮肤在阳光的照耀下闪着亮光，手中托着一杯晶莹剔透的液体，"来点儿圣培露矿泉水吧，可以让你好好清爽一下。"

"哦。"内疚感涌上心头，我张着嘴，努力挤出道歉的微笑，"对不起，我平时不会这么浑蛋的，只是……"我接过杯子，朝他举杯致意，"谢谢。真的非常感谢。"

"我叫科班·海耶斯，"他说，"我是威尔在健身房的朋友。"

我咽了口水，走到一边。这家伙一定在健身房里花了不少时间。高大瘦削，肌肉纹理清晰，以至于血管都凸显了出来，就像黑色的绳子一样，在他古铜色的手臂上尤其显眼。一看他就是那种天天拉引体向上、注意饮食、努力锻炼的人。威尔也健身，但他没有那么痴迷。他只用杠铃和跑步机，不会刻意控制饮食，所以他想吃多少卷饼都可以。他俩是多好的朋友呢？

"我有时候会把举重用具放错地方，威尔就骂我。不过我也嫌他的事儿太多。一来二去我俩就成了好朋友。"

我不由自主地笑了笑，"威尔就是这样。他喜欢整洁。"

"我想说，"科班的表情变得肃穆起来，轻轻摇了摇头，"我会想念他的，尽管他总是使唤我，每隔三十天就催着我改密码。

去年我们公司购置了一套 AppSec 公司的安全套件，它是我们用过的最干净、最快捷的迁移软件。那是威尔帮忙敲定的生意，他还花时间来给我们做免费培训。我知道 AppSec 公司是很不情愿让他离职的。"

他还没说完，我就点着头，咕哝着表示感谢，"什么意思？离职？"

"接受新工作啊。是哪家公司来着？ EPM ？ TPM ？好像就是这类名字。他去西雅图就是为了最后的签约，不是吗？"

玻璃杯从我指间滑落，重重地摔碎在地砖上，发出巨大的声响。大家都向我这边看过来，一些夹杂着水的小玻璃碴溅到了我的小腿上。

科班并没有退后躲避，他赶紧朝前跨了几步，在我差点儿倒下的一刹那伸手抓住我的手臂，"站稳了。"

我想说我没事，但我居然连气都喘不上来，气流在我喉咙处卡住了。

"你还好吗？你的脸色苍白得像纸一样。"

我的肺像石头一样僵硬，吸不进气也呼不出气。我小口小口地吸着气，只感觉眼冒金星，"不能……呼吸……"

"那是因为你呼吸过于急促，来。"他把我拽到背阴的长椅处，让我坐下来，"屏住呼吸。我知道这样很难受，但相信我，肯定有用的。尽可能屏住呼吸，越久越好，然后用鼻子吸气，越慢越好。"他坐在我旁边，反复说了几遍，又做出气喘吁吁的样子，用他扁平的鼻子夸张地演示给我看。过了一会儿，我的呼吸平缓下来，头也不晕了。他说："好点了？"

我默默点了点头。

他俯下身，看了看我的腿部，然后说："如果我说你在流血，你会不会再次喘不上气来？"我还没来得及说话，他已经蹲在草地上，从口袋里拿出方巾给我包扎伤口了，"我看伤口不深，但你回家之后还是要找人帮忙，把伤口彻底清理干净。"

我隐隐觉得科班有点儿小题大做了，这时候大家都聚集过来，好奇又谨慎地看着我们。有人帮我脱下鞋子，从胫骨往下泼了些凉水，可我却精神恍惚，根本没在意这些。

这几天，我一直期盼着有人能告诉我，这一切都不是真的，威尔在奥兰多安然无恙。所谓的会议只是一个谎言，他只是为了掩盖一个难以启齿的事实：他要前往西雅图，他打算彻底改变我们的生活，要在西海岸开始一段新生活。我捂住嘴巴，这突如其来的真相让我彻底蒙了。原来，威尔上那架飞机是有缘由的。

这意味着我有理由放弃最后一丝希望。

"威尔在西雅图找了份新工作吗？"

我一定是说得特别大声，因为科班吃惊地抬头看着我，"你不知道？"

我瞪着眼睛，"我当然不知道。"这些话像掷飞镖一样脱口而出，语速又快又急。怎么会这样呢？

科班站起身，挨着我在长凳上坐下，用他黑夜一般的眼睛看着我，"我不知道他一直在瞒着你。但我知道他是怎么想的，他只是想找个合适的机会来告诉你，我希望这能让你好受一点。"

"合适的时候？是我哪天下班回家，发现门口挂着楼房出售的牌子，搬家公司正在把我们的东西一件件搬出去的时候吗？"

"怎么可能啊？你了解威尔的，他不会让陌生人碰他的东西的。"

我知道他是在开玩笑，但科班的话像火球一样烫疼了我。这个家伙声称威尔是他的朋友，但威尔是我的丈夫。我像一个醋意大发的恋人，他现在就像是第三者，当我和威尔在床上时，他就横在我们之间，怒火在我的胸口缓缓升起。

"你对威尔了解多少？"我说道，话里话外全是指责的语气。

科班的眉毛扬了起来，形成了一个 V 字形，"我说过，我们是在健身房认识的。"

"我问的是了解有多深，了解有多少。你们俩的关系不可能像你说的那么好，因为他从来没有在我面前提起过你的名字。我怎么知道你说的是实话？"

科班依然是一脸波澜不惊的表情。他稍稍向后靠了靠，伸出一只粗壮的手臂，搭在长椅背上。

"嗯，我知道他父亲在他七岁时失踪了，母亲在他上初三时去世了。小至一两个月，大到十八岁，我对他经历的事情了如指掌。社会服务给他带来的压力很大，让他几乎喘不过气来。我知道，他凭借自己的努力获得了本科和研究生学历，我知道他在 AppSec 公司的工作岗位上一直游刃有余。我知道，他很慷慨，极其优秀，是个十全十美的好男人，在克罗格停车场遇到了他一生的挚爱。"

我顿时哑口无言。我与威尔共同生活了好多年，知道的也就这么多。他不喜欢说起他过去的苦难，也不愿自吹自擂。他却与科班分享了这一切，这说明他们的友谊不仅持续了很久，而且非同一般。

"嗯，也不是很了解嘛。"我咕哝着，他笑了，又一次证明他对我的丈夫有多么了解。

我又哭了，一方面是由于科班对威尔的情感，另一方面是因为威尔有这样一位好朋友，可以分享隐私的好朋友，而他却出于某些原因，一直对我隐瞒这段友谊。他为什么要这么做呢？

科班的手捏着我的手背，缓和了一下自己咄咄逼人的态度，"他本来想要告诉你的。真的。他想让你和他一样开心。这个机会可是千载难逢啊。但他决定等到下周末再说，因为他不想让这件事影响到你们的结婚纪念日。"

这件事科班也知道。威尔和我在西部餐厅预约了下周六晚间的座位，这场约会只属于我们两个人。

"他告诉我他要去奥兰多，去参加一场会议。他甚至还给我看了一张宣传单，他是主讲人。"

"奥兰多？"科班摇摇头，"这我可不知道，但也没什么意外的。新工作升职又加薪，但威尔知道这对你来说是个艰难的抉择。你和你的弟弟会分隔两地，足足相距2884英里。这让他一直很为难。"

"他说得对。"我喘着气，胡乱擦了擦脸，"我会跟他去的，但在此之前我会跟他吵一架。"

"谁知道呢？他估计会放水让你赢吧。"科班笑了，我扬了扬嘴角以示回应，就像巴甫洛夫的狗一样。我不由自主地做了这些动作，甚至连我自己都没有意识到。

"准备好走了吗？"戴夫的声音从身后传来，我转过身去。爸妈和詹姆斯站在两旁。我朝他们点了下头，然后又走到科班面前。

他从口袋里掏出一张名片递给我，我认得那上面的标志，是本地一家连锁银行。

"有需要可以给我打电话，随时都可以。不管有什么样的问题，或者只是想跟我聊聊。至于它的价值，威尔说得没错。"

"什么？"

"虽然撞坏了挡泥板，却收获了无价之宝。"

第十一章

我谷歌了一下，ESP 是企业安全平台的代称，是西雅图二十五个最佳工作场所之一，同时也是 AppSec 公司的主要竞争对手。他们的客户名单很长，种类繁多，来自金融、制药、航空和制造业的一些知名品牌令人印象深刻。ESP 的顾问们使用二十四种工作语言，工作地点遍布五十七个国家，他们兴趣广泛，喜欢滑雪、骑车甚至高山跳水。这份工作简直是为威尔量身定制的，既可以成功，又能冒险，完全符合他放荡不羁的性格。一切都很完美，唯一的美中不足就是公司位于西海岸。

我浏览了他们公司的网站，搜索员工档案和求职板块。大部分都是基础型岗位，且工作地点都在东海岸，我觉得他们可能已经把威尔所应聘的岗位删除掉了。人力资源部的负责人是一个叫萨巴瑞·马宗达的女士。我点击她的个人资料，并把她的联系信息记在了便利贴上。她周日下午不上班，而我的问题用语音信箱可是解决不了的。

你好，你有没有雇用我丈夫？有？不好意思，他怕是来不了了。

"亲爱的？"母亲的声音传来，我一抬头，她正站在沙发边上，"晚饭做好了。"

我在笔记本电脑上打开脸书，想看看威尔的好友名单。也许从他们的个人信息里我能找到什么线索，也就会知道下一步该怎么做，该去哪里了。

"你们吃吧，我不饿。"

"我做了土豆泥。"

我亲爱的母亲。她知道我多么喜欢吃她做的土豆泥，但现在我不想告诉她土豆泥的味道让我作呕。

她坐到沙发的扶手上，"一起过来吃点儿吧，好吗？就吃一两口。"

虽然我想和她解释一下，但她这么说完全是出于担心。除了出事那天早晨我狼吞虎咽吞下的一碗即食燕麦片和昨天她硬让我吃的一盒苏打饼干，过去的五天里我几乎没有进食。我心里明白，这都是连日来的震惊沮丧带走了我的食欲，为什么吃什么东西都味同嚼蜡？这是有深层生理原因的。可说什么都没用，我现在就是不想吃饭。只要妈妈一转过头，我马上就把那些饼干吐了出来。

但是现在，她正在用一种我非常熟悉的表情看着我，关切里透着决心，不达到目的她是不会罢休的。我大声叹了口气，把笔记本电脑放在沙发垫子上，跟着她走进厨房，大家都已经到齐了。

母亲吆喝着让我们赶紧上桌，"快坐，快坐。我这就去端盘子。孩子们，过来帮我搭把手，好吗？"

他们都去帮忙了，父亲搂着我的肩膀，把我拉到他身边。

父亲吻了吻我的太阳穴，"你还好吗，宝贝？"

"依然在坚持。"我撒谎了。

事实上，我已经给威尔的语音信箱打过无数通电话，只为听听他的声音，尽管那声音只会让我更加难受。我也抑制不住地去回想在追悼会上从科班那里了解到的情况——主要的倒不是威尔在西雅图的工作，更多的是他们的友谊。威尔为什么要对我隐瞒这些？戴夫说得没错——威尔更像是一个独行者而不是某一个人的好朋友，但他有足够的人脉为自己三十岁的生日派对预订到 KR 牛排餐厅。是的，他们中的一些人和我的闺密们结婚了。重点是，他并不避讳跟我谈起那些人，和他们共同庆祝，就像哥们儿一样。

为什么他和科班会有那么多秘密呢？是威尔担心我会因为某些原因而不喜欢他吗？还是他们的友谊对于威尔而言不值一提？不，不是这样的。威尔跟科班分享了这么多私事，那些只有和他生活多年的妻子才知道的私事，这说明他们一定是亲密的挚友。我试着理出一个逻辑，想把我所了解的一切都串联起来——工作、友谊、西雅图——但我的心已经累了。这根本没有任何意义。

我的目光落在桌子另一端，威尔之前坐的位置上。某人——我猜是母亲——在他放盘子的地方搁了一个柳篮，里面装满了各色慰问卡。那些卡片已经放在那儿好几天了，花形卡片里写满了华丽的辞藻，我一条也读不下去。我挑了对面的一把椅子坐了下来。

"你觉得这样行吗？"我父亲问道，大家都没有作声，过了好一会儿我才意识到他在和我说话。

我回过头，发现他在看着我，"什么行吗？"

"我们会一直陪你到下周末。"他把目光转向戴夫和詹姆斯，他俩正把热气腾腾的菜往桌上摆，然后看向厨房里的母亲，"我们都放下了手中的工作，陪你度过第一周。第一周过后，我们会轮班照顾你，直到你彻底好起来。"

"你们不用这么做。"

"别傻了，"母亲的语气里透着坚定，既有不容置疑的权威又有身为母亲对孩子的那种特殊的关爱，"我们会陪你，就这么定了。"

母亲把一个盘子推到我面前，那是个巨大的盘子，里面的食物快要溢出来了，简直都够三个人吃的了。她给了我一个鼓励的微笑，可当我闻到肉、土豆和黄油的味道时，我还是忍不住皱了皱眉。但她就站在我身边，我只好强忍住恶心，拿起叉子吃了一口。

"在追悼会上和你说话的那个人是谁？那黑家伙长得像保镖似的。"当我正准备把那口食物吐出来时，戴夫问道。

我简直太感谢他了。他的确是出于好奇才问的，但更重要的是能够转移母亲无所不在的注意力。这个办法果然有效。母亲只要一看他，我就把已经叉起的食物放回盘子里。

"他叫科班，是威尔在健身房的朋友。而且你们应该也看出来了，他们俩的关系很好。"

只有戴夫听出了我的弦外之音，"你之前没见过他吗？"

"没见过，他还说，AppSec 公司的竞争对手给威尔提供了一份新工作。"我停顿了一下，那种喘不过气的感觉又回来了，"工作地点在西雅图。"

所有人都看着我。

"你们俩在计划搬家？"母亲在我对面的椅子上坐了下来，"这是什么时候的事儿？"

"我们从来没有计划过。他从未跟我提过这件事儿。我是今天下午才从科班口中得知他那份新工作的事儿。"

"威尔从来没有对你提过他找到了新工作？"戴夫显得很愤怒，他自我辩护时经常这么激动，但他从未用这种语气去指责威尔。

他的话也让我炸毛了。

"我知道他的那份工作还没有最终敲定。事实上，现在看来，我很确定这就是他没有告诉我的原因。威尔知道，他很难说服我横跨美国，把家从东海岸搬到西海岸，所以他决定等到一切都敲定了再来和我商量。问题是，因为这次工作机会，他上了那架飞机，这完美解释了他隐瞒自己去向的动机。这份工作是他的绝佳机遇。"

戴夫和詹姆斯互相对视了一眼。

"你们能告诉我，你们到底在说些什么吗？"父亲在桌子的另一端说道，他的目光扫过戴夫、詹姆斯，最后又看向我。

我从搜查威尔的衣柜开始讲起，又说到我怎么一无所获，总之给父母简单介绍了一下情况。

"我的想法也许是对的，如果威尔真的不想把新工作的事情告诉我，那就可以解释为什么我们搜了他的衣柜却一无所获了。他不能给我留下任何把柄，哪怕是一张名片或收据，都会让我起疑心。"

母亲摇摇头，"威尔不像是那种偷偷摸摸的人。他为什么要瞒着你申请新工作？"

"他能做得出来。我敢打赌，他是通过领英网或猎头公司找的工作。不管怎样，ESP 的人力资源部主管都会告诉我一个明确的答案。我明天一大早就给她打电话。"

"为什么啊？"我困惑地看了她一眼，她很快就改口，"我的意思是，人力资源的回答不会改变任何事。现在有更多更紧迫的事情需要你去关心。"

"你妈妈说得没错，"父亲说，"葬礼需要筹办，还有大量的文书工作要做。如果我们亲自去催，银行可能效率会更高些。"

"不，史蒂芬，我是说悲伤。爱丽丝需要足够的时间才能走出悲伤。"她转身面向我，手伸过桌子握住我的手，"不管是不是因为那份工作，宝贝，威尔最后上了那架飞机。他终究还是走了。我知道这很痛苦，但现在你必须克服它，而不是把它放在一边置之不理。你非常了解这一点。"

她的话让我怒上眉梢。从逻辑上来说，我知道母亲说得很对，但我也知道威尔的谎言一直在困扰着我。我只觉得那谎言带着股酸臭味侵袭着我的脖颈，像一只油腻的手架在我的肩膀上，一直驱使我向前探个究竟。也许母亲是对的。也许我大费周章要弄明白威尔最后的谎言，只是一种保护自己的策略，让我能延迟面对那些痛苦。但我依然迫切地想要知道内幕，否则我无法继续正常生活。

丈夫还有什么事瞒着我？他还有什么没告诉我呢？

他还有多少谎言？

母亲捏了一下我的手，"我真的只是对你放心不下，亲爱的。就那么简单。"

"谢谢。"她的关心又一次让我热泪盈眶，泪水来势汹汹，我频繁眨眼都流不完，"我也担心我自己。"

晚些时候，厨房已经收拾干净了，爸妈也上楼睡觉了，我把笔记本电脑放在沙发上，开始查看威尔的脸书页面。

我丈夫并不十分关注社交媒体。

"为什么要费那工夫？"他总会这样说，"这种东西只是给人们提供了一个吹嘘和撒谎的地方。当年在高中最浑蛋的那个家伙现在在和超级名模约会？不好意思，我只当他们在胡说八道。"就像其他地球人一样，威尔也用脸书，但用得不多。

戴夫扑通一声坐在我旁边的沙发上，把脚搭在咖啡桌上，用脚趾把花推到一边。现在我知道为什么讣告会用鲜花了，花简直无处不在，春天时它们排列得整整齐齐，一望无际，摆满了厨房柜台和壁炉架，醉人的芳香弥漫在空气中。

"也许我们应该捐点花，你觉得呢？"

我瞥了他一眼，"我没意见。拐角处有一个教堂，五英里以内有十几个收容所。"

"好啊。我回头找詹姆斯帮我一起干。"

"帮你什么？"詹姆斯说道，手里拿着一瓶酒和三只玻璃杯。他一手托杯，一手倒酒，像外科医生一样稳当，一滴酒都没有洒出来。戴夫跟他说了捐花的计划，他们决定在第二天一早捐出第一批。

"谢谢。"我说着，从詹姆斯手中接过一杯酒。我的另一只手指着电脑屏幕，只见各种密密麻麻的慰问留言，把留言墙贴得满满当当。

"人们什么时候开始将脸书作为和死者沟通的工具了？就

像这条：威尔，好哥们儿，听到你去世的消息，我很难过。老兄，愿你安息。他们真的认为威尔会看见吗？他活着的时候都没看过，更别说……"

我说不下去了，把鼻子浸入到酒中。

戴夫把手掌盖在我的手腕上，"别折磨自己了，亲爱的，把笔记本关掉吧。"

"我做不到。我在寻找线索。"我打开威尔的好友列表。一共有七十八个好友，其中六十个是我们共同的好友。我滚动至页面底部，找到他独有的好友列表，那里有他的几名同事、我一个闺密的前男友、住在街角的邻居、社区咖啡店的咖啡师。

戴夫斜靠在我肩上看书，问道："你在找什么线索，神探加杰特？"

"像科班·海耶斯那样的线索。"戴夫皱了皱眉，我补充道，"你知道的，就是我今天在追悼会上遇到的那个在银行上班、经常去健身房的人。这些事都是他告诉我的。"

"你这么做是出于好奇还是怀疑？"詹姆斯问。

我顿了顿，但是很快就有了答案。嗯，我是出于好奇才这么做的，但自从遇见科班，我总觉得还有更多的内幕隐瞒着我。如果威尔还有其他像科班·海耶斯那样的朋友，我就得找他们聊聊。

"两者皆有。"

但这里并没有有用的信息。威尔讨厌脸书，列表里的每个人我都认识。我很沮丧，"砰"一声合上了笔记本电脑。

詹姆斯靠在沙发上休息，把酒杯摆在小腹上，"你检查过卡片了吗？"

"什么卡片？"

他伸手指了一下桌子，那上面摆满了花瓶，像士兵一样排列得整整齐齐，一直延伸到厨房的台子上，"认识威尔的人肯定都送了鲜花。也许有个人你不认识。"

对啊！慰问卡！母亲把它们都整理好了，放在威尔的餐具垫上，我本来都不敢去看的。我从沙发上跳了下来，拿走桌上的篮子。

詹姆斯给我们续了酒，我们边喝边筛选，只有在看到一些悲痛的安慰以及陈词滥调的说辞时我们才会停一会儿。不过，这两种类型的卡片太多了，差不多有近一百张。

我和威尔的同事、老朋友、邻居、姑姑、表兄弟、大学同学给我们寄来各式各样煽情的、虔诚的信件，其中有很多人我都多年未曾联络。

戴夫举起一张绿皮卡片问："特里和梅林达·菲利普斯是什么人？"

"阿卡·梅林达·利，"我答道，"是位远亲。"

他的眼睛睁得大大的，脸上露出笑容。

"穿舞会礼服来参加你婚礼的那个人？"

我又想起了梅林达提着蓝色裙子走上教堂台阶时我弟弟的

表情，微微笑了笑。

"特里是她的第三任丈夫，还是第四任？我已经数不清了。而且她穿的根本不是舞会礼服。"

"那就是舞会礼服，难看也就算了，还小了两个码。"他又说起詹姆斯的衣服，带着褶皱蕾丝花边，说着说着他都笑岔气了，可我却脸色苍白。

我翻阅了几张卡片，突然有一个闻所未闻的名字映入我的眼帘。我看向詹姆斯，"你去过汉考克吗？"

他做了个滑稽的表情。

"这张卡片上写的是，请节哀顺变，汉考克高中99班。你去过吗？"

他摇摇头，"我从来没有听说过这个地方。这也许是威尔的母校？"

"不是，威尔上的是中央学院。为了庆祝结婚一周年纪念日，我策划了一场去孟菲斯的旅行，他才讲述了自己的求学经历。你还记得不？"

"所以你们最后并没有去。"戴夫知道我们从未去过孟菲斯，也知道原因。此时此刻，我能从弟弟的表情上判断，我们想到一块儿去了。那么，究竟是谁去了汉考克？

然后他的眼睛睁大了，他从沙发上跳了下来。

"我马上回来。"他沿着走廊走上楼梯，他的脚步声在我们头顶上咚咚作响。詹姆斯坐在我身边，把杯子放在茶几上，从口袋里掏出手机，开始打字。

过了一会儿，戴夫回来了，手里攥着件 T 恤，我一眼就看出他是从威尔的衣橱里拿来的。这是件破旧的工作服，他只在家附近做园艺活儿或者喷油漆时才会穿。这件衣服有些年头了，又破又脏，污迹斑斑，边缝的线头都露出来了。上面印的字母已经褪了色，但我还是一眼就认出了上面的文字——汉考克野猫队。我一直以为它只是件复古的普通衬衫，就像老海军（美国服装品牌）店里卖的那种衣服，但现在我却浮想联翩。

如果威尔毕业于汉考克学院，他为什么要跟我说自己毕业于中央学院？

"你都没有用谷歌搜索过你丈夫吗？"戴夫问。

"当然没有。你搜过？"

"搜过。"戴夫和詹姆斯异口同声地说。

"也许这和他母亲的离世有关，"我说，但我始终无法消除自己的疑虑，"我知道他搬过家。也许他也转过学。"

"嗯，伙计们？"詹姆斯在康涅狄格长大，虽然他在萨凡纳生活了近十年，但还没有完全学会这边的方言，"你说威尔来自孟菲斯？"我点了点头，但戴夫显然更关注我指间的卡片。

"纸上有写名字吗？或者印有花店的名字？"

我又检查了一遍，结果一无所获。

"FTD.com. 我觉得这是种产品编码。我们可以试试上网搜索下。"

詹姆斯不死心，又仔细地检查了一遍。

"伙计们，我觉得——其实我们可以直接给他们打电话，"戴夫说，"我们直接说我们需要慰问卡寄件人的联系方式。我不确定他们会不会给我们，但总归值得一试。"

"或者也可以试试给学校打电话。我们可以和99班的人取得联系。"

"爱丽丝。"戴夫突然叫了一声我的名字，声音严肃有力，他把手机屏幕伸到我面前，上面的内容着实让我吃了一惊，"看啊。"

我盯着屏幕上显示的谷歌网页，搜索结果为汉考克高中。在页面顶端，列表第一行是一个街道地址。我胸中升起一股寒意，这股寒流就像流感大暴发一样，迅速蔓延到我的四肢。华盛顿州，西雅图市，第二十三大道600号。

我把手机还给弟弟，重新打开我的笔记本电脑。

"如果这些信息是真的，我现在就预订明早的机票。"

第十二章

　　航程共计五个小时，从亚特兰大起飞后我就沉沉地睡去，直至机长通知准备降落我才醒来，这简直不可思议。身体终于战胜了意志，因为我实在疲惫不堪。下落的时候遇到了强气流，我猛地睁开眼睛，但倒不是因为害怕。威尔失事前也是这种感受吗？

　　身边的乘客神情紧张，都紧紧地抓住扶手，就连戴夫也不例外。我知道他们都想起了 23 号航班，都在担心同一周内同一航班会不会再次坠毁，但我却惊讶于自己的镇定自若。为什么我不像其他人那样害怕？难道我的感知能力被悲伤所钝化了吗？飞机在气流中上下颠簸，吱吱作响，但不一会儿就恢复了平稳，乘客们又安心地靠回到椅背上。

　　戴夫伸手拉开遮阳板，窗外明亮的阳光刺得我一阵眩晕。"欢迎回到人间。我刚才担心自己是不是要挂了。"

　　"又不是头一回了。"我说道，我又回想起大二的时候，乔伊·麦金托什教我怎么用漏斗喝啤酒，结果我醉倒在前院的经历。最后还是戴夫赶在爸妈回家之前，把我扛在肩上送回到床上。我吻了吻他的肩膀，"谢谢你能陪着我。如果只有我一个人，我简直无法想象会发生什么事情。"

"拜托。我怎么可能让你一个人独自面对？"他捏了捏我的手臂，在座椅背上的口袋里一通乱翻，找出一包速冲谷物早餐扔给我，那是他在亚特兰大码头买的。"来。妈妈说了，如果回去之后你瘦了，就要关我禁闭。"尽管我知道他不是在开玩笑，但还是忍不住笑出了声。

母亲的确会那么告诫他，而且我最近确实因为威尔的事日渐消瘦了。几乎六天没有进食了，我的牛仔裤几乎掉到了臀部，腹部干瘪紧绷，我的臀部向来不肥不瘦，现在看上去也足足小了一圈。成为寡妇最大的好处就是减了七磅。

我撕开包装袋开始慢慢啃，我的胃也开始慢慢消化这些食物。这时我透过窗户已经可以看到西雅图的市貌，这也是我第一次来西雅图。翡翠城的别称可不是白来的。数英里长的草地、森林和鳄梨色的湖泊像修长的手指，一直蔓延到布满苔藓的山谷里，在朦朦胧胧的雨雾中越发翠绿。上方乌云压顶，随着飞机缓缓降落，云朵也慢慢离我们远去。

十五分钟后，我们拖着登机箱进入西雅图机场，乘坐机场巴士前往赫兹汽车租赁公司的前台。因为不明白我们到底要找什么，也不知道要找多久，我俩决定见机行事。不坐汽车，不订酒店，没有计划，甚至都没买回程机票。如果是威尔，他绝

110

对受不了这样的安排，但旅游网站说，四月的西雅图经常下雨，甚至还会有北极风，所以这时候鲜有游客，订酒店也很容易。

我们租了车，戴夫打着火，狠踩油门，直到空调开始吐暖风。我们亚特兰大人可不习惯这种寒冷。寒气就像鞭子一样抽在身上，侵蚀骨骼，而且让人觉得湿气很重，但其实并没有那么湿。我颤抖着坐在副驾驶座上，戴夫在一旁摆弄着收音机。他调到一个县级电台，主持人的声音很像威利·纳尔逊，鼻音很重，我也拿出手机开始导航。

"我们先去 I5 大街，然后朝北走。"但戴夫并没有加油门起步，我回过头，发现他正看着我，"怎么了？"

"就是……"他叹了口气，直直盯着我的眼睛，"你真的确定要这样做吗？"

"都到这时候了，你还问我这种问题？"

他伸出手，搭在方向盘上。"我问得确实不是时候，但我真的想问问，趁现在还来得及。在你对丈夫的悲伤回忆开始之前，我们可以回家去，忘掉在这儿的一切。你也知道的，这一切一旦开始就不可遏制。一旦我们发现了什么不好的事情，可能会对你造成更大的打击，你想过这些吗？"

"当然想过，可能结果的确会很坏。事实上，我认为一定没什么好结果。如果一个人的过去完全是清白的，他肯定不会设法精心编造自己的过去。"

他做出了被我说服的表情，"好，那我再问你，如果我们发现的结果更糟呢？如果很恶劣呢？如果非常非常恶劣呢？威尔也没法为自己辩解或是给你解释。你确定要知道那些事吗？"

我凝视着窗外的停车场和远方腾空而起的飞机，仔细思量着我弟弟的问题。戴夫说得对，我现在后悔还来得及。我完全可以选择下车，回到机场，试着忘记威尔在西雅图的过去。我应该专注于他阳光善良的一面——他总能让我捧腹大笑，他觉得周日早上就是用来在床上喝咖啡的，左耳下方的耳垂就是为我的鼻子而生的——而不是他阴暗的一面，包括他的谎言和他对过去的隐瞒。我可以选择转身回家去哀悼他的离世。

可是，我都不知道他到底是个什么样的人，我还怎么为他哀悼？

我在脑海中想象着可能为威尔开脱的理由。威尔也许另有家室，有一位漂亮的情人、两个可爱的蹒跚学步的孩子，孩子长得像他，有着国字脸和蓝眼睛，一家人生活困顿，挤在西雅图某个角落的一间平房里。又或许他是个通缉犯，是个连环杀人犯、强奸犯，要不就是恐怖分子，杀人无数、血债累累。我的每个想法都荒谬可笑。如果他真想私藏小三、逃避法律，怎么可能会用脸书呢？

那他为什么要撒谎呢？

我现在真是一头雾水，但我知道我一定要查个水落石出。我转过身，面向戴夫。"是的，我就是想知道。"

"你确定？"

我点了点头，果断而又坚决，"我确定。"

他没有再说话，默默挂上挡，油门一踩，我们便出发了。

等戴夫上了高速，我拨了 ESP 人力资源主管的电话，并切换到免提。

"早上好，我是萨巴瑞·马宗达。"要不是因为这是个名字，我甚至以为萨巴瑞是美国的一种苹果派。她的声音柔和动听，我一点儿口音也听不出来，当然，一旦我说明来意，尴尬一定是在所难免的。

"所以说，"等我说完情况，她的语气中带着迟疑和困惑，"你想问我，有没有雇你丈夫？"

"一点儿没错。"

"他同时也是上周 23 号航班上的乘客之一？"

"很不幸，的确如此。"

"而且他从来没有告诉过你，他在接受面试，在找新工作？"

"没错。还是因为他跟朋友提起过 ESP 给他提供了岗位，我才知道的。就是他那个朋友告诉我的。"

萨巴瑞沉默了，戴夫和我忧心忡忡地对视了一眼。我靠回到座位上，静静等候她的答复，我的心脏简直就要跳出来了。我准备哀求她告诉我，就在我准备好说辞时，她开口了："按照任何一份人力资源手册的规定，我都不应该跟你说这些。不论雇用与否，任何职位申请信息都享有隐私保护权，这是无可争议的。如果你的丈夫决定不告诉你，那么从道义的角度来说，我既不能承认也不能否认他来这里找过工作。"

失望直击心底。我开口试图争辩，但直到她挂断电话，我都没能再吐出一个字来。"我只能告诉你，最近八个月，ESP没有公开招聘任何高管。我们过去一年内招聘的技术人员，都是基础类岗位，普通的软件工程师就完全可以应付得来。"

戴夫看着我，瞪大了眼睛。我闭上眼睛，这个消息像一列急行的火车，狠狠地撞击着我。"所以说，你没有雇他。"

她沉默以对。

"你最近是否跟他谈过工作的事宜？"

萨巴瑞停顿了一两秒，然后说："格里菲斯夫人，直到十五分钟前，我从未听说过这个人。"

剩下的时间里，戴夫和我一直在争论萨巴瑞的话到底是什么意思。

"威尔为什么要撒谎？"戴夫已经反复问了四五次，"他为什么要告诉科班一个他根本就没有去申请的工作，一个根本不存在的工作？"

我也重复着同样的回答："也许威尔并没有说谎。说不定是科班在骗人。"

"那根本没道理啊。科班撒谎能有什么好处呢？"

"不知道。"这句话听起来格外刺耳，因为在过去的十五分钟里，我们一直在进行着同样的对话。对于这个没头没尾的问题，我也一筹莫展。我不知道，也无法理解，他们两人中肯定有一个人撒谎了，可我又着实想不出任何撒谎的动机。

正当我们准备开始下一轮争辩时，戴夫的手机响了，我们已经抵达了目的地。他踩下刹车，停在马路中间，手指向窗外。

汉考克高中位于西雅图市中心，由砖和砂浆建成，占地宽广，结构错综复杂，在繁华的建筑物旁边，显得格外奇特。这所学校的建筑简直让人人格分裂，一栋楼是居家风格，旁边的另一栋则变成了复古的维多利亚风格，下一栋楼的便利店又被木板堵得严严实实。我们在正门前的路边停好车，走上水泥台阶。

就像美国的其他学校一样，面对日益增长的枪击和持刀行凶行为，汉考克高中不得不大幅增强安保措施，在这样一个街区，此举尤其显得有必要。大门紧锁，我们头顶上悬着一台监控摄像头，此刻正呼呼作响。一名穿制服的警卫坐在门后，正盯着我们。我挥手示意，他按下开门键让我们进去。

"你们有何贵干？"他边问边站起身，好让我们明白他是全副武装的。

我把自己的福雷斯特学院徽章给他看，那上面盖有学校的印章，还有我的一张彩色照片，照片上方写着我的职位：学院辅导员。福雷斯特学院很小，小到在校园里教职工们其实并不需要戴上徽章来证明身份，我只是一时心血来潮把它放在了包里。

"我叫爱丽丝·格里菲斯，是亚特兰大格鲁吉亚福雷斯特学院的一名教员。我想查询贵校一位校友的背景，希望能进图书馆查一下相关信息。我想，图书馆应该有你们历年的年鉴副本吧？”

不出所料，那个人指着大厅对面的主桌说：“首先，你需要去那边办一张通行证。然后你出了大厅，图书馆就在左侧。可别走过头了。”

我谢过了他，没过几分钟，戴夫和我就办完了手续，径直走向图书馆的服务台。柜台后有一位女工作人员，柜台上摆放着成堆的书籍和文件，几乎把她完全挡住了。棕色盒子几乎叠成了一座斜塔，电脑屏幕是如此老旧，似乎只应该出现在博物馆里。

她看上去一点儿也不像图书管理员。一头卷发，就像一朵狂野的螺旋形的云，一身皮衣，浑身上下都是文身，幸好这所学校没有金属探测器，否则她身上穿的这些环肯定不能通过检测。那些小环在她的耳垂、鼻孔和眉毛处排成一行，当她向我们微笑时，两个小银球从她的上唇下面露了出来。

“你们不是学生吧，”她边说边给我们相面，“让我猜猜。记者？招生人员？社区积极分子？”

我亮出福雷斯特的徽章，开始说明来意，但我连第一句话还没说完，就被她挥手打断了，“真该死，你俩要是我们新招来的工作人员该有多好。我们高三学生的大学录取率一直是62%，但到这一届学生今年毕业时，我们必须将录取率再提高10%，如果完不成任务，我今年夏天就要去剪草坪了。管它呢，我能为你们做些什么？”

“我们想找一份老年鉴，应该是 1999 年的，或者比这早一两年。”

“你想找哪个人的？”

“我丈夫的。”我把一阵翻涌的苦痛咽回肚子里，难受得让我面容扭曲，“他生前叫威尔·格里菲斯。”

听见我用的是过去时，她不禁皱了皱眉，但也没有多问什么。她站起身，示意我们跟她走到书架尽头处，然后她向右一转，从开放明亮的阅读区进入昏暗的书库。“对了，我叫印第亚。”

“我叫爱丽丝，这是我弟弟戴夫。谢谢你能帮我，印第亚。”

“不客气。”她走得很快，脚下的摩托车靴摩擦着破旧的地毯，发出“刺啦”的噪音，响个不停。

“汉考克创办于二十世纪二十年代，但直到 1937 年才出了第一本年鉴。我猜是因为他们花了很长时间才把各个职能部门整合到一起的缘故。那时，我们学校只有一栋楼，十二间教室，几百名学生，其中大部分是犹太人、日本人和意大利人。”她指向远处墙上挂着的、裱起来的毕业班照片，足足有上百张，里面有海量的棕色和棕褐色面庞，中间零星点缀着白人的面孔。

我驻足仔细观察 1999 年毕业班的照片。这幅画对我来说挂得太高了，从我的角度没法把威尔从中挑出来，但种族的构成比率差不多，深色人种明显多于白人。

印第亚费力地挤进书库，走到一列书架前，那上面塞满了深红色的硬壳书，数量众多，用透明胶带捆在一起。

"你刚才说要找哪年的年鉴来着？"

"1999 届毕业班。"

"哦，对。也就是在那一年，我们第一次获得了国家奖学金。我们的足球队占据了主场优势。但在一场篮球赛中，一条水管爆裂了，把体育馆给淹了。"我们吃惊地扬起眉毛，她耸了耸肩。

"我可是校史专家，当然是非官方的。大概是因为我主管图书馆吧。不管怎么说……"她用她那涂了黑色指甲油的手指挨个查阅书脊，随后抽出一本递给我，"看这本吧。拐角处有几张桌子。你们慢慢看不着急。我得回前台值班了。"

戴夫谢过她，我双手颤抖，拿着书走到书库里面的桌子边。书是典型二十世纪九十年代的设计风格，封面上印着粗大的金色字母和一只浅栗色野猫的轮廓，我差点儿没把吃下的几口早餐吐出来。我把书递给了我弟弟。"不行，还是你看吧。"

我们坐下来，我仔细观察桌上的圆珠笔涂鸦，而戴夫则翻阅着年鉴。他的目光停留在一张彩色的毕业班合影上，那张照片上的孩子们戴着紫红色的帽子，身着长袍，微笑的脸颊边垂着明亮的金色流苏。

威尔是照片中唯一的白人，也只有威尔没有笑。"爱丽丝，是他。"戴夫把书转过来让我看，"威廉·马修·格里菲斯。"

没错，那就是威尔。他当时的发色比较浅，脸型也显瘦削，但我对他的眼睛太熟悉了。看到他真的出现在这本年鉴里，我真的好似五雷轰顶一般。

我把手放在剧烈翻腾的胃部，试着把发生过的一切都串联起来。"没错，很明显，他说他在孟菲斯长大果然是个谎言。"

"现在还不能这么说。也许他只是在这儿上高中。"戴夫跟我唱起了反调，"等等，让我看看早些年的。"他从椅子上跳起来，回到书库。

但威尔真的在照片里，照片一共有三张，他每张都皱着眉，愁容满面。我从未见过他这副表情，即使是那次我们从坎昆坐飞机回程时航班在十二个小时内五次宣布晚点，他也没有像照片中那副表情。

戴夫的一只手搭在我的椅背上，向前探身瞅着照片，"他怎么看起来这么不高兴啊？"

"他以前都是这个样子。他爸爸去世了，妈妈也病了。后来他上初三的时候，他妈妈也去世了。除了上学、照顾妈妈，他还要打两份工，做家务，还账单。"说着说着，我突然想到，这一切会不会也是他的谎言？至少，他一直都是这么告诉我的。

戴夫坐回到椅子上，拿起 1999 年的年鉴，也就是威尔上高三时的那一本。他用手指敲击着他照片下面的空白处，"为什么大家的照片下面都列了一句座右铭和自己喜欢的课外活动，而威尔的名字下面什么都没有呢？他不是摔跤冠军吗？"戴夫翻到摔跤介绍页，威尔却不在其中。

我从未有过质疑他的念头，但现在想想，威尔那时怎么会有时间参加摔跤队呢？我双手压在胃上，强忍住翻腾的呕吐欲。我嫁的这个人，到底是谁？

戴夫靠回椅子上，把手插进乌黑的头发里，"现在，让我们好好来分析一下——1999 年并不是很久远。我敢打赌，当时的老师肯定还有在这里任教的。他们也许记得威尔。"

"印第亚可能知道我们应该去找谁。"我站起身，拿过我的包。

戴夫拿起年鉴。"你先走。我把这些东西放回去，我们到前台见。"

我看到印第亚在服务台后面，她正在把还回来的书整理归类，放到一辆摇摇晃晃的小推车上。听到我的脚步声，她抬起头来，"找到你需要的资料了吗？"

"找到了一部分。我还想知道，有没有哪位老师从 1999 年到现在一直在这里工作？"

"哦，当然有。有不少呢。你想问问他们之中有没有谁记得你丈夫吗？"

我点了点头。

"嗯——"她靠在小推车上，思考了片刻，然后她眼睛一亮，"棒球教练 1999 年毕业于这里，我确定。我不知道他是否认识你的丈夫，但你最好先问问他。"她看了看表，用手指两次轻轻敲击了表面。"训练一个小时之后开始，他现在应该在体育馆。"

第十三章

在汉考克高中体育馆后面昏暗的走廊上，我和戴夫看到一个人，和印第亚口中描述的米勒教练十分相像，他正拖着一个装满棒球的金属篮往体育馆大厅走去。在他的头顶上方，一只孤零零的灯管在嗡嗡作响。

"您是米勒教练吗？"我边问边朝他走去，直到能嗅到他身上散发出的古龙水味道，才停了下来。这个家伙喷了太多古龙水，全身上下散发着非常难闻的味道，当这种味道和空气中的其他臭味——比如奔肌止痛药和汗湿的袜子混在一起时，就变得更加难闻，简直快要把我的喉咙灼伤了。

他抬起头，眼睛半掩在定制的汉考克棒球帽下面。

"是的。"

印第亚说他像橄榄球队的后卫球员一样强壮，说得真是没错。米勒教练体格健壮，身高足有六英尺，透过宽松的休闲装、牛仔裤和长袖球衣，能隐约看见他巨大的骨架和健硕的肌肉。他弯腰钻进房间，两秒后又回来了，拖着另一个篮子，里面放满了手套。

"图书管理员跟我们说,您 1999 年毕业于汉考克高中。"

"是的,没错。"他把门锁上,把钥匙塞回后裤兜,"谁找我? "

"我叫爱丽丝,这是我弟弟戴夫。不知道您是否记得您以前的一位同学,我们希望能了解一些关于他的情况。他叫威尔·格里菲斯。"

"不,我不认识。"他俯下身去取一个篮子。

我从口袋里拿出手机,点亮屏幕,把我和威尔的照片给他看。

"就是这个人,威廉·马修·格里菲斯,您能认出来吗? "

他大声叹了口气,瞥了一眼手机屏幕,然后放下篮子,又瞅了瞅我,"他? 他不是比利·格里菲斯吗? "

我内心在波涛翻涌。

"您记得他? "

"那时凡是上汉考克高中的人都认识比利·格里菲斯。"他抬起头,眯起眼睛,充满疑惑地看着我,"你刚才说你叫什么名字? "

"爱丽丝·格里菲斯。我是他的妻子。"

教练一惊,猛地呼出一口气,把我左脸边的头发都吹乱了。

"这不可能。"

"什么? "

"只是……"他从头到脚仔细打量了我一番,然后盯着我的胸部,弯着身子来回瞅着我那最突出的地方,咧嘴笑了,他这一系列动作可把我给弄糊涂了。他用一种欣赏的眼光打量着我，但笑得可一点儿都不友好。

"你不像是他的菜啊。"

也许他说得对，但我知道这家伙好哪一口。以前，每个男孩都想长得像他那样，每个女孩都想和他那样的男孩约会。他是那种总会带着棒球，背着空包招摇过市，脑子里空空如也，只想着怎么打好下周比赛的男人。我一直警告福雷斯特学院的学生不要成为他那种类型的人。

我尽量用一种平淡的语气跟他说话："何以见得？"

"你的钱包或者背包里有没有武器？我不知道你的头脑里有没有一个声音在告诫你，不要发火，要态度温和。"

听了这番话，我不由得怒火中烧，但我忍住了没有发作。

"当然没有。"

"看见了吧？你果然不是他的菜。"他俯下身子，一把拽过装球的篮子，"不好意思，我得去准备练球了。"都没等我说话，他就转身向大厅走去。

我向戴夫投去困惑的表情，他耸了耸肩。我们一起追向米勒教练。

"米勒教练，等一等。"但他并没有停下，甚至没有丝毫放缓脚步的意思。他的大长腿走一步顶我的两步，我得慢跑才能赶上他。

"拜托。我们只耽误你十分钟的时间。我不知道你是否了解，我丈夫在前几天那架坠毁的飞机上，我——"

"听着，女士，"他猛地一转身，害我差点儿撞到他，"你不要再打听比利·格里菲斯了。我不想说死人的坏话，所以我从现在开始会保持沉默。你自己看着办吧。"

"我不求你粉饰自己的记忆。我只是在寻找真相。"

他缓慢又固执地摇了摇头。

"我和他不是朋友。我们的社交圈不一样，也没什么交情。恕我无可奉告。"

"告诉我，他到底是什么样的人。告诉我，你认识他多久了，他有哪些朋友，还有他住在哪里。请把你能想到的一切都告诉我，因为……"

米勒教练仍然摇摇头，后退了两步，他已经做好离开的准备，我知道这条线索快要断了。我深吸一口气，用意志控制自己继续说下去，试图向眼前这个陌生人说清楚到底发生了什么。

"因为我丈夫一直在对我撒谎，懂吗？他在很多事情上都骗了我。飞机坠毁那天，他告诉我，他要飞往奥兰多而不是西雅图。我以前从来都不知道他来过这个城市。一直以来，我都以为他来自孟菲斯。"

孟菲斯口音听起来是什么样的？这个问题突然悄无声息地出现在我的脑海中。跟我的口音相比，威尔并没有很重的南方口音，而且他几乎不说南方人常用的俚语。也许孟菲斯并不是那么说话的？我对此一无所知。

米勒教练不走了，帽舌完全挡住了他的眉毛，"比利和你说他是在孟菲斯长大的？"

"是的。"

教练微微笑了，从上到下地斜视着我的鼻子，"嗯，这是他的风格。"他叹了口气，向我妥协了。他把球篮推到戴夫面前，回身去取手套篮，并示意我们跟着他。

"半小时后就要开始训练了，跟我来。"

他领着我们七拐八绕，走到体育馆后面的走廊，边走边说："就像我之前说的，不是因为比利·格里菲斯是个好人我才记得他。他这个人啊，只要一来，大家的手头就会突然变得忙碌起来。明白我的意思吗？不管谁都是，谁敢直视他，就会被他记住，而从来没有人想被比利·格里菲斯记住，甚至连老师也不例外。"

"为什么？"戴夫问，"如果他挑中了你，会怎么样呢？"

"有时他会推搡或击打你的嘴唇，有时他会在几天之后才实施报复。比利最让人害怕的地方，就是他的不可预测性。你唯一知道的就是，他一定会找上门来的。他既刻薄又满腔怒火，而他的父母只知道互相推卸责任，谁都不想管他。"

他的父母？他说，他爸爸在他两岁时就去世了，他还说过是他妈妈一人把他养大的。

"你们当时多大？"当我们走到走廊尽头时我问道，前面转弯就是一排带窗的办公室，"你认识威尔，哦不，比利多久了？"

米勒教练沉思了片刻，"嗯，我在即将升入二年级的那个暑假搬来的雷尼尔维斯塔，当时应该是七岁左右吧。"

他的回答彻底把我噎住了，真是一语击中要害。关于孟菲斯的一切都只是个谎言。这不是无伤大雅的玩笑，也不是夸夸其谈，亦不是善意的谎言或半真半假的说辞。他是在故意撒谎，只是为了欺骗我。威尔从未在孟菲斯生活过，我甚至不知道他是否去过那里。难怪他要选择在纳什维尔而不是孟菲斯庆祝我们的第一个结婚纪念日。

怒火在我的腹中聚集，翻滚了一两秒，然后我又突然想起我向威尔提议自驾去孟菲斯时他那沉默的表情。我想，当时我差点儿拆穿他的谎言，他是如此惊慌，而在仓促之下，他又必须要给出一个解释，最后只好借口说"重温记忆太痛苦了"。我深信不疑，毫不犹豫地掉头，开车返回。此刻，我身处威尔真正的母校里，走过一条昏暗发臭的走廊，我觉得自己就是个傻瓜。

我们在一间办公室门口停下脚步，米勒教练伸出大手把门推开。他领我们步入一间狭小拥挤的房间，屋内一切都收拾得井井有条，各种文件和图表以及成箱的体育设备沿着墙根整齐地堆放着。他从戴夫手里接过篮子，把它贴墙倚在门边，让我们在他桌前的一对破椅子上落座。我跌坐进椅子中，喘着粗气，胸中早已怒火沸腾。

米勒教练坐了下来，把脚后跟嵌入地毯里，一挺身坐到桌前，椅子的轮子在他身下发出尖锐的响声，就像用指甲划过黑板一样。看到我这副表情，他怔了一下，"你还好吗？"

不知怎的，我又勉强吐出了几个字，但却带有轻微的窒息感，

"我没事。请你继续说吧。"

"好吧。"他答道，但他似乎并不相信我说的话。他摘下帽子，用手掌揉了揉自己的卷发，然后又把帽子戴了回去。

"就像我说的那样，在家里根本没人管教他，所以他在校内外为所欲为。他打架、偷东西、在走廊和街角贩毒。他还总是逃课，我都不知道他是怎么毕业的。大概是因为老师希望他赶紧滚蛋吧。"米勒教练说的每一个字都像一枚小小的炸弹，一枚接一枚在我的头脑中爆裂开来，让我头脑发晕喘不过气来。

"威尔说，他父亲在他小的时候就去世了，"我说道，"他说他对自己的父亲一点儿印象都没有。"

"这大概是他逃避现实的一种方式吧。格里菲斯刻薄寡恩，嗜酒成性。但在我的印象里，去世的是他的母亲而不是父亲，那大概是他初三的时候。回想当年，威尔告诉我他母亲的死讯，那也是我唯——次见到他落泪。他说母亲得的是恶性黑素瘤，而且当时已经扩散到脑、肝和肺部。他母亲死得很惨，很痛苦。"

"是癌症吗？"

话刚一出口，我就巴不得能把它收回来，换一种更笃定而不是受骗的妻子的语气重说一遍。威尔肯定不会投入这么多感情去编造谎言的。没人能把戏演得那么逼真。

但是米勒教练一声大笑，"根本不是癌症。她死于一场火灾。"

"噢，我的天啊，"戴夫说，"那个可怜的女人。可怜的威尔。"米勒教练往椅背上一靠，由于他太重，反弹了几下才坐稳，"应该是可怜的比利吧，嗯？你听我说。在我们这个街区，每家每户都有个不称职的父亲——有的吸毒，有的被逮捕，有的整日游手好闲，随处可见——但我们都能找出对付这种父亲的办法。但比利从来不尝试这样做，他只是变得愤怒和刻薄。"

戴夫和我都皱了皱眉，我能看出来，他跟我想到一块儿去了。这样一个街头流氓是怎么上的大学，又是怎么成为我亲爱的丈夫的？

我清了清嗓子，努力承受心中突如其来的情绪冲击。我为威尔孤独的童年和母亲的惨死而悲伤。我憎恨那些堕落的父母，恨他们没能收起拳头去真正爱自己的孩子。我对那些欺压威尔的人感到愤慨。我还生自己的气，气自己到现在才知道这一切。

"他父亲怎么了？"不知怎么的，我突然想起问这个问题。

"我听说他病了，需要全职护理，但是……"米勒教练伸出双手，"咚"的一声搭在桌上，"我妈妈总会给我说一些坊间传闻，但她几年前去世了。"

戴夫和我都沉默了。我们小的时候，妈妈总说每场争论都有三方——我们这边，对方那边，还有夹在中间的那方。也许这就是戴夫问我是否确定要去了解威尔的本意吧。他不在场，无法反驳米勒教练说的话，我也就无从探明真相。

但我也没打算听风就是雨，他说什么我就信什么。显然，米勒教练看待二十年前的那段历史，是抱着怨恨和成见的。

他看出我们的怀疑和不满，从桌子后面站起身来，"信也好，不信也罢。真相是永远不会变的：比利·格里菲斯是一个恶毒卑鄙的浑蛋，他会在你背后捅上一刀，然后在你察觉之前溜走。你可以去到处打听打听，大家肯定都会这么说的。现在我得赶过去开练了，要不那帮浑小子非得把我的棒球内场搞得一塌糊涂。"他站起来，走到我们面前，匆匆忙忙地走过门口，甚至把放装备的篮子都忘了。他走了一半又停了下来，大手抓着门框说："相信因果报应吗？我刚听到比利的情况时，头脑中就想起了这个词。"

戴夫和我顺着走廊按原路返回，我们俩都试图弄明白米勒教练说的是真是假。我想把关于我丈夫的一切都搞明白。结果到头来，这一切都像冰水浇头一样，着实让我震惊和麻木。

"你相信他说的吗？"我问道，一拐弯就看见靠墙排列着一排脏兮兮、坑洼不平的储物柜，柜子上方悬挂着一条巨大的横幅——野猫队加油！猛烈进攻！

戴夫耸起半边肩膀，嘴巴噘成一条弧线，我对这个动作再熟悉不过了。也许他并不想相信，但至少他相信了其中的一些话。

"我们可以去当地警察局查一下。如果威尔真贩毒的话，他可能已经被调查过，警方那边也就可能会有案底。"

"我也觉得是这样。"我叹了口气，只觉得两肩沉重，"我早知道威尔不愿提起他母亲的死。我知道。但他却瞎编说自己的母亲死于癌症。我当时哭了，戴夫，真的是伤心的眼泪。他当时引用了一堆医学术语，他知道癌症各个阶段的所有症状。这些信息根本不可能凭空被编造出来，他一定是花了好几周在网上查找黑素瘤的相关资料。我说，想撒这样的谎，还真得费一番功夫。"

到了楼梯间，戴夫推开门，侧身让我先走，"我觉得你说得对。"

"还有，他父亲不是个好人，他也不乐意谈论自己的父亲。但他为什么不直说他们的关系疏远呢？为什么要骗我说对他毫无印象？"

"你是心理学家。究竟是什么原因，让一个人居然完全虚构自己生命最初的十八年？"

"可能不止十八年。经过这几天，我已经对他的过去不再抱有任何幻想了。我并不相信米勒教练所说的一切，但是他向我们描绘了一个非常糟糕的少年形象，即使他说的不全都是真话，哪怕有一部分是真的，如果他没有经过系统治疗也很难恢复到后来那么正常。这就是我需要更多见证者的原因。我需要和他的街坊邻居以及其他的老师和同学谈谈。除了米勒教练，肯定还有人记得他。"

戴夫点头表示同意，我们又回到学校大门的台阶处。那个警卫撅了一下下巴，向我们示意，"找到你们需要的资料了吗？"

"找到了。"戴夫说，同时朝图书馆的方向钩了钩手。

"我们再去看一眼年鉴吧，最好能复印一份。"

"不必了。"

"为什么？"

他做了个嘘声的表情，凑近我，说道："上车再说。"

警卫像是没觉察到似的，含糊不清地说："签完字再走。"

戴夫签上我们俩的名字，我们出了校门，顿感寒冷刺骨。原来，就在我们进去的那段时间，天空突然变得乌云密布，气温足足降低了十度以上。我颤抖着把外套往脖子上拉了拉，而戴夫却拉开拉链，炫耀似的从背后拽出一本 1999 年的年鉴。

我的眼睛都瞪圆了，"你把书偷出来了？"

他嘴一噘，"要我说，我们这算是借。"

"印第亚才不会这么看。当她发现书丢了，她肯定知道是谁拿走的。访客日志上写了我们的名字啊，戴夫。"

"别担心了。我说了是借，所以我们把它复印一下就还回去。我们会在印第亚发现之前把书还回去。"

"这可很难说，如果她发现了呢？如果她一路跟踪我回福雷斯特学院，那可怎么办？"

他转了转眼睛，"这是不可能的，她不可能跟着你回去。"

我爱我弟弟，但我们在有些方面总是存在分歧。在我看来，规则就是用来遵守的，但他却常常觉得规则是障碍，尤其是那些给他带来不便的规则。戴夫会把脚搭在椅子上，会横穿停车场，会把自己的零食带进电影院吃，但从来没有被抓住过。他一直说，这只是态度问题，并不能称为犯错。戴夫有股冒失劲儿，能够吸引他人的注意力，并让他人忘记他刚才为了挤到前面而踩了他们的脚。

学校大门"砰"的一声打开了，一群十几岁的孩子冲了出来。他们跑下台阶，向我们冲过来，速度快得势不可当，好像被拖了八个小时的堂一样。

戴夫抓住我的手腕，拽着我朝街上跑去，"快点，再不走就要被踩死了。"

我们走了一个街区，回到租来的车上，这时我的手机响了，来电是个陌生号码。我把手机贴到耳边，"你好？"

听筒里传来一个女子的问候声，语调轻快明脆，"是爱丽丝·格里菲斯吗？"

"是的。"

"我叫莱斯利·托马斯。我现在在家庭求助中心——"

"玛格丽特·安怎么了？"

"是安·玛格丽特。"戴夫低声说道。他发动了汽车，但没有挂挡。

在另一端打电话的人却不想放过任何机会，"玛格丽特·安最近不大方便，但我希望能问您几个问题。"

我愣了一秒，她到底叫什么名字，是安·玛格丽特还是玛格丽特·安？不管怎么样，这通电话让我有些措手不及。

"嗯，我……不好意思，我现在没时间说这些。"

"只需耽误您一两分钟。据我了解，许多受难者家庭已经

132

联合起来，对自由航空公司提起了不合理的诉讼。您有加入其中吗？"

她的问题咄咄逼人，语气已经紧张到近乎狂躁，好像在警告我一般。为什么自由航空公司隶属的家庭救助中心的工作人员会问我这种事情？我皱眉看看戴夫，他正在盯着天空发呆，"什么？"他用口型问我。

"我……我不知道。"我对着电话说道。

"您不知道自己有没有起诉自由航空公司？"

"不，我对这桩官司一无所知。你刚刚说你叫什么名字？"

"我叫莱斯利·托马斯。今天早上，迈阿密先驱报称，那位飞行员在南海滩参加了一场为期三天的单身派对，并且只睡了一个小时就回去上班了。如果消息属实，你和其他家庭会以过失杀人罪起诉自由航空公司吗？"

一阵寒意袭上心头，我的身体一阵颤抖，但不是因为寒冷。飞行员当时是半睡半醒，甚至可能是宿醉的状态？我的脸色变得惨白，用手压着翻腾的胃部。

戴夫皱了皱眉，"你怎么了？"

等一下。家庭救助中心怎么会告诉我这种事情？他们不是应该保护自由航空公司的利益吗？

"你到底是谁？"

"我叫莱斯利·托马斯。"

"你代表家庭救助中心？"

"一点儿没错。"

"那你问话的方式怎么像个记者？"那边沉默了。我知道她正在想着怎么自圆其说，但已经太晚了。我的手机已经记录了她的号码。

"因为你就是个记者，"我生气地说，"这意味着你也是个骗子。"

我狠狠地把电话挂断，开始跟戴夫说明情况，但此时手机又响了，又是那个号码。

"你知道怎么把这个人拉黑吗？"

戴夫从我手里接过手机。他正在摆弄着手机，此时来了条短信。我把身体前倾，伸过中控台，皱眉看着那条短信。

回家吧，爱丽丝。

"谁发的？"我问。

戴夫试着调出号码，但对方隐藏了号码。他用拇指点击了快速回复按钮。

你是谁？

他点了发送键，我们俩盯着屏幕，等待对方回信。手机一旦快要熄屏，就点一下屏幕，让它一直保持长亮。

“到底是谁让我们回家？”戴夫说道。

“我不知道。”

“还有谁知道你在这里？”

“只有父母和詹姆斯知道。自从那次追悼会之后，我再也没有和任何一个闺密聊过天，我也没有告诉泰德和学校里的任何人，只说我要休息一两个星期。”

戴夫想了一会儿，“嗯，如果发短信的人来自亚特兰大，他不是应该说返回你的家吗？”

我点了点头，这时，我又收到了一条短信。

有人知道内情，但他不在西雅图。

第十四章

穿过贝尔维尤湖，我和戴夫先从百思买公司开始，这是我手机中最容易查询到的号码。之后，第二条消息就发过来了——有人知道内情，但他不在西雅图。——所以查这个电话号码成为我的首要任务。讽刺的是，如果威尔在这儿，他能在三十秒内轻松把这个号码查出来。

极客团队柜台后的那个孩子看起来二十岁左右，威尔断言这种家伙肯定会败坏高技术专家们的名声：油腻的头发，长有粉刺的脸，浓密的眉毛，还露着龅牙，厚得像酒瓶底的眼镜后面那双大眼睛看起来很好笑。

"你让我去黑别人的电话号码？"这个极客摇摇头说，"很抱歉，我不能那么做。"

戴夫笑了笑，"不能？还是不想？"

"这不是我的活儿，我只负责修理和安装。"

我弟弟从钱包里抽出五张二十面额的钞票甩到柜台上，"你确定？"

这个孩子犹豫了，视线迅速从我们身上转到了现金上，他内心的挣扎是可以看到的，一百美元是可以买到很多东西的。他左顾右盼，注意到一个同事正在把刚刚交易的钱数记录在账簿上，另一个弯着腰坐在柜台最边上看着苹果笔记本电脑。碰巧当时他们都没有看向这里，他把柜台上的钱和我的手机都拿走装在兜里。

"稍等。"他说，然后他就只身一人进入标有"闲人免进"的门里去了。

他走后，我转身朝电脑走过去，打开了网络页面。

"米勒教练说威尔当时居住的地方时，那个邻近的地方叫什么来着？叫雷尼尔什么？"

"维尤？不、不、不对。"戴夫想了一两秒钟，然后打了个响指，"是维斯塔！雷尼尔·维斯塔！"

"对对对！"我一边查找着这个地方现在在哪儿，一边在我包里的笔记本上标记出那个街道的位置，同时还把离那里最近的联邦快递公司和警察局也勾画了出来。

"正好你在这儿，我们找一家像样的餐馆。我从亚特兰大到现在一路就没吃过东西，快要饿死了。"对我的弟弟来说，体面意味着有五花八门的菜肴和香醇的美酒搭配，但只要满足其中一点，我们的晚餐就没着落了。我摇了摇头，"我们可以在之前来的第一个车道上停下来，但我觉得还是继续前进吧。"

他撅了下鼻子，"你不会真打算在窗口点快餐，然后用纸袋吃吧？”

"对，因为天黑前我还想去见见威尔的那个老邻居，并且跟警察局的人谈谈，虽然我知道你想吃点儿好的，但如果你要点几道招牌菜，我们就没时间做这些事了，所以我们不能这么做。"

"说真的，爱丽丝。我必须得吃点儿东西，低血糖搞得我头晕眼花。"

"你能不能不在关键时刻掉链子？我说了，我们可以——"

"嗯……先生？"我们回过头看去，是刚才那个孩子，我的 iPhone 手机在他的手里攥着，"那条消息是从一个应用程序发送过来的。"

"好吧。"戴夫和我异口同声地说道，连语气都完全一样。这个结果我们并不满意，但还有东西能让我们继续调查下去。

极客那个小伙子觉得我们不满意，把手机扔给我转头就走。

"等等，"我说，"这个号码呢？"

"应该是加密的，信息发出后就立即把信息甚至信息源都给删掉了。"他用指关节把眼镜往鼻梁上推了推，"我觉得这是色拉布（社交软件）的一个消息服务，你甚至都不用透露任何身份信息就可以开始和陌生人对话。"

"什么意思？"

"意思就是说想要追踪到这个号码是不可能的，抱歉。"他走出柜台，帮一位老太太把笔记本电脑从她胸前接过来。

无尽的失落，这种感觉迅速在我的脊梁骨上蔓延开来。

"现在怎么办？"我转向弟弟戴夫说道。

他叹了口气，看着那个极客员工走出去，说："现在你可欠我一百块钱。"

我用剩下的 Chex Mix 零食和八点半在 Atmosphere 餐厅的预订才说服了戴夫。那里可是被 Zagat 公司评为西雅图最好的法国餐厅，能俯瞰整个普吉特海湾。所以，他不再抱怨，将之前在雷尼尔·维斯塔那个面向湖的房子退了。

"你确定是这里吗？"他说，在街道中间放慢了速度，"这地方还真像米勒教练所说的那样，我期待过会儿看到一些类似贫民窟的景象。"

我把笔记本上的地址与街标核对后说："是这个地方没错，但你说得对，这条路比我之前想的还要糟糕。"

雷尼尔·维斯塔不是贝弗利山庄，但也没有贫民窟。在我们的右手边，一座座彩色的房子在路边延伸开来，房子前面的走廊被打扫得干干净净；在我们的左手边是联排的别墅和一个公园，里面除了一个老旧的篮球场和一长排的树木外什么都没有。夕阳的光照在树的后面，光秃秃的树枝伸向铅黑色的天空。我在座位上左顾右盼，期待能瞅见芒特·雷尼尔的身影，但就算芒特·雷尼尔在视线内，也会被身后卷起的一层层淡红色云给吞没了。

戴夫突然停下来，按下按钮把我这边的车窗降了下来。

"你好。"他说，斜靠着我对人行道上一对年轻情侣说着话。实际上那是两个孩子，估计刚从哪个高中放学吧，只不过在厚厚的兜帽下不容易辨认。但男孩搂着女孩脖子的姿势让我突然觉得他不是在保护她，而是在占有她。

"你们住在这附近吗？"

他们没有停下，甚至都没把头转过来。那个女孩的眼睛望着我，可是她男朋友硬推着她往前走。

戴夫放慢速度把车向前开，脸上露出灿烂的笑容，"我们是新来的，希望你能给我们指一下方向——"

只见那两个人猛地右转，转向他旁边一个空旷的公园步道处，远离了我们。

"呃……好吧，那还是算了。"

"这里的人可真友好。"

戴夫无奈地笑了笑，然后环顾四周，试图了解周围的情况。他用手指着我身后靠人行道一侧的窗外，指着那一片看着像公寓的地方，"看到那个设计简单、材料廉价的公寓楼了吗？我敢说这是住房和城市发展部盖的房子，而且这个小区也是他们重建的，敢不敢和我打赌？"

"什么意思？"

"如果我说的是对的，住房和城市发展部会和这里的原居民签协议，要么将他们搬迁到一个新的小区，要么在这里给他们找个廉价房。我的意思就是说，我们有很大机会在这里找到一个重建前的居民。"

"太好了，你真聪明。那我们从哪里开始找呢？"

"我敢打赌选择其中一栋公寓楼肯定是我们最好的选择，但从那两个孩子对待我们的态度来看，我猜这里的居民不喜欢陌生人进入，也不喜欢有人问东问西的。我们最好还是从一些社区服务中心开始着手。如果我们能和工作人员聊得来就再好不过了，他们可能会告诉我们想要的信息。比如说开发商到镇上之前，都有谁在这里住过之类的，问着问着答案就出来了。"

戴夫继续开着车，我们就这样慢悠悠地在附近兜着圈子。一路上大多都是相同的景色，依然是坐落在游乐场和公园之间的各式房屋，偶尔会有几座高层映入眼帘。他指着这个城市轻轨系统上的一个标志说："靠近我们的公共交通设施，充足的坡道和开阔的空间，你注意到这座城市诞生的这些艺术品了吗？"确切地说，这是一个混合型收入的镇子。

"那社区中心在哪里呢？"

"如果我没猜错的话，应该在开发区中间的一小块地方。"

我们又开了一会儿车，戴夫在他的手机地图上记录下我们的行程。车子一路上下颠簸，直到一个路口戴夫把方向盘向左转才算消停下来。他指着这条路尽头那座粉刷过的房子，双扇门上面的有机玻璃表明，这就是邻居之家。

"就是它了。"

戴夫在街上找了个停车的地方，随后我们顶着强风从人行道上走过去。门左边的一个玻璃公告栏上写着关于成人财务计划研讨会和建立就业实验室的事项，还有一个统一下一年度扫盲活动的标语。

我们走过去后戴夫开玩笑地说："嘭！社会服务的人听好了，告诉你们，我们是住房和城市发展部的人！"

我翻了翻白眼，"自大的房地产经纪人。"

他边笑边打开门，走到一边让我先进去。

大厅宽敞明亮，两层楼的窗户将屋内 LCD 灯光和屋外的阳光映衬在一起。两个女人坐在接待处的正中央，与柜台对面的一位年纪大的黑人正在聊天。她们很年轻，二十岁上下，脸上洋溢着热情、和善，笑容也充满了乐观。

"欢迎来到邻居之家，"她们中的一个说道，她的鼻音说明她来自美国中西部，"你们是要问路呢，还是需要我告诉你们方向？"

我走到柜台前，对她友好地笑了笑，"嗨，麻烦你了。我在寻找之前住在这里的一个居民，希望你能帮我们找一个在这里重建之前对社区比较熟悉的人。"

"我在这里住了一辈子，认识这里的每一个人，亲爱的，你要找谁呢？"那个男的说完后就转向我们，露出假牙笑着。

我走到他跟前，现在才看仔细，他不只是年老，简直就是个古董！驼背，头发花白，松弛的皮肤上一道道线，深得都不能用皱纹来形容。他的眼睛因白内障而显得浑浊，但却很睿智，闪烁着温暖。

"他叫威尔·格里菲斯，但那时他来的时候叫比利。他和他的家人曾住过这里，一直住到 1999 年，或者再晚个一两年。我不清楚他父母的名字，但是他们——"

"凯特和刘易斯。"那个老人说着，脸色沉了下来。

"凯特是死于火灾中的那个吗？"

"是的，夫人。但不只是她一个。"

顿时我的心兴奋起来，心中升起一阵暖意，继续说道："是吗？"

他摇摇头，眯起来的眼睛仔细地审视着我，"你是谁？为什么要问这个？"

"他们的儿子，比利……威尔，是我的丈夫……呃，我的先夫，他乘坐了自由航空公司从亚特兰大到西雅图的班机，这架飞机……"

有人叹了口气，我说着说着喉咙紧收，眼睛含着泪水，脑子里又突然想起了之前我和丈夫的点点滴滴。不是这个陌生的威尔，他隐瞒了自己的出身和去处，他的过去充斥着愤怒和暴力。他肯定也不是我照片里的威尔，这个陌生的男人是谁我不知道，也不能试着去理解接受。我的眼泪是为以前的威尔而流的——是那个我一走出洗浴间就过来打我屁股、逗我玩儿的威尔，是那个在一个寻常的周六下午单膝跪在餐厅过道中间向我求婚的威尔，是那个在克罗格这个地方一起开始属于我们生活的威尔。这才是我想念的威尔，这才是我想要找回的丈夫。

"对不起。"我说着低下了头。我从来都不是一个爱哭的人，我讨厌在众人面前哭，最近发生了好多事，"我不是有意要……"

其中一个工作人员拽了两张抽纸递过来，"亲爱的，你想哭就哭吧。老天啊，你丈夫刚在飞机失事中去世。我们都允许你这样做，想哭就哭吧，我想这里的每个人也都会同意的。"

她的同事们狠狠地点头表示同意。

只有那个老人没有丝毫同情。他的嘴唇绷成一条白色的细线，他的眼睛——当我们第一次走过去时还闪烁着愉悦——现在就像下着暴雨的天空一样黑暗。他的转变让我瞬间涌起了眼泪。

"您肯定记得我丈夫，对吗？"

他转过身去，用僵硬的手掌拍了下桌子，"好了，女士们，下班了，愿你们都度过一个美好的夜晚。"说完就从我们身边挤了过去，连看都没看我们一眼。

他弯着腰，走得很慢，尽管他有些跛脚，但走路还算稳健。我走几步就赶上他了，"先生，等一下。只占用您一两分钟的时间可以吗？求您了。"

"不行！你问的问题对我来说就像是要启封陈年旧事，还是让这些往事都留在风中吧，我没什么好说的。"老人说的每句话都透露出对威尔的厌恶，就在刚才我还说了跟威尔结婚的事，他自然也不太喜欢我。只见他低着头，加快速度往前走。

在出口处，老人按下一个按钮，机器运转了起来，随后沉重的大门缓缓打开，如同粘了蜜糖一样慢，虽然我只比老人快半步出门离开，但也足够拖住他了。

"我知道，威尔是个让人头疼的孩子，但是……"

他抬了一下肩膀，"他可不光是让人头疼那么简单。"

即使知道威尔为了欺骗我编造的所有谎言，但我保护丈夫的冲动还是像海啸一样在体内涌起，我咬着牙，尽量控制住体内的这种冲动。

"他到底做了什么？"跟在一旁的戴夫问道。

老人白了我们一眼，"我已经告诉过你，让往事尘封起来，没什么好说的。"

现在门打开了，寒冷的风刮了进来。原来就在几分钟前，天上突然下起了瓢泼大雨。只见老人把衣服拉链向上拉起，走了出去。

戴夫和我互相看了一眼，此刻他和我想的一样：这个人是我们最好的信息来源，我们绝对不能错过他。我抬起下巴向他离开的方向示意了一下，就和戴夫立刻动身一起跟上他。

戴夫建议道："至少让我们开车送送您吧，您不该在这种天气外出的，人行道上会很滑。"

老人被感动了。他停顿了一下，转过身回头看了看。

戴夫对他热情地笑了笑，随后又说道："我们的车能避雨，又暖和，您想要去哪儿我们都可以送您去。"

老人考虑了一两秒钟，同时打量着我们，他注意到我身上的皮靴和羊绒围巾，注意到戴夫那厚厚的巴塔哥尼亚牌外套和名牌牛仔裤。

"什么地方都可以吗？"

戴夫和我都点了点头。

老人的愁容更多地转变成了算计，"我还要吃些东西。"

老人名叫韦恩·巴特勒，按照他指的方向，戴夫开到 MLK Jr. 路上一家出租屋内买了清真卤肉。他耷拉着肩，在闪烁的霓虹灯旁，看着褪色的红帐篷下的路边摊，却没有一句怨言。甚至当巴特勒先生把菜单上的每一道咖喱菜都点了个遍时，他也只是默默地付钱。

我在靠门的位置上坐下，直接切入正题，使用的策略和对米勒教练时一样：实话实说。

"巴特勒先生，我知道您不愿意回忆过去，但无论您今天说了多少威尔少年时做过的恶事，我想都不会有他对作为妻子的我所造成的伤害要大。"

"你确定？"

我点点头，因为我知道他想要什么。巴特勒先生要把我和丈夫的关系分开，拉进他的阵营里。我一边用劣质的叉子扎起一块碎肉，一边试着告诉他他想要听的话。

"我的丈夫——威尔——我们结婚七年了。他从来没有告诉我有关西雅图的任何事情，我不知道他在这里长大，也不知道他家里的任何情况。也许他为自己的过去感到羞愧，也许他只是想把之前的一切都忘记，我不知道。但问题是，我无法把我认识的那个威尔和米勒教练所形容的威尔相对比，所以我要调查下去，这样才对得起我死去的丈夫。我需要知道他生活中的全部，即使可能是不为人知的、丑恶的，我还是要继续调查下去。"我说着这些，一阵轻微的疼痛在我胸部蔓延。

　　"你和安东尼·米勒谈过了？"老人的态度有些缓和，他的眼神和语气也变得柔和了，还试图安慰我，让我别那么难受。

　　"是的。"

　　"他是个好人。他告诉你什么了？"

　　"他说威尔卑鄙又凶狠，家里的情况也不好。他说他们发生了一场火灾，而且……"我需要喘一两口气才有勇气把话说完，"威尔的妈妈凯特死在里面了。"

　　老人咬了咬嘴唇，"他告诉你火灾的事了，对吧？"

　　我点了点头。

　　"那场火灾让我失去了一切，并不仅仅是我的衣服和家具。我还失去了我所有珍贵的信件和小时候的照片、祖母祖传下来的食谱、我的结婚礼服，还有我送给妻子的珍珠耳环，愿她安息。"

　　我没有问保险公司是否赔偿了。虽然他提到的那些东西似乎也都是不可恢复的，但据我在雷尼尔·维斯塔这段时间所了解到的，当时没有一个人因此获赔。

"我很抱歉，"我说，"那段时间您一定深陷其中吧。"

他点点头，嘴抿成了一条线，"安东尼告诉你是谁放的火了吗？"

我的心猛地跳了一下。难道这场火是谁故意放的吗？我试着回答，但我说不出话来。

"没有，是谁？"戴夫这时替我说了出来。

对于之前不想说那么多的巴特勒先生来说，我们现在的急切反应似乎让他很享受。他向后靠在椅子上，用叉子指向外面。

"记得我说过，这个地方乱得很。现在虽然我不知道你们是从哪里来的，但从你们的外表来看，我敢打赌你们俩肯定都没来过这种地方。我跟你说，这地方要多乱有多乱，这一点我敢跟你们打保票。犯罪团伙、枪支贩、妓女和毒品贩子遍地都是。但我只想告诉你，我们这里可不只是有让人头疼的孩子这么简单。但偏偏这时你的丈夫冒了出来，他非常聪明，而且又很卑鄙，这就使他很危险。你永远不知道他处在爆发的边缘，但你发现时，一切已经太迟了。"

我撇了戴夫一眼，他故意表现得面无表情，"你到底在说什么？"

"我想你知道我在说什么。警察永远也无法证明是威尔干的，他们能把他交给案件负责人询问就已经很不错了。那场大火不仅杀死了凯特，两个孩子也在那晚被烧死了。"

戴夫身子猛地一颤，我口腔里顿时又是一股胃酸的味道。我离开座位，尽量屏住呼吸，计算着到垃圾箱的层数，以防止我控制不住吐出来。三层，或许四层，总之是在楼顶，但我还是先越过那张桌子再说。这让我与这个人说的话产生了一些距离——威尔放火烧死了两个无辜的孩子，还烧死了自己的亲生母亲，他要为他们的死负责任。我坐回座位，不停地摇头，从这边摇到那边。

这不可能。

老人看上去满脸的不相信，但他也只好把粗糙的胳膊抬起来，做出"信不信由你"的姿势，"说起他的父母，你丈夫没有得到他们的关怀，这是肯定的。凯特和刘易斯·格里菲斯几乎连自己都无法照顾，更不用说照顾他了。"

"米勒教练之前说他家里人有时候会打起来。"戴夫说。

"他这样说就不对了，那可不是有时候，是经常，经常。但即便如此，没过多久，消防部门也就掌握了纵火的事实，有人用阻燃剂放了这把火。"

我还是不信。

"任何人都有可能这么做。"我说。

我感到头疼，突然很希望现在能在家里，让母亲安慰安慰我。为什么自己就非要一路找到这里？非要戏剧性地在这个复杂的关系中插上一脚？我想回到过去，有关这个男人的所有事情就当没有听见，光是米勒教练告诉我的都已经够多了。我不想再听了。

"好吧。但火灾发生在凌晨两点左右，那时凯特和刘易斯两人在激烈地争吵，之后两人都喝得不省人事。我永远也忘不了他们两个人那天的尖叫声和哭喊声。更巧的是有人还在他们隔壁的废弃公寓里发现了一箱汽油。比利发誓说他当时在床上睡着了，他出来连一点伤都没有，真不知道他是怎么做到的。"

我盯着戴夫，他在听到这个消息时一直面如死灰，用手掌搓着下巴和肚子。虽然他不愿去相信，但可能还是会试着去接受。

尽管作为心理学家的我知道一个被虐待、被忽视的孩子有60%的可能性会出现问题，但我还是不愿意去相信。我的威尔可能从噪音中醒来，或者他闻到了烟味。任何人都可能会把汽油放在一个废弃的公寓里，我的威尔绝不会做这种事情。

"到目前为止，我所听到的唯一证词也都是间接的。"我说。

"我已经告诉过你，他很聪明。我现在就告诉你事实，这也是我当时对侦探们所说的。当那些消防队员带着他昏迷的父亲从着火的大楼里走出来时，我看到你丈夫脸上写满失望。"巴特勒先生狠狠地把叉子摔到桌子上，用严肃的眼神看着我，"你明白我在说什么吗？他希望那场大火把他们俩都带走。"

第十五章

戴夫拉开窗帘，发出的尖锐声把我给惊醒了。

"起床了，大小姐。"崭新的一天，但是又下雨了，这雨真是下个没完没了。他转过身来，身体的轮廓在窗前像是影子一般，"这儿的人都是怎么生活的啊？"

我哼哼着，翻过身去，背对着窗户和亮光，把枕头压在疼痛的头上。我们把巴特勒先生送回雷尼尔街后，戴夫直接开到了最近的酒吧，在那儿，他让酒保一直上伏特加，把我灌得烂醉。由于我早上只吃了点儿零食，肚子很快就空了。一杯酒下肚，下一秒我就觉得天旋地转，眼前的景物都开始变得模糊了。至于接下来发生了什么，我是如何从那个黏糊糊的吧台和聒噪、破旧的鸡尾酒会上来到这个铺着柔软的印度棉被的地方，真是一点儿印象都没有了。

我用胳膊肘撑起自己，打量着房间——现代风格的屋檐，一面巨大的落地窗。河水对面，锯齿状的山峰直插入灰蒙蒙的天空。"我们这是在哪儿？"

他表情滑稽地说："亲爱的，我们在西雅图呢。还记得吗？这里是星巴克的发源地，是世界法兰绒之都，是一个每个人都开着斯巴鲁的地方。我总觉得最后一点太夸张了，但其实不然。一个城市如此重视健康生活，那么你就会理所当然地认为那儿的车一定不多。"

"我知道我们在西雅图。我的意思是，在哪个酒店，我可不希望是你把我背来的。"

"嘿，这是弟弟应该做的。"他笑道。

"我很抱歉错过了昨晚预订的晚餐。"

他一屁股坐在窗边的手扶椅上，摆摆手表示没事，"酒吧的食物还可以。我是说，虽然不是鹅肝酱，但也比咖喱快餐好太多了。顺便说一句，咖喱饭里根本不是羊肉。现在，在我们走之前，除了请我坐下来好好地吃顿早餐，你哪儿也不能去。"

"去哪儿？"

"我们可以在吃早餐的时候好好规划一下日程表，要去的地方，要见的人。所以咱们快走吧。"

我又躺回床上，把被子拉到下巴处，"你走吧，我今天什么也不想做。"

"这不是度假，爱丽丝，我们是有任务在身的。还记得吗？你有任务。"

"我知道。明天再做，今天就让我们穿着睡衣，享受客房服务，煲个电影粥。"

"我已经换好衣服了。"

我伸出一只手快速拿起床头柜上的遥控器说："我打赌能搜到《莫负当年情》。"

"得了吧，我可不是看那种类型电影的人。"

"很抱歉打断你，弟弟啊，你就是。"

他翻了个白眼却没反驳，"能不能麻烦你起床洗个澡？我给雷尼尔街附近的一些长辈打电话，你猜我找到谁了？你公公，威尔的父亲。我觉得我们应该去拜访他一下。"

我公公。我的舌头一下子打结了，昨天的伤还在心头阵阵刺痛，挤压着我那已经破碎的心。冒出个公公还不是最糟糕的，我用胳膊肘撑起自己。

"我昨晚可能有点喝多了，但我却记得那个老人说的每一个字。一个女人和两个孩子死于火灾中，他断言那火是威尔放的。我觉得可能是威尔干的，也可能不是。你知道他们说的什么吗？烟是从哪儿冒出来的……"

"是的。我趁你喝醉睡着的时候对这场火灾做了一些调查。我读过报纸，浏览了警方发布的报道。这个老人说的几乎完全符合事实，除了他忘记提及的一件事：警察在波兰特的一家商店追踪到了汽油罐，这就避开了问题所在，一个没有车没有钱的十七岁孩子是如何跑到将近二百公里外的地方买汽油的？"

"他们还提到其他嫌疑人了吗？"

"只有威尔的父亲。"

我瞪大了眼睛，"威尔的父亲是嫌疑人？"

"当然了。丈夫总是警方第一个怀疑的对象。你难道没看过犯罪现场调查吗？特别是像威尔父亲那样，对外事充耳不闻的人。他喝得烂醉，以至于都忘记自己是否在场了。但他有一个目击证人，有一个邻居说房子冒火光的时候，他就昏倒在他们的床上。"

火光。这个词让我直打哆嗦。

"那孩子呢？"

"一对姐弟，分别是五岁和三岁。他们在大厅对面的房间里熟睡，他们的母亲正在上夜班。"

想到这个可怜的母亲，我的胃就因惊恐而拧到了一块。我想到孩子们不让她去上班之前，她搂着他们，告诉他们等他们醒了她也就回来了，告诉自己的孩子们会在床上安然无恙。他们的悲剧是每个母亲最可怕的梦魇。

我抓着枕头，把头深深地埋在被子里，"你知道，这次事故以来发生的事都扑朔迷离：他上了错的飞机，去了错的方向；编造出一个会议；去见那个从未向我提起过的朋友科班。至于他从哪里来，他的童年如何如何，这些全都是谎言。这些我全都无法理解，除了这套房子。"

"你的房子？"

我点点头说："我们看过的房子一定不下一百套，每一套房子都有这样或那样的缺点。不是厨房样式过时，就是院子不够大，又或是街道太拥挤。每一处，威尔都觉得不够完美。他会说："如果再拿出一千美元，你能买到什么样的呢？'我们的代理人带我们参观房子的时候，最能证明这一点。"我笑着回忆当我们走过每个房间时，他是如何从面无表情到容光焕发的。"我们上楼时，这买卖已经成了，他一定会买下房子的。"

一阵急雨机关枪似的拍打着窗户。戴夫摇晃着把脚放到搁脚凳上，双手交叉在胸前，"那房子确实很棒。"

"他看起来一副这就是个铁打的买卖的样子。当天我们就报了价。尽管这是座空房子，也差点儿被我们抵押了。但现在我明白了，为什么买下它对威尔来说如此重要。"

"因为这房子是他远离过去的一个象征。"

"没错。"我说完这句话，一股怒火再次燃上心头。我从床上站起来，说："如果他告诉我他为什么那么想要这房子，我就不必和他僵持那么久。我不会和他解释为了可以买我们的梦想屋，我戒掉了去星巴克的习惯，而且我们从未度过假。在这个世界上，没有人比我更明白这种感觉。但他从没打算告诉我，不是吗？"

戴夫叹了口气，抬起双手，"又来了。"他喃喃道。

"又来什么了？"

"我们昨晚在酒吧已经谈过这个问题了。你甚至发起过投票，87%的半醉嬉皮士压倒性地都同意了。不，威尔永远都不打算告诉你。"

一直问别人该如何权衡我的婚姻，问得我自己都快抑郁了。我并不是个毫无拘束的人，我也不会到处跟陌生人谈论我的私事。但我太看重别人的看法了，从我们第一次见面，我的丈夫就对他在这个地球上最爱的人——我——有所保留，他不相信我，不信任我们之间的爱，我也不想再查了。

　　"他从不提他的父母、那场火灾，也不提他那些可怕混乱的过去。他告诉我的全都是一个慈爱的单亲妈妈陪伴他长大的废话，但我也全都相信。他去过犹他州吗？他真的有学位吗？我不知道，因为我是这个世界上最傻的人！"

　　"亲爱的，你不傻。你是被你深爱的人所欺骗。这可完全不一样。"

　　"我是个训练有素的心理学家，戴夫，我应该能看得出大家喜欢威尔只是个假象。"

　　"无所谓了。"我一头栽到床上，用枕头蒙住我的脸，流出的泪水刺痛了我的双眼。七天前，我无比相信我了解我的丈夫，因为他把自己的事都告诉了我，我以为我们之间已毫无保留。现在，我不断地拼凑起之前关于他的点点滴滴，这让我又恢复了"同样"的想法：我真的一点儿也不了解我所嫁的这个人。

　　现在回想起来，我不得不怀疑之前所有的事。那时候我们一起去旧金山，他说他从没去过那里，但是他只是瞄了一眼地图就知道路了。是因为他之前来过这儿吗？他没去过毕业舞会，却玩过反人类卡片的游戏，但他却拒绝告诉我原因。我们去拉方达时，威尔用完美的西班牙语点了炸辣椒和芝麻虾球，他是什么时候会讲西班牙语的呢？

然后，我想到我已经失去威尔两次了。第一次是在他上那架飞机之后，第二次是他死后变成了一个陌生人。一次是迅速且令人震惊的，一次是缓缓而来但疼痛一直持续的。两个伤口都深刻得清晰可见，呈现锯齿獠牙般的模样。

"明天就一周了，"我低声说，"我将从整整七天没有威尔的日子里挺过来。"

"我知道，"戴夫沉默了好一会儿，我听到他推开椅子，向我走来，"我能问你个事情吗？"

"反正我又拦不住你。"

"我觉得我们查出的威尔的这些事正在摧残着你。"

"是的。"我强忍着泪水。

"但你有想过一件很明显的事吗？"

"什么事？"我推开枕头，看到弟弟正低头看着我。

他给我一个鼓励的微笑，"就是可能他真的变了，这也许是他从未告诉你的原因。他大概希望重新开始，想忘掉所有不堪的过往，然后和你从头再来。"

"好，那你告诉我，他为什么要登上去往西雅图的飞机？"

他的笑容消失了。我的问题难住了他，更糟糕的是，也难住了我自己。为什么威尔要上那架去往西雅图的飞机？突然，窝在酒店的想法变得不再那么有吸引力了。我叹了口气，把被子往后一甩，下了床。

"谢天谢地，"我走向浴室时他说，"因为《莫负当年情》我已经看过无数次了。"

二十分钟后，我洗完澡出来时，看到我的手机上有一条新短信，又是匿名的。

你为什么在西雅图？爱丽丝，快回家吧。说实话，你在这里待着一点儿用都没有。

我用浴巾裹着上半身，一边夹着浴巾一边颤抖着快速打字。

除非你告诉我你是谁，否则我是不会离开的。顺便说一下，你错了，目前为止西雅图带给了我不少线索。

过了两秒，我的手机再次亮了，上面写着：不要相信你所听到的一切。

我心跳加速，因为激动胃部一阵抽搐：那我还能相信什么？

我等待着，看着屏幕一点点变暗，直至黑屏。

我们在普罗维登斯之家找到了路易斯·格里菲斯，这个记忆恢复疗养所是专门为穷人而建的，是这个世界上最糟糕的地方。地板脏乱不堪，气味刺鼻，天花板又低又脏。我们在二楼看到了一个面色铁青的护士，她站在漆黑的过道指着我们，"他在238房间，你们不要指望他会说什么，因为他得了老年痴呆症。"

我谢过她后，在想以老年痴呆结束六十多年艰难的一生是最好还是最坏的方式。的确，往后的日子很漫长，很难受，但至少他已经感知不到了。

我们在一个洗手间大小的房间找到他，这让我想起了我曾经在危地马拉路边住过的一个便宜旅馆。但就算那里的床也比格里菲斯的稍大一点，这儿连坐的地方都没有，所以我们只能肩并肩地站在床尾，挤在两堵不结实的墙中间。

我看着我的公公，一道雷电闪过我的脑海。我试着在他的脸上找到与我丈夫的相似之处。我只发现了一些：宽宽的额头，方下巴，微微上扬的眼角。他要是看起来没那么憔悴，皮肤没那么苍白和病态的话，我应该可以发现更多相似之处。他这个样子根本就不像个活人，倒像杜莎夫人蜡像馆里的蜡像，像一块有黄色斑点的午餐肉。

我颤抖着把手伸向戴夫，他紧紧握住我的手指。

"格里菲斯先生，我叫爱丽丝，是您的儿媳妇。我嫁给了您的儿子，威尔或者说是比利。您记得他吗？"

他没有一点儿反应。格里菲斯先生看起来似乎没有听到我在问他。他眼神空洞，只是盯着我们。

我打开手机里的一张照片，拿到格里菲斯先生的眼前，说："这大概是一个月前照的。"

他额头显出抬头纹，他是在皱眉吗？

"您记得他吗？"

还是没有任何反应。

"这儿没什么线索了。"戴夫捂着嘴低声说道。

我微微摇了摇头，把手机装回到口袋。"格里菲斯先生，大概十五年前，在雷尼尔街也就是您住的公寓发生过一起火灾，死了三个人。您能想起什么吗？"

格里菲斯先生没有点头，但他的目光直勾勾地盯着我，盯得我毛骨悚然。

"您的妻子凯特，是其中一位遇难者，另外还有两个小孩。但您和比利都幸存了。"

他那砂纸般的嘴唇动了几下，好像是要说什么。或许他正在说，我不确定。总之，从他嘴里出来的只有空气。

"您对那晚发生的事还有印象吗，关于那场火灾，关于您的妻儿？"

他脸部扭曲，嘴张得更大了。戴夫和我紧抓着金属床沿，靠得更近，仔细地倾听。

"他刚刚是在叫比利吗？"戴夫问道，睁大了眼看着我。

我心跳加速，耳朵充血。我非常确定他叫了。"格里菲斯先生，您记得比利吗？"

过了很久，只剩他的喘息声如口哨般从肺里传出来。接着他把手举得高高的，不断地拍打着床垫，一次又一次。他那皮包骨的身子扭曲在一起，四肢又踢又打，双手猛击床板。我和戴夫对视一眼，忧心忡忡。

"他还好吧？"我问。

格里菲斯先生拖着一口气，张大嘴巴，发出一声又长又可怕的声音，像是在呻吟，又像是在尖叫。

"哦，天啊！"戴夫叫着，用力拽着他的领子。

呻吟声停止了，但折磨还在持续。只停了一两秒钟，格里菲斯先生再次发出长长的喘息声。

戴夫从床边往后退，退到门口处，说："我得去叫个护士来。"

"你待在这儿。我去叫。"如果他把我一个人丢在这里，我会疯掉的。

他瞪大了眼睛，摇了摇头，说："不行！"

我拽着他的胳膊，把他拉到门口，"这样吧，咱俩一起去。"

我们跟跟跄跄地跑到大厅，恰好撞见了一个穿浅粉色护士服的护士，格里菲斯先生此刻正在为他第三轮可怕的呻吟声做着准备。

"哦，谢天谢地，"我说，"格里菲斯先生好像不太对劲。"

"他没事儿，只是又受到刺激了。"她绕过我们继续向大厅走去，鞋子踩在肮脏的油布毯上吱吱作响。她回头对我们说："这种情况经常发生。"

他又受刺激了？我和戴夫都皱着眉头。

"你不去看看他吗？"我朝着她的背影叫道。

那个护士停下脚步，深深叹了口气，慢慢往回走，恶狠狠地瞪了我们一眼，然后消失在病房。她一走，我和戴夫互相看了一眼，然后径直往楼梯走去。

"哎，说实话，"我们刚走到楼梯，戴夫就说，"能离开这里，我太开心了。这地方让我毛骨悚然，这是个多么令人绝望的地方啊！"

"我的公公也很绝望，"我话锋一转，"或者说他的病令人绝望。"

戴夫的脸色变温和了，"他的人生也是绝望的，亲爱的。"

我叹了口气，转身又下了一个台阶，"我知道。说到我公公，有太多太多让人绝望的事了，数都数不清。"

"我们明天再来试试。带一些剪下来的照片或报纸，这些也许能够唤醒他的记忆。但现在……"

"去警局，然后……"

"不，我是说，对于你公公，你难道不应该做些什么吗？我也不知道。"

"比如说呢？我昨天才刚得知他还活着，而且他看起来和威尔没有多大关系。我对他的情况非常遗憾，但他在这里似乎有人提供帮助。"

"哦，这就是你所希望的吗？我的天啊，我永远也无法忍受晚年住在一个充满豌豆罐头和肮脏尿布味的地方。你明白我的意思吧？"

听了弟弟的话，我忽然感到一阵内疚。他的话暗示我已经忽略了我公公，但我却一无所知，"那你想要我怎么做？"

下了楼走进大厅，我说："难道把他接到我客房？"

"别开玩笑了。但是对他来说有一个地方比这里好。"

"格里菲斯太太?"服务台的护士在叫我,打断了我们愈演愈烈的争吵。她"啪"的一声拿出笔记本放在柜台上,手里拿着笔说:"不介意的话,我这里有些文件需要你们填一下。"

"噢,好的。"我皱着眉,"什么文件?"

"我们只是想确认一下格里菲斯先生所有亲属的信息,也让你知道他所有可能的继承者。"

我拿起本子翻了几页——联系表、医疗补助表、个人隐私和公开表。非常标准的信息表,但是我不知道为什么她要我们填这些表,"填这些有什么用呢?"

"普罗维登斯是个私人疗养所,在这里我们只能为各种情况的老人提供一般的护理。我们的护士可以照顾患痴呆症的老人,但毕竟我们不是专业的。"

"那格里菲斯先生为什么还在这儿?"

"因为记忆恢复设备要么就是没有医疗资助点,要么就要排队等这些地方资助。"

"我明白了。"但我不明白。而且,我不喜欢这个女人,她这是什么意思啊。"准备把格里菲斯先生踢出去吗?"

"如果格里菲斯先生具有医疗补助的资格,只要他需要,欢迎他回来。我只是建议如果你能将他的护理纳入预算的话,让他住在一个稍大点儿的房间,或者说换一个更符合老年痴呆症患者特殊需要的疗养所,他应该会更开心吧。我觉得作为他的儿媳妇，你应该也希望他的最后一个月能过得舒服些吧。"

我把所有表格摞在一块，把笔放在上面，"你准备向我要钱了吧？"

"当然不是。虽然我们确实接受捐款。"

"让我猜猜。只收现金？"

她噘起嘴，露出谄媚的假笑，"只要一点儿就能让这个地方维持很久。"

我们走到车边时，我气得浑身颤抖，疯狂地颤抖。全身的抖动让我从头到脚的骨头都在嘎吱作响。"我绝不相信那个护士只是为了压榨我的钱。"

戴夫按下远程遥控器，越过车子给我使了个眼神，示意我可以开门了。

我坐在后座，把包丢在地上，"砰"的一声关上了门。"你也看到楼上那个护士的德行了，安抚受刺激的老人对她而言就是一件烦人的事。如果没有人看着她，我都不敢想象她会是什么样子。她可能会在休息室看着《绝望的主妇》，根本就不关心病人。她肯定不会被拖地或洒点儿水让空气变得清新这种事所累。"

"你说得一点儿没错。"戴夫"砰"的一声挂上倒挡，把手放在我的座位上，他盯着我身后车窗外的路，"所以你把钱给了那泼妇让我很开心。"

第十六章

"五个工作日？"我问坐在桌子后面的女警官。我压抑着自己的声音，没有冲她喊出来。西雅图警局就像一个巨穴，四面都是混凝土和瓷砖，很多人进进出出，乱哄哄的，我真后悔没带耳塞来。

"为什么打印一个十五年前的案子需要五天的时间？"

"是这样的，这五天之内，警局会一直和你们联系，不管有没有结果都会通知你们，并且你们要承担相应的费用。另外，一些记录因为不允许公开，所以会有所保留。这些情况我们也都会告诉你们的。"

戴夫用一只手撑着头，"所以重点是，在五天内我们一定会收到警方发过来的文件，对吗？"

"没错。"

"有没有加快进程的办法？我们愿意多花钱。"

那个女警官皱了皱眉，示意他最好不要这样做。

我特别沮丧，五天后我们要回东海岸了，除非我们找其他的领导,不然没有更快的办法找到威尔登机的原因了。想到这里,这五天竟然变得如此漫长。

警官向左侧头看着戴夫旁边的男人,"下一个。"

戴夫挡住他的视线,问:"我们怎么做才能加快进程?"

她递给我们一摞表格和笔记板,上面夹着一支笔。

"把这些填上。"她又侧向左边,说,"下一个。"

我们抱着所有东西走到窗边的几张空椅子旁。

我一屁股坐了下来,无助感压得我喘不过气来。

"现在干吗?我简直无计可施了,戴夫,下一步我们应该怎么办?"

"我们回去再问问邻居,或者再问问他的同班同学。他们也许会给我们一些线索。"

"你真打算这么办?"

戴夫皱了皱鼻子。

"让我说实话?我觉得这两个提议都没有什么用。"

"是的,我也觉得。现在我们有了这本年鉴,可以随时追踪那些人,不用坐在这儿填表。我们一定是遗漏了些什么。"

我陷入了沉思。

我靠在椅子上,回想起和米勒教练的对话,回想起那个住在社区中心的老人,想起他们在我面前唠叨的那些事,回想他们说过的每一句话、每一个细节,试图找出其中的漏洞。但我的思绪就像一只小猫在院子里玩球,快要抓到球时,球就已经滚走了。

我想象着十几岁的威尔站在燃烧着的房子外，看着消防员把他的父母抬出来，其中一个是用尸体袋装着的。难道事情真像那个老人说的那样，他看到他父亲还活着时感到非常惊讶吗？尽管后来我在这儿了解了他的一切，但我还是无法想象，威尔明知道放这把火会烧死他的父母，他还是故意为之。不管他的父母多么糟糕，他们依然是他的父母。他不可能随随便便点燃火柴，更不可能置他们的生命于危险之中。我认识的威尔绝对不会做这种事情。

然而，这位老人声称，不只是他怀疑威尔有犯罪嫌疑，还有别人。但他们和警察都无法证明此事，所以警察派了个人保护他的安全。

我站了起来，用笔指着大厅的灯，"对，就是他。"

戴夫皱眉，"你说什么？"

"那个老人说火灾后威尔被交到了一个负责这个案件的警察手里。我们下一步就是要找那个警察谈谈。"

"好吧，但怎么谈呢？他都没说那个警察的名字。"

"不用，也许会出现在警方的记录中。"

"我在网上看的更新文件中没有，但是这么重要的事一定放在原始档案记录里。你继续看这些。"他指着我膝盖上的文件，从椅子上站了起来，"我要去我们善良的女警官那里，看看能不能发现什么蛛丝马迹。"

我看着他穿过大厅，径直走向那个密密麻麻布满人群的咨询台，背影悠闲而洒脱。一股暖流涌进我的心头——来自像阳光般温暖的兄弟的关爱。戴夫抛下一切陪我一起飞到西雅图，他丢下他的工作、事业和生活，带我在这个陌生的城市里到处奔波。每次我被我丈夫的消息击垮时，他都在我身边陪着我。我真的不知道该如何报答他。

他似乎感觉到我在看他，转过身来，用手做了个写字的姿势。我笑了笑，送给他一个飞吻，然后又开始填这些表格。

填到第二页时，我的手机在包里蜂鸣般响了起来。我把包翻了个底朝天，好不容易才把它掏了出来。自从我和那个匿名号码通过话之后，我和戴夫一致认为我应该把手机放在触手可及的地方，而且应该调高铃声的音量。不管打来的人是谁，在那场火灾发生时，他应该是住在雷尼尔·维斯塔的，而且他的观点和那个老人以及米勒教练的都不一样。不管他是不是可怕的跟踪者，我都想和他谈谈，我想弄清楚他到底知道些什么。所以当看到我父亲的名字显示在屏幕上时，我感到特别失望。

"嘿，乖女儿。"爸爸语气随和地说道。我用手指把另一只耳朵捂住，这样我才能听到他说话。

"怎么这么吵？你在哪儿？"

"在警局接待处。别担心，我们在这儿不是被带来问话或被拘留的，我们只是来查询警方之前的记录。我在电话里一时半会儿跟你说不清楚，但说一句就够了：当年我丈夫住在这儿的时候简直就是另一个人。对了，我好像还有一个公公。"

"哦，好吧，真该死，那你见到他了吗？"

我的父亲很喜欢开玩笑，我只好笑笑，"见到了。但是，他过得不太好。他得了老年痴呆症，住的疗养院很糟糕。这简直太有戏剧性了，事后我再给你细细道来。"我盯着窗外，行人在雨中慢慢悠悠地走着，好像是大晴天一样，"不过，你打电话只是和我聊聊天还是有什么重要的事？"

"我打给你是因为你妈一直唠叨，问你什么时候回家，而且也要告诉你一些事。"

"为什么我妈她自己不打来问我？"

"哦，你知道的。她自己不愿意跟你唠叨。"

"所以她就在你面前唠叨咯。"

"我都说了，你了解你妈的。"我大笑，笑声打断了他，"你现在手边有笔和纸吗？"

我把包翻了个底朝天，找到一张旧的收据单，把它翻到背面，"你说吧。"

"好的，让我看看……"电话那头传来簌簌的翻页声，我仿佛能看到父亲翻开记录本，一页页地翻找着记录。

"福雷斯特学院的克莱尔、伊丽莎白、丽莎和克里斯蒂都打电话来找过你。自从追悼会之后你就一直没信儿了，她们都很担心你。你有她们的电话吧？"

"有，我一会儿就给她们发信息。"

"我想她们收到你的消息一定会很开心的。莱斯利·托马斯让我告诉你她觉得很抱歉。她有事要跟你说，据说是关于单身派对上一个女服务员的事，这件事很重要吗？"

"非常重要。她有留下电话号码吗？"

给我读完电话号码之后，爸爸又接着说下一条消息："埃文·谢菲尔德说他很遗憾在亲友会上没有看见你，他想知道你有没有好一点。他说得很委婉，我希望你别介意，我把你的邮箱给他了。"

"没关系。我在追悼会上就说要联系他。后来出来办事，所以我就给忘了。"

"一个叫科班·海耶斯的男人今天下午早些时候来过我们家。他似乎知道许多关于你和威尔的事。"

"是的。我在追悼会上也和他聊过。你还记得吗？他是威尔在健身房里认识的一个朋友。"

"他就是这么说的，他还带来了一箱东西。里面是他前段时间向威尔借的一些书、一沓照片、他们跑步时穿的一件T恤衫，诸如此类的东西。他说他希望由你来保管它们。"

"真是太感谢他了，"我说着，突然想起了一件事，"我在西雅图的事，你没告诉别人吧？"并不是说我怀疑那些来访者，但除了莱斯利·托马斯，他们都有可能是那条匿名短信的发送人，所以我必须要问。如果我的父亲告诉这些人我去哪儿了，那么我被怀疑的范围必然扩大。

"没有，我没告诉任何人。为什么这么问？"

"想想看，爸爸。这很重要。"

他只停了一两秒，接着说："我非常肯定我什么都没说，我只是说你要离开一些日子，留我和你妈看房子。现在你能告诉我你为什么要这么问了吧？"

戴夫一屁股坐在我对面，对我竖起大拇指以示胜利。我对他漫不经心地点了点头，接着告诉父亲那条匿名短信的内容。我告诉父亲那个人知道我在这里，知道我和戴夫在打探威尔的过去，甚至还十分清楚我在找什么，但他却说我找错了方向。

父亲的声音变得沉重起来，这让他想起了在部队的日子。

"我不喜欢这种感觉，爱丽丝。不管是谁给你发的那些短信，那个人都可能是定位到你的手机跟踪你的人。这意味着他不仅知道你在西雅图，还知道你现在在警方事务所里坐着。"

"好吧，至少在这儿我们是安全的。"我说，但我的玩笑话并没有奏效。父亲嘟哝了一会儿，坐在我对面的戴夫皱起了眉头。

"爸，真的，我们现在很安全。短信还不至于构成威胁，只是……只是你一味地劝我回家，最好明天就能回去。看来我们在这儿是碰壁了。"

"那就好。你妈要是听到会很高兴的。"

电话那端传来母亲的声音，清晰得就好像她就坐在父亲的腿上跟我讲话，她说："听到什么，宝贝？"

"孩子准备明天回来，她还说了其他什么，我一句也没听清。"父亲叹了口气，"她想知道你有没有好好吃饭。"

"有。"我说，而且千真万确，我一直都在吃。我从来没有打算过要少吃。

我转移话题，"还有其他事儿吗？"

"有的。尼克·布拉克曼打了四次电话。"

听到这个后，我陷入了沉思。尼克是威尔的老板，我只在AppSec 会上见过他几次。很久以前当他在追悼会上朝我走来的时候，我一直在想他是谁。而等到我想起来时，他已经离开了。我问："尼克想要干什么？"

"他没说，但他听起来很着急。他留下了手机号，说只要你方便，随时可以去拜访他，他都会出来接你。"我爸念了尼克的号码，我在数据单上草草记下。

"还有一件事，宝贝。"

他的声音变得尖锐刺耳，吓得我忽冷忽热。

"好吧，你说……"他清了清嗓子，竟和我卖起关子来，急得我连忙从椅子上站起来，"快告诉我吧，爸。"

"安·玛格丽特·迈尔斯今早打来电话了。"听到这个名字，我的手紧紧抓住椅臂，就差没把它掰断了，"宝贝，他们在事故现场找到了威尔的婚戒。"

戴夫不知怎么的立即就预订了两张去往亚特兰大夜间航班

的头等座票。据我的父亲说，威尔的戒指就放在我浴室的柜子上，在一封自由航空公司的内垫信封里。听安·玛格丽特说，戒指没有一点磨损，甚至连细小的划痕都没有。我觉得，戒指一定是从他手上掉了下来。想象一下，一枚白金戒指飞向高空，又像在弹跳机上一样在玉米秆地上弹跳，但它看起来仍和新的一样。她说这是个意外，就像飞机出现故障一样。

我叹了口气，望着窗外，看着夜色中的西雅图停机坪。泛黄的灯光映照出泪流满面的我，黑暗中的一点亮光透出我黑色太阳镜片下浮肿的眼睛。我知道我现在看起来有多么可笑——晚上十点，戴着个太阳镜，活像个说唱歌手。但这是我能想到的唯一能够隐藏我眼泪的办法了。自从我父亲告诉我，他们找到了威尔的戒指、那个刻有我名字的戒指时，我的眼泪就再也止不住。

过去的七天里，我一直还抱有希望。我告诉自己威尔没死，一切都不是真的，直到我找到了证据，直到他们在事故现场发现了威尔身上的一些小物品。我用双手抓住希望，虽然一天天在流逝，我还是用拳头牢牢地抓住希望，直到它从我的指缝间慢慢地溜走。接着自由航空公司打来的一个电话再次让我的希望破灭，带走了我的丈夫——我一生中的挚爱，我未来宝宝的父亲。但这一次，我真切地感受到了失去的滋味，燃烧着的伤口就像在我心上熨了个烙印。

戴夫抓住我的手，让我捧着一杯凉水，往我的手里塞了一颗蓝色药片，"这个小东西不但能让你失去知觉，还能让你在回家的路上睡得踏实、安稳。"

如果你要在这座城市找个依靠的话，那就去找久经世故的男同吧，他们真的是良药。我毫不犹豫地把药片抓了过来。

然后我转向窗户，额头贴着玻璃，等待着麻木的、无梦的睡意将我包围。

第十七章

我和戴夫还没走到家门口，母亲就穿着睡衣推开门，走到长廊上喊："宝贝儿们，欢迎回家。"

我们下飞机已经有一个多小时了，我吃了戴夫给我的小药丸，现在还有点头痛无力。父亲告诉我，那个重要的东西就放在楼上浴室的台子上。威尔的戒指在这个房子里真实地存在着，像指路明灯一样指引着我。我有很多事要做，一大帮人等着我回电话，但是此刻，我脑子里想的只有那个戒指。

我努力挤出一个自认为很体面的微笑，说道："嗨，妈妈。"她忧心忡忡地斜视着戴夫，然后跟着我走上长廊。不用扭头，我就知道戴夫正在做手势让她退回去，给我留点空间。收到戴夫的暗示后，母亲脸上掩藏不住的惊慌提醒了我，让我想起不久前的圣诞节，她在喝了很多蛋奶酒后，坦言她觉得自己就像是被我和戴夫抛弃的情人，很渴望和我们亲密一些，这种表情现在就写在她的脸上。到了长廊尽头，我拥她进怀里，给了她一个少有的熊抱。她的身体在颤抖，我知道那是出于失望。母亲善于解决问题，然而我的生活成为她无从下手的悲剧。

"我亲爱的宝贝。"她在我耳边说。

我松开她，跟她进了休息室，父亲和詹姆斯穿着睡衣站在一旁。父亲一只胳膊搂着我的肩，詹姆斯则给了戴夫一个大大的拥抱，仿佛他们分别了三个月而不是三天。看见这一幕，我的太阳穴感到一丝不安的疼痛。这是怎么回事？每每看到别的夫妻亲吻，为什么我都会觉得苦涩、愤怒和嫉妒？我把这种感觉压下去，默默发誓，不能因为我的痛苦使任何人感到不快，至少不能是戴夫和他的爱人。

"再过十五分钟就可以吃早饭了。"母亲说。

我没有心情告诉她我刚才在飞机上吃过一个橡皮蛋百吉饼三明治。我从戴夫放包的地上拿起我的包，一边上楼梯一边说："我先去冲个澡。如果下来晚了，你们就先吃吧。"

她忧心忡忡地冲我点了点头。

我拖着疲惫的身体上楼，沿着走廊走向卧室，发现母亲把这里打扫了一遍。木地板和窗户擦得锃亮发光，就连被套和床单也都洗好铺好了，边角处铺得比医院的床垫还要平整。我脱掉脚上的鞋袜，钻进羽绒被里，呼吸着令人陶醉的百合花香，那是我最喜欢的味道。我目光所及的每个花瓶——两边的床头柜上，电视桌上，还有窗边读书用的凳子上——都插满了百合花。她肯定花了不少钱。

走进浴室，迎面而来的信封填补了我内心的空虚。我沿着瓷砖一点点挪过去，伸出颤抖的手指在信封里摸索着，感觉到一丝冰凉的金属质感。

不用拿出来，我知道那是威尔的戒指。我知道戒指是锤击而成的；我知道这块金属的重量、厚度和穿过手指的感觉；我知道戒指内壁和手指关节之间的完美契合。看到戒指上的刻印时，我的呼吸急促起来。这是在巴克海特的一个珠宝商那里刻的：我最亲爱的人，爱丽丝。

又一阵悲伤直击我的心头。我把戒指戴在手上，打开淋浴，穿着衣服跌坐在地上。想起那一天，我把戒指戴到威尔的手指上，互相交换誓言时，我激动得说不出话来，然后他抱着我转着圈，我高兴得心都要蹦出来了。那美好的一天成了我们完美人生的开端。能在这个充满陌生人的世界中找到这个男人——我的另一半，我最爱的人——该有多么幸运啊。从那时起，我就知道我们会用一生去爱彼此。

这一生只持续了七年零一天。

我告诉自己应该心存感激，应该珍惜我们在一起的每分每秒，可当滚烫的热水击打在我的头顶时，我只想得到更多的幸福。

该死的，我还是想和他在一起。

我脱掉衣服，关上水龙头，此时皮肤变成了粉红色，指尖发白变皱。正好过了半个小时，我错过了早餐。我能想象母亲站在楼下的厨房里，端着一盘厚厚的煎饼久久地盯着天花板。

我知道我应该下楼，但我做不到。惰性就像粘蝇纸一样又厚又黏。我把湿漉漉的衣服堆在浴室的地板上，用毛巾包裹着湿淋淋的身体，坐在梳妆凳上，审视着镜子中的自己。

眼睛浮肿，眼圈发黑，脸色惨白，脸颊凹陷。失去丈夫的同时，我似乎也失去了美丽的容貌，这不公平。我失去的还不够多吗？需要我处理的麻烦还不够多吗？至少，作为补偿，寡妇应该获得玫瑰色的脸颊和有光泽的皮肤。

我伸手去拿保湿霜，胳膊碰到了自由航空公司的信封，下边的一个小的信封露了出来，那是一个普通又廉价的蓝色十号信封。上面一行印着我大写的名字和地址，下面附有"个人及保密"字样。我把它翻过来，用一根手指头戳开封条，打开了信。

里面的纸很普通，和在很多商店都能买到的那种笔记本上撕下来的一样。但上面写着三个小字，那潦草的笔迹对我来说熟悉得就像我自己写的一样，我深吸了一口气。

很抱歉。

胸口顿时一阵闷热。我从梳妆台上抓起信封，查看邮戳。信是两天前，也就是四月八号寄的。坠机发生在四月三号，所以是在坠机后的第五天寄的。

在坠机之后，在事故之后。

我确信这个纸条出自我丈夫之手。那有棱有角的草书，慵懒的连笔，最后一个字母后的长尾巴，就连墨斑都和威尔最爱的那支钢笔相匹配。

伴随着一阵响亮的敲门声，戴夫的声音从角落里传来，"爱丽丝，你还好吗？"

我尝试了好几次才说出话："请进。"

弟弟的脸出现在镜子上方，他担心地注视着我，"这是他的吗？"

一开始我以为他在说纸条，虽然我刚打开它，但他不可能知道内容。

"啊？"

"戒指，你拿的这个戒指是威尔的吗？"

噢，是的。戒指。我扭动戒指，感受着硬金属挤压我的皮肤，"是的，是他的。"

"噢，天啊。真抱歉，爱丽丝。我希望……"戴夫走了过来，一只手有力地拍拍我仍然潮湿的肩膀，"我知道你也希望如此。"

我只能点头。他向我做了个鬼脸。我把那张纸递给了他。

"这是什么？"

"一张纸条。"我的声音在颤抖，身体也是。这些情绪很快席卷全身，肌肉也随之颤动，"我觉得这是威尔写的。"

"好吧……"戴夫低下头，浏览着内容，"为什么而遗憾？"

"我不知道。"我把信封递给他，让他自己解开这个难题。

没过多久，他发现了邮戳上的时间，猛地抬起头，睁大眼睛问："这是谁寄给你的？"

我耸了耸肩，"上面是富尔顿县的邮戳，也就是说是从那里寄过来的。"

他强忍愤怒咕哝了一会儿，"这是恶作剧吗？真令人作呕。"他在我的头顶上抖动着纸条，脸气得发紫，"他是个疯子。从你死去的丈夫那里寄来纸条的人肯定是个精神病，你知道的，对吗？"

我点点头，"但这确实是威尔的笔迹。"

"这是两天前的邮戳！"他惊叫道，对我的回答感到很愤怒，好像我就是那个把信扔进亚特兰大邮箱的人，"怎么可能是威尔写的呢？"

"他肯定死之前就写好了。"

"那是谁寄的呢？"

戴夫的愤怒也引起了我的不满，"我不知道！"我朝他大叫道，语气中充满着愤怒和沮丧。收到这张有死去丈夫笔迹的纸条让我浑身直起鸡皮疙瘩。

浴室里死一般的沉默。

戴夫在我身后深吸一口气，长而缓慢地吐了出来，直到他放平肩膀，情绪稍微缓和。

"对不起，对不起，但是我很生气，你知道吗？作为弟弟，我得保护你，因为寄这封信给你的人只有一个目的，就是扰乱你的思绪。"

我笑了一声，但一点儿也不好笑，"那你可得保密，因为这招很奏效，我心情已经一团糟了。"

又是一声艰难的叹息。

"好吧。让我们回到信上好好思考一下。'我很抱歉'这句话很常见，他可以跟任何人说，但是把它写在纸上然后交给别人……肯定是他很了解的人。可能是和他一起工作的人？"

"最有可能的人是谁呢？威尔平时不是在家，就是在办公室，此外就是在健——"这个词在顿悟中被咽了下去，我转过凳子，仰头盯着戴夫，"科班。"

"谁？"

"他在健身房的一个朋友。追悼会的时候他来了，是他给我说威尔工作的事儿的，我不知道他是在说谎还是有什么误会。但是他揭露了一些事，可能是因为我从来没有听说过他，但他却知道威尔所有的事情。威尔从来没有说起过他。一次也没有。"

"好吧。"戴夫点点头，"绝对可疑。那我们怎么做才能搞清楚他是不是那个寄信的人呢？"

我停下来思索了一会儿，答案很快就出来了，"我可以给他打电话，约他喝咖啡，进一步了解他。"

"可能你刚才没有听到我说话。我说的是'我们'，'我们'怎样弄清楚。"

我摇摇头，"如果我带一个人的话，他可能很快就会怀疑我们在查他的底细，他就不会敞开心扉了。我是一个心理学家，戴夫。我知道怎样让人卸下防备，在我面前展现他们的弱点。我必须先建立起信任，你在我身边的话，我无法抬起头来盯着他。"

"不行。"他的声音中夹杂着愤怒，还带着"哦，上帝，不要"的语气，"如果他是短信发送人——"

"如果他是短信发送人，你在那儿的话他肯定会绝口不提。相信我。我不傻。我保证会提议去一个公共场所，一个周围有很多人的地方。什么事都不会发生的。我会好好的，不会有失误。我意已决，你什么都不用说了。"

弟弟想了一两秒，快速从鼻子里连喷几口短气。

"好吧，但你要答应我，如果他是寄信人，就让我来招呼他。"

我没告诉他，科班就像坦克一样强壮，也没提醒他十年级的时候，体育老师告诉戴夫，他打架就像一个女生。相反，我点点头，握着他的手，觉得自己从来没有像现在这样爱我的弟弟。

第十八章

我进门时，科班正坐在奥克本咖啡馆窗户边的长脚凳上，这家位于亚特兰大西部的咖啡馆很受欢迎。这里到处都是新时代的书呆子、留着一头长发的潮人，还有一些大学刚毕业的学生，他们都在用苹果平板努力地工作着。在看手机的科班抬起头，微笑着跟我打招呼："嘿，爱丽丝。"笑容转瞬即逝，但却非常迷人。

我向他挥手示意，然后向柜台做了个手势，"请你喝一杯？"

他从吧台上拿起一个陶瓷杯，水汽从杯子里冒了出来，"不用了，谢谢。"

我走到柜台，向留长辫的女孩点了杯饮料，然后斜着眼睛打量起科班来。我已经忘记了他黝黑的肤色，忘记了他的光鲜。他的光头锃光瓦亮，胳膊细腻光滑。

我不禁发现他真的很帅——那种来自光鲜杂志封面和红毯上的帅。他穿的衣服很休闲，一件合身的 T 恤和一条名牌牛仔裤，但穿在他身上，却有一种正装的优雅，以他瘦瘦的体型来说很完美。追悼会那天我没工夫关注他的外表，现在才仔细观察他英俊的容貌，而且并非我一个人。他不断地拨弄头发，咖啡杯边缘沾着液体，这里的每个女性都注意到了他，并且试图引起他的注意。我朝他走去时，她们都忌妒地眯起了眼睛。

我把喝的放到吧台上，和他拥抱了一下，他那柔软的棉料衣物下的肌肉像钢铁一样坚硬。他身上一股洗衣液和润肤露的味道，刺激得我喉咙发痒。

"很高兴再次见到你。你过得还好吧？"

他很和善，富有同情心，也很真诚。如果这个人是那封信背后的人，用一个寡妇死去丈夫的手写纸条来折磨她，那他肯定是一个能获得奥斯卡奖的演员，擅长伪装在迷人外表的背后。但这并不意味着我放松了戒备。世界上有那么多好演员，而且也不是所有的好演员都在好莱坞。

我坐在凳子上，把包挂在吧台下的挂钩上。

"比想象的要好，谢谢你来见我，还把威尔的物品箱带给我。我特别喜欢那张照片光盘。"

大部分照片是我之前在威尔的手机或脸书上看过的，但有一些是在健身房新拍的，一群人簇拥着他和科班，满是汗水的脸上闪闪发光，他们互相搂着彼此的肩膀。那轻松的笑容和放松的姿势告诉我，他们的友谊肯定不是在偶尔的锻炼中建立起来的。看到这些，我的胸口又开始疼了。威尔为什么不和我分享他的这一部分生活呢？

"威尔是我的好朋友，最好的朋友。"科班面带悲伤地说道——这段表现又给他加分了，"我好想他。"

"我也是。"我努力克制不让自己哽咽，责备自己竟然被他弄得说不出话来。除非我确认他不是寄信人，否则我决不会轻信他。我一只手握着茶杯，用一根手指穿过手柄，让自己恢复镇定。

"新闻里说他们已经开始试图还原坠机现场的尸体了，也向家属送还了个人物品。"

我点点头，另一只手伸向串有威尔戒指的项链，它就垂在我的心口上方，我的情绪也滑向危险的边缘，眼里充满了——可恶——泪水。

"天啊，爱丽丝。我甚至不能想象这对你来说有多艰难。"他用手掌快速拍了一下我的胳膊，"很抱歉。"

"很抱歉。"就是威尔纸条上写的原话。

即使这句话很常见，但这个巧合像冷风一样吹干了我的泪水，我眯着眼睛，低头看着杯子。他是有意还是无意的？一想到这个人寄纸条戏弄我，现在又当着我的面说相同的话，我就浑身直起鸡皮疙瘩。我喝了一大口茶，但热腾腾的茶水更助燃了我的火气。科班真的那么残忍吗？真的有人会这么做吗？

"你还好吗？"

他的关切就像听起来一样真诚，这提醒我需要控制自己，控制这场谈话。我擦干泪水，把杯子放回到碟子上。

"我很好。我叫你来是想向你证实一些事情。"我停顿了一下，直到他点头，我才继续说，"我给 ESP 公司打电话了，就是你说的那个给威尔提供新工作的公司。我跟他们的人力资源主管谈了谈。她不认识威尔，而且，她告诉我说，最后一个高管职位在八个月前就已经被填补了。"

"我不……"科班的注视让我说不下去了，他的黑色眉毛——还有睫毛和头发——向下皱成一个深 V 型，"你是说威尔没有在西雅图找到新工作吗？"

"是的。"

"但是……我不明白。如果没有的话，他为什么会跟我说一些关于西海岸新工作的详细情况呢？为什么他要告诉我，他即将会有一些新同事，以及这些很棒的同事在他们团队建设之旅中所做的又酷又疯狂的事呢？他告诉我，他们让他跳伞，他们在办公室里建了一条飞索。我的意思是，这些都是很具体的细节。为什么他要这样做呢？"

"这不是他编造出来的。我确定他是从 ESP 公司的网站上看到的。"

"但是找到新工作，搬家到西海岸，担心你不想离开家……这些都是编造的吗？"

"显然如此。"

科班眉头紧锁，眼睛里闪烁着一些东西，我知道那是失望。他的朋友，他思念至极的朋友，对他撒谎了。他看起来真的被惹怒了，所以我决定换个话题。

"威尔有没有告诉你他来自哪里？"

科班试图摆脱失望的情绪，在吧台下边把腿换到另一边跷着，上下晃动着他的红色匡威运动鞋。

"噢，当然了。我在孟菲斯有几个兄弟，所以威尔总是和我有往来。原来我们有一群相同的邻居。"

"威尔来自西雅图。"

"好吧。"科班像敷衍我一样把这个词拖着说了出来。但是他的腿停下不晃了，"但他五六岁的时候就搬到了孟菲斯，我肯定他那时还是个小孩。威尔去了森特勒尔，那是个竞争力很强的学校，我兄弟曾在那里就读。"

"威尔念的是汉考克高中，在西雅图。"

科班许久未语，我们之间的沉默显得咖啡店四周的声音更大了。他的脸耷拉下来，像是一头栽进一扇门里。

"你确定吗？"

"我确定。我有年鉴证明。"

"所以，好吧。那……"他一只手摸着光亮的脑门，我能看出来他正在思考，试图把碎片拼凑在一起。但意识到一切皆徒劳的他似乎有些退缩了，"抱歉，但我必须要问一下，为什么他和我说的全都是假的？"

"这正是我想弄清楚的。但能让你感觉好受点儿的是，他也是这样跟我说的。"

他歪着头，"你也以为他来自孟菲斯？"

"是的。"

"后来你怎么知道他来自西雅图呢？"

虽然我尽可能地模糊自己的答案，但还是找不到不告诉他的理由，"我收到了一张来自汉考克 99 班的慰问卡。这件事又牵扯出了另外一件事。"

他生硬地点头表示同意，然后久久地低着头，"好吧。所以一方面，我比之前更困惑了；但是另一方面，从一种奇怪又反常的角度来看，事情居然又说得通了。"

"你在说什么？"

"威尔最近的行为。他就是看起来非常……心烦意乱，并且……我不知道，反正就是，喜怒无常，压力很大。几周前，健身房里某个人让他把机器擦拭干净，威尔却偏偏不做。他居然大叫起来，抡起拳头想打人，我不得不使劲把他拉到外边，让他冷静下来。我从来没有见过他发那么大的脾气。现在我在想是不是他受到了某件事情的影响，他行为古怪是不是造成这些谎言的原因，或者说这些谎言是不是为了掩盖其他事情。那样做有什么含义呢？"

一阵烦躁的情绪涌上胸口，我再次体验到一丝熟悉的痛。

"不幸的是这全都说得通。"

"在你面前，他也表现出压力大了吗？"

过去一个月的事情像幻灯片一样闪过我的脑海。当时我正在做晚饭，他在后院踱步，把手机贴在耳边打电话，脸色阴沉，只对我说是在和同事聊事情。我下楼找他时，他坐在车里，望着天空足足发了二十分钟呆。我转过身，发现他已经从发呆的状态中醒过来了，用一种我从来没有见过的表情看着我，我当时有种说不出来的感觉。我问他怎么回事，可他只是说想跟我做爱。

但是 AppSec 刚刚以客户的身份进入亚特兰大市场，威尔团队的工作正处于最后关头。工作压力掩盖了他当时的古怪行为，我那时候对他非常信任。

或者我可能想相信他。

但是现在呢？现在我很确信还有其他事情将要发生，一些能让威尔飞往西雅图的事情。

"你比任何人都了解他，"科班说，"你觉得发生了什么事情呢？"

我把他的问题在我脑海里翻来覆去地想了很久，每一个可能的方面都想过了。我回忆了一下威尔不完整的过去，以及在西雅图曾遭遇的那场灾难。一场大火烧毁了整幢公寓，让威尔的母亲和两个无辜的孩子早早离开了人世。他父亲孤身一人，在一个州立扶贫机构卧床不起。这些就是我知道的他身边的所有人了。还有其他的什么人吗？

我吹动着杯子里最后一口茶，看着残渣在杯底打转。

"我觉得有些事——或者更可能是以前的某个人又回来困

189

扰他了。我觉得这可以解释他为什么行为古怪，又为什么飞往西雅图。"

科班没有回答。我抬起头，看到他完全静止不动。

"到底是什么？"

"我本来不准备告诉你这个的，但根据你的回答，我觉得有必要告诉你。"他停顿了一下，用暗淡的眼神盯着我，我甚至分辨不出他的瞳孔和虹膜，"坠机前一两天，威尔打电话让我帮他个忙。他让我以我逝去的母亲的名义发誓，一定要帮他这个忙。"

他停了下来，我的心脏也跟着停了。

"威尔让你做什么？"

"如果他发生了什么事，我答应他会照顾你。"

我回到家，看见门厅的墙壁旁堆满了睿狮包。父亲跪在地上，手里拿着一个钻头，腰间绑着一个工具带。

"发生什么事了？"

"看门上那两个泛光灯你就知道怎么回事了。"他从袋子里扯出一把电灯开关。

"我想把这些挂在里面的墙上，在门外安置运动传感器。任何人只要接近此地五英尺以内，就会暴露行迹。毫不夸张。"

"是因为那封信吗？"

"信，信的内容，还有你生活在这个国家排名第十二危险的城市里。我正准备换掉你所有的锁，另外再加上一些门闩和铁链。警报公司晚点儿会过来，把你的系统连接到他们的中央监控系统中。"

母亲从客厅过来了，手里拿着一本书，"我还让他修理了你那个难搞的前门，用餐桌固定了松散的地板，替换掉大厅厕所里漏水的那个橡胶材质的东西。"

"那是阀门，"父亲边说边挪着脚，"她让我换了橡胶阀门。我买了很多，足够把它们全部都换成新的了。下次交水费的时候你会感谢我的。"

"我现在也感谢你。"我说，随之而来的是一阵小小的抽泣，其实我想大哭一场，但这是威尔的甜蜜清单上绝不允许发生的事情。我们最后在床上度过的那个早晨，他在列表上新添加的两件事是什么？我花了几秒钟才想起来——空调滤芯和我的汽车汽油。而现在，我已经自己解决了。

父亲弯着膝盖，眼神停留在和我一样的高度。

"如果你担心费用太高，宝贝，别担心，我和你妈妈会替你支付账单的。如果安装上这些系统能让你安全，我们也会放心很多，特别是现在……特别是现在。"

我知道他准备说什么：特别是现在威尔不在了。他看起来很沮丧，更不用说他有多么担心了，我紧紧地抱着他，滚烫的眼泪聚集在眼睛里。

"现在我一个人住在这里，有个警报器我会感觉好点儿。

谢谢你。但我不想让你掏钱。"

"那就这么办。"父亲吻了一下我的额头，之后松开我，重新从袋子里拿起钻头，打开开关，嗡嗡地开始工作，然后又关掉开关，"差点儿忘了，你走的时候威尔的老板又来了个新留言。到现在为止，这已经是他的第五或第六条留言了。如果你还没有准备好给他回电话，就让我给他回。"

我摇了摇头。自从收到威尔的戒指后，我就把尼克和其他来电者抛诸脑后了。

"你可能得先给威尔的老板回过去，宝贝。我想他有一些财政和后勤问题要和你商量，这些事情拖太久就不好处理了。我知道这些事令人很不愉快，但是你得还房贷，你得弄清楚怎么用一份薪水来偿还贷款。"

"过来。"母亲挽着我的胳膊把我带到大厅，"你给那个叫尼克的人打电话，我给大家准备点茶水。噢，如果孩子们没有全都吃完的话，应该还剩点儿巧克力蛋糕。"

我到处找戴夫和詹姆斯，"他们在哪儿？"

"他们去邮局了——戴夫好像说他有一本年鉴要寄——然后要和詹姆斯在医学院时期的老朋友见面。显而易见，他那个老朋友把自己的成果卖给了大头彩，现在在桃树街上开了一家汉堡店。你能想象吗？一个汉堡居然要十七美元！算了，喝格雷伯爵茶可以吗？"

"好的，谢谢。"但母亲没有去拿茶包。她只是站在那儿看着我。"你怎么了?"

"哦,我只是想知道你对葬礼有没有什么想法。它可能会比自由航空举办的追悼会更……更私人一点。追悼会很完美,但是它不像是专门为威尔举办的,你明白吧?它是为所有丧生的人准备的。"

我点了点头,觉得母亲说得很对。那个追悼会虽然布置得很好,但没有一点个性。歌曲低俗,发言人也很无趣,只是在枯燥地诵读一长串遇难乘客名单时,才提到了我的丈夫。比起在满是陌生人的公园里举办的普通追悼会,威尔值得更好的怀念。

"想要我帮你出点儿主意吗?"母亲说,"要看一下场地吗?当然,没有你的批准,我是不会预定任何东西的。"

我微笑着,一股来自母亲的强烈的爱温暖着我的内心,"谢谢。我真的很感激。"

"好。那就这么办。现在,你去给那个叫尼克的家伙回电话。他的号码在咖啡机上贴着呢。"

母亲走向厨房,我拿起便利贴,用手机拨了号码打过去。

尼克在第二声铃响时接了电话,"尼克·布拉尔曼。"

"嗨,尼克。我是爱丽丝·格里菲斯。很抱歉没能及时回电话,发生了一些无法控制的事情。"

"我能理解,你过得还好吧?"

又是这个问题,陌生人在追悼会上这样问我,每次父母的眼睛也会这样问我，今天见科班，他也问了我这句话，"你过得还好吗？"我知道他们都是出于好意，但是尼克想听到的回答其实是我还穿着威尔的浴袍睡觉，即使它现在闻起来都是我的味道；为了能听听威尔的声音，我一天要呼叫威尔的语音邮箱二十次吗？跟他说我每晚都在哭泣中醒来，想象一下，这比那些让我愤怒到对着枕头尖叫的方式稍微好一点吗？和他说每个人都对我说些陈词滥调，比如事出必有因、威尔希望你快乐，我听到这些话就想打人吗？跟他说有时候我感觉威尔强烈的气息就在我的喉咙里，威尔的头发就在我脖子后面，但当我转过身的时候，什么都没有？

我叹了口气，坐到沙发上，对尼克说了他想听到的话，"我很好。"

我想，比尼克的问题更糟糕的是有一天人们不再问起这句话。

"很高兴听你这么说。有没有什么我可以做的……"

又一句陈词滥调，我强忍住尖叫，"谢谢。"

"杰西卡把威尔办公室里的私人物品都装到了箱子里。不是太多——几本书，几个杯子和一些带相框的照片。我想她会在这周末转交给你。"

这显然不是他打电话的目的——无意义的陈词滥调和安排好的物品交接。我敷衍了他一句谢谢，这让他下一句话变得不太友好。

尼克要么是厌倦了迟疑，要么是中了我的计，"听着，有些事我需要跟你谈谈，但绝不能在电话里谈。我们可以见个面吗？你来定时间和地点，我会去的。"

"但是，我刚到家，并且——"

"你住在伊曼公园，对吗？"我没有回答。尼克知道我住在伊曼公园。工资存根上有我们的地址，他每个月都会在上面签字。

"一个小时后在伊曼咖啡馆见面怎么样？那里有市里最好喝的咖啡，我请客。"

早上刚和科班见过面，我无法接受去另一家咖啡店，过去几天不是在宾馆房间就是在车里或飞机上，我再也无法忍受待在室内了。

"就在伊曼咖啡馆碰面，如果你不介意，我们可以在公路上散散步，那样我能呼吸一些新鲜空气。"

"好。谢谢，爱丽丝。一个小时后见。"

刚要出门去见尼克的时候，我给莱斯利·托马斯打了个电话，号码是从爸爸那里要来的。她马上就接了电话。

"在您说话之前，"她以问候的口吻说，"我想为我第一次打电话时向您撒谎而道歉。我承受着无比巨大的压力向您编造了那个故事。我在这里已经好几个月了，这是我第一次有机会证明自己，我等得太久了。"

"现在呢？"我生硬地回答道，因为我没有原谅她，我依然很愤怒。这个戴着鸡尾酒服务生牌子的女人在我面前就像一根胡萝卜。我并不是很想打电话给她。

"现在什么？"

我弯着腰，斜视着阳光，"现在你还带着巨大的压力，来给我编故事吗？"

她笑了起来，但与其说好笑，倒不如说很讽刺，"好吧，我的老板只是建议我去充当另一个乘客的姐姐，所以您说呢？"

我回答得不偏不倚。这个女人曾经骗过我一次，谁敢说她不会故技重施？

"跟您说实话，我想说的是我真的为谎言感到羞愧，我想弥补您。"

"让我猜猜看。你是想告诉我那个鸡尾酒服务员的名字。"

"准确来说，她现在已经不是服务员了。她叫蒂芙尼·里维罗，一直为那个飞行员和他粗暴的伙伴提供服务，他们在坠机那天凌晨两点四十五分才离开，消费了六千多美元。"

她提供的消息和巨大的数额让我震惊地睁大眼睛，"有人会在夜店消费六千美元吗？"

"除非他们把香槟当柠檬水来喝，很明显他们就是如此。他们还嗑了摇头丸。"

我吸了一口气，脑子极力思考着。假设他要驾驶飞往亚特兰大的第一趟航班，也就是六点钟左右起飞，那他可能会直接去机场，这意味着他根本就没有休息，这甚至都没算上他花费的其他时间。

"我们不能确定飞行员当时正在吃喝玩乐。"

"据蒂芙尼所说，他就是在吃喝玩乐，他们每个人都疲惫不堪。但有趣的是——她把告诉我的这一切也都告诉自由航空的职员了。职员们的反应是她肯定搞错了，公司有工作程序和协议，飞行员必须要保持百分之百的清醒和警觉，否则不允许驾驶飞机。职员们想方设法让她觉得这些全都是她的想象。"

一股凉气在我胃里肆虐，就像癌细胞一样扩散开来。自由航空公司知道飞行员参加了单身派对，但他们居然什么也没做、什么也没说。我想到机场里和追悼会上遇难者的家属们，想到他们的眼泪和溢于言表的悲痛，一阵无助的愤怒威胁着要把我拽下来。威尔的死是因为飞行员的玩忽职守和航空公司的疏忽。

"为什么你要告诉我这些？我觉得这个故事将要席卷各大报刊和网站的头条。"

"真的，因为我良心有愧，所以我想第一个告诉你，并且确保你明白了其中的含义。"她沉默了一会儿，但马上又严肃地说道，"会有人展开调查的，爱丽丝，如果蒂芙尼小姐说的是真的，如果她的话得到了证实，你和其他的受害者家属一定要抓住自由航空公司的把柄。"

第十九章

从街角转到伊曼公园时，我看到尼克正站在路边，一只手上拿着两瓶水。他头发白而泛黄，身材高大，大腹便便，马球衫撑得像是个充气的内胎。如果我在追悼会上没见过他，那现在应该会觉得更糟。高大且笨重的他绝对会引起你的注意。他穿着一双崭新的耐克运动鞋，看着像是刚从鞋盒里取出来的一样，搭配工装卡其裤，这让我突然觉得在工作日的间隙，到环形路散步是一个糟糕的建议。

"你好，尼克。"

"你好，爱丽丝。谢谢你约我出来，你准备好了吗？"

我试着感受他的情感节奏，但是，他的眼睛藏在暗色的弧形太阳镜后面，并且他的语气和话语中都带有一丝戒备，"准备好了。"

问题是，我知道无论尼克现在想和我谈什么，都不会是什么好事。不然他为什么接连好几天来，每隔半天打一次电话，还坚持要亲自见我一面？他的问候和肢体动作证实了我的困惑，让我的猜测逐渐变得像黑暗一样恐惧、像柏油一样黏稠。

他递给我一瓶水，冰凉之中带有一丝甜味。我们沿着一条小路向前走，接下去就是令人痛苦和反胃的沉默。

春天的亚特兰大像往常一样晴朗，环形公路周围的公园、人行道和废弃铁轨也呈现出一派热闹景象。穿着瑜伽服的妈妈推着婴儿车，和跑步、遛狗的人以及玩滑板的学生们争抢地盘。尼克和我跟在他们后面，沿着北边的小路向远处市中心的高楼走去。

"这对我来说非常困难。"我们从自由路立交桥的阴影中走出来时，他说道。尽管他穿着工作服已经走出了汗，但我知道他指的并不是散步很困难。他低着头，注视着人行道，"我雇了你的丈夫，培养了他。在他为我工作的八年时间里，我提拔了他六次。我做的这一切并不是因为我喜欢他，而是这都是他应得的。"

"好吧……"我挤出这个词，心脏加速跳动。我感觉他要说出"但是"这个词了。这种感觉像雷电般向我袭来，让我根根毛发都竖了起来。

"我不知道你对我们的工作了解多少，但是，大多数工程师不在乎钱从哪里来。威尔是一个怪人，他不仅关心这个，还想挣更多的钱。他工作如此出色，部分原因便在于此。有时顾客都不知道自己想要什么，但他却能设计出来，并通过展示获得认可。"他抓住我的胳膊，把我拽到路边，为旁边的一辆三轮车让行，"这家伙是个天才，我相信你已经知道了。"

"我知道。"

"我们花了这么长的时间，也是因为这个。威尔是我们最不会怀疑的人，也是我们从来没有想要怀疑的人。"

他的话让我感到不舒服。与此同时，一种挫败感在我的胸膛内灼烧。我不耐烦地说："尼克，对不起。我昨天晚上是在飞机上睡的，昨晚之前的七个晚上几乎都没怎么睡觉。我已经要筋疲力尽了，所以拜托了，你可以省去那些废话，直接告诉我你来这里要干什么。"

尼克在小路中间停下，将高大的身体转过来对着我说，"我们公司账户上的钱少了。"

我的心头一冷，寒意不断向外蔓延。突然，所有只言片语都充耳不闻，一切都解释得通了。这就像我曾经给学生做过的心理测试一样，尽管错失了大部分单词，但依旧可以弄懂句子的主旨。此时，丢失的单词是：你的丈夫是个小偷。

我把手臂交叉在胸前，身体颤抖着，体温飙升，"少了多少钱？"

他耸了一下厚实的肩膀，"这个很难说，法务会计师还在……"

"法务会计师？"这些话像闪电一般向我涌来，我直愣愣地站在那里，动弹不得。我不是法律专家，但我知道这个词。弗雷斯特的离婚官司总包含这个词，金融研究专员还搜寻了他的隐藏资金。去年，珍妮特·戴夫斯的母亲获得了她前夫境外账户的一半金额，感谢她的案例。

"正如我所说的，法务会计师提交最终报告后，我们才会知道具体数字。"

"给我一个大致的数字。"

"4，473，000，"尼克攥了攥拳头，"大概。"

"这么说，你在这儿跟我交谈的真实目的是，你知道在我们的联合账户上还有四百五十万的存款？"这句话刚说完，我就像吃了秋葵一样，舌头又刺又黏。

"不，不是的。"尼克做了个无奈的表情继续说道，"我以为你会知道一些事情……"

我瞪大眼睛说："不，天啊，我当然不知道。"

"我正在冒险，爱丽丝。我们公司计划明年上市，董事会让我负全部责任。如果这家公司内部有一个雇员带着四百五十万的巨款逃走，那么没有人会想买我们的股票。拜托，如果你知道什么的话……"

"他没有逃走，尼克。他只是上了一架从空中坠落的飞机。让我想想，莱斯利·托马斯告诉我，他们在轮子下面发现了一个余醉未醒的飞行员。"我的胃里突然一阵恶心。

他赶紧避开这个话题，"我知道这些，我是说我觉得很遗憾。我现在想说的是，我一直把威尔当成朋友，所以我才只跟你说了这个秘密。"

"什么意思？"

"意思就是，如果我们可以找回这笔钱，把账簿理清，这件事就算结束了，我们之间就不存在问题了。在这件事情上我不关心为什么和怎么样，我只需要把钱找回来。"

"你真的以为我知道它在哪儿吗？"

他带着歉意地笑了笑，但并没有让他接下来的话听起来顺耳一些。"你不知道吗？"

我心中升腾起一股怒火，但我沉静敏捷地回答道："你真的要问我这个问题吗？"

他的沉默告诉我，是的。我突然感到一阵恶心，多喝的茶和母亲做的巧克力蛋糕在我的胃里翻腾，我担心自己会吐到尼克的新运动鞋上。

"我确定这是一个巨大的误会。"

尼克坚定地摇摇头，"这不是的。"

"你怎么知道是威尔拿走的？"

"我不能告诉你。"

"四百五十万又不是一夜之间消失的，应该持续了好几年，这之间为什么没有人注意到呢？"

"我同样不能告诉你这些。事实上，我已经说得太多了。如果律师知道我们这次谈话的内容，他们一定会非常生气。"

律师。法务会计师。我用大拇指把卡迪亚戒指在手指上上下旋转，这是我最近几周无意识养成的习惯。每当想起威尔，我都会摆弄戒指。或许是因为他以一种出人意料又亲密无间的方式把戒指交给了我；又或许是因为那些话：你、我，还有我们的孩子。由于某种难以解释的原因，抚摸它能给我带来一种安慰。

直到现在。

我感受到尼克的目光从墨镜上方投射出来，他的眉间有一个新的伤疤。

我将口袋里的手紧紧攥成拳头，"我不知道关于这笔钱的任何事情，我可以向你确保它不在我们的账户上。"

他久久未做回应。我们的身边不断有人路过，溜冰鞋和滑板呼啸而过，尼克就那么站着茫然地看着我，他高大的身躯占据了一半路。我知道他在做什么。他在等我坚持主张他说的话不对，他的法务会计师一定是弄错了，威尔·格里菲斯没有能力从他那里或是其他人那里偷钱，但我好像说不出来。如果我丈夫曾经纵火烧了一栋公寓楼，里面满是睡梦中的人，那谁敢说他不会从雇主的账户上偷钱呢？我站在他面前，咬着舌头，越来越想哭。

尼克把我的沉默当成了回答，抱歉地对我笑了一下，然后沿原路返回了。

"对不起，爱丽丝，我必须要追回这笔钱，即使这意味着要把你和一个已逝的人牵扯进来。"

尼克一走，我就把水瓶扔进垃圾箱，跑开了。这是一个惬意的春日下午，空气中充斥着城市晴天所特有的声音：吹叶机的嗡嗡声、拴狗皮带悦耳的金属声音、远处汽车的低鸣声和我脚上的运动鞋与地面的摩擦声。这八天来，我每天只吃一点东西，再加上没做运动，现在全身肌肉虚弱又僵硬，每走一步都像是种惩罚。耳边回响着尼克的话，我需要灼烧掉所有痛到骨髓的紧张情绪。

威尔和我都喜欢环形公路。我们喜欢城市的艺术品、地平线的风景和几公里长的公园和绿地。我们喜欢骑旧式三轮自行车，追逐探索，车上有一个金属铃铛，车把上还挂着一个柳条筐。这也是我过生日时，威尔为我精心准备的礼物。

"你知道这意味着什么，对吗？"我登上自行车，踩动车轮，沿街道骑着，一路兴奋地大叫。

威尔坐在驾驶员的位置上，眼睛注视着前方，手放在臀部，"没有别的账单了吗？"

我笑了起来，"如果我们骑车去市中心，再骑回来，那我午餐就可以心安理得地吃炸薯条了。"

只要条件允许，我们都会骑自行车出门，在阳光明媚的周末和温暖的夜晚，骑行去餐馆或者酒吧。我们是一对令人讨厌的夫妇，因为在绕着整条环形路骑行时，我们会一直手牵着手。

现在，如果我相信今天所听到的一切，那个如此爱我的男人就是个罪犯；是个骗子和小偷；是个在他生命中最后一个月里心烦意乱、喜怒无常的人；是个在健身房打架的人；是个在客厅墙上留下凹痕的人；是个被尼克的法务会议调查的人。傻子都能猜得出来，威尔当时一定心烦意乱。

我路过信号塔和涂鸦墙，走过市政所、公园、餐馆，看到周围的人享受着早春的快乐时光。阳光散落在我头上，我走到小路一侧，将外套脱下，系在腰间，看到卡迪亚戒指在阳光下闪闪发光。

上周翻阅银行账单时，我注意到卡迪亚钻戒的消费单了吗？我闭着眼睛试图回忆一下。我应该会注意到那种价位设计师设计的作品肯定不便宜。我拉开口袋，拿出手机，查看了银行和信用卡信息，没有任何大笔支出，也没有四百五十万。

那威尔是怎么买的戒指？

这个问题在我心头攒动。我随即回到自己的车上。

卡迪亚专卖店夹杂在莱诺克斯广场一侧的内曼·马库斯中间，毗邻其他奢侈品店。穿过宽阔的走廊，一路经过泰斯拉、路易·威登、普拉达等多家店铺，此时我多么希望有时间把运动服换掉，或者做一下头发。

卡迪亚厚重的店门后边站着一位身穿制服的保安，用一种怀疑我走错地方的眼光打量着我。我们对视一下后，我扬起下巴，伸手去开门。还没碰到黄铜把手，他就把门打开了。

这个店铺极为奢华。深色木镶地板，毛茸茸的地毯，无缝玻璃展柜内展示着闪闪发光的宝石。单是插花的价格就够我付一个月的电费了。置身于这些珠光宝气之间，我不由得往边上挪一挪，好像它们一眼就能看出我只是个冒牌货，与它们不是同类。环顾四周，我发现这里除了一个保安和一个正在用深红色的布擦拭手镯的女店员以外，没有其他人。

她很平和地对我微笑，问道："有什么可以帮助您的吗？"

她有一口浓重的俄罗斯口音，就像你曾经听过的东欧邮购新娘那样陈腐。她又高又瘦，留着一头漂白过的金发，香水味过重，指甲很长，一脸浓妆，身材火辣，穿着又短又紧的职业装。虽然不是很热情，但人很漂亮。

我盯着她的工作牌，"你好，娜塔莎小姐，我丈夫最近在这里给我买了这个。"见我举起右手，她的眉毛立刻就抬了起来，脸上露出抑制不住的惊喜或者惊吓又或者两者皆有，"我想知道你能不能帮我查一下销售记录。"

"是作为礼物送的吗？"

"是的。"

"您不喜欢吗？"

"不，我喜欢。只是……"我伸出手，低头凝视着三条厚厚的钻石金带。只是什么？怀疑我丈夫是用偷来的钱买的？还是觉得可以从收据上看出来他将花剩下的钱藏哪儿了？"为了后期保险，我需要销售单。"

"当然可以。"她边说边把手镯放回箱子里锁上，然后，把钥匙放在夹克口袋里。随后，她招呼我到右墙边华丽的樱桃色桌子旁边。"请坐。"

我在她对面的软垫椅子上坐了下来。

"您丈夫叫什么名字？"她从抽屉里拿出一个无线键盘，对着电脑屏幕敲击起来。

"威尔·格里菲斯。我猜他可能是两三个星期前来的。"

她半带着微笑，从面部表情可以看出来她认识他。"您很幸运，他是一个英俊的男人。"

"你记得他？"

"是他从我们这里买的戒指。"

我想象着他在这些亮晶晶的首饰面前，弯着腰，眉头紧锁，些许失落的样子，性感的娜塔莎在一旁帮他挑选最棒的礼物。除了买些华而不实的东西，他从不擅长购物，并且一直很讨厌逛商场。"商场为什么这么挤？"他总是说，"我可以在网上买到所有需要的东西，而且还能送货上门。"

"你丈夫肯定在私下里做足了功课。他知道戒指的款式和尺码，这是我做过的最快的一笔生意。"

据她所言，再结合她说的当时的情景，我脑海中浮现出更多的画面。他当然会在来之前打开这间店的网站，甚至打电话确认他们是否有现货。他可能让娜塔莎拿着包装袋和刷卡机在店门口等着。他进来刷卡，出去，然后拿着礼物走了。

她敲了键盘的一个按钮，打印机呼呼地工作着。"付款的钱都精确到美分了。"

我愉快地向她点点头，但她话音刚落，我就呆住了。

"等一下，你说他是用现金支付的吗？"

她扫了我一眼，立马又低下了头，"是的。"

"多少钱？"

"不含税是一万两千四百美元。"

她说得非常轻松随意，就像在说一斤糖的价钱一样。但我却在想自己的一件东西竟花了这么多钱。再想想我沉重的房贷以及那辆用了四年但银行贷款尚未还清的旧车。甚至连我的订婚钻戒——镶着一颗宝石的铂金戒指——也没这么昂贵。

我感觉这个神秘的戒指突然一紧，就像很多条橡皮筋死死地捆在手指上一样。

"一万……一万两千四百美元。"

"税后。"她把几张收据单从打印机中拿出来，按在一个红色皮革小册子上，检查了上边的数字，"13268。"

不管税前税后，数字都是惊人的。

我看着收据从打印机里滑出来，想着除了这个戒指，他是不是还买了别的东西，仿佛那四百五十万美金把他的衣服口袋烧了个洞。他计划怎么把这笔现金藏起来呢？藏在哪里了呢？是装在盒子里边，然后放到地板下面了吗？还是放在阁楼的保险柜里了？或者他需要一个商业区沿路广告牌上的防火储存柜？

最重要的是：我要怎么找到它？

店员把小册子从她那边滑到我的面前，说道："请代我向您的丈夫问好。"

第二十章

我回到停在路边的车上，打开红色皮革小册子，快速浏览起娜塔莎放在里面的文件：戒指防伪证书、退换货说明、发票、税务收据，一应俱全。轻抚过文书底部威尔熟悉的签名时，我不禁咽了下口水。虽然戒指可能是用偷来的钱买的，但这是他买给我的，这一点是不可否认的。他勇敢地走进商场，挑选了一份对我而言有着深刻意义的礼物。粉色代表爱情，黄色代表忠诚，白色代表友情，分别象征着他、我、我们未来的孩子。不管他的过去如何，不管他是如何得到这笔钱又是如何付的钱，这枚戒指都是我的。我永远不会把它摘掉。

我的目光落在了发票的联系信息上，威尔的签名和我们的家庭住址下面有一个我不认识的电话号码。这是亚特兰大三大地区之一，区号为 678，但我对这个数字还是很陌生。这也绝对不是威尔的电话，他的电话号码是以 404 开头的。

会不会是他的工作电话？威尔总是用我不认识的号码打给我，他说我只需要费点心记住他的电话、杰西卡的直线电话和重要密码就够了。现在我真希望当初能多用点心记住它们。

我在手机上找到他的联系方式，检查他办公室的号码以及卡迪亚收据的号码，没有一个能与之匹配的。

那么……这是什么情况呢？难道是娜塔莎在录入系统时把号码搞错了？威尔会不会给她一个错误的号码，以避免商店的推销活动呢？突然，我想到了。他会不会有一部我完全不知道的手机，这可怎么办？另一个身份？另一个妻子？这些可能性在我的心里翻腾，我的胃里一阵泛酸。

趁还没有临阵脱逃，我把号码输到手机上，摁了拨号键，车载系统响起提示音时，我屏住了呼吸。一声、两声、三声。第四声以后，转到了语言信箱，一个机械的声音重复着这个号码，让我留言。我还没等到"嘟"那一声就挂断了。

现在怎么办？我咬着嘴唇，盯着挡风玻璃，看着停车场过往的人群，在心里把事情从头捋一遍。或许这个号码只是个错误，但如果不是呢？如果真是威尔的号码呢？手机不可能凭空冒出来的。如果我能追踪到这个号码，说不定能通过这个号码，找到他瞒着我的一个银行账户，也许那个账户里就存着他偷来的钱。

手里的手机突然响起来，吓得我从车座上跳了起来。是我弟弟打来的。我深深舒了一口气，平复一下心情，切换到了免提，说道："你知道吗？你吓得我差点尿裤子，现在我得回购物中心上厕所了。"

210

"你知道的，妈妈还以为你掉河里了呢。等一下，你在商场干什么呢？你不是约了威尔的老板吗？"

"我见过他了。"我把手机放在杯托上，靠着椅背，跟戴夫简单快速地讲了一下我和尼克的谈话内容——不翼而飞的钱，尼克对戒指的关注，还有他等着我说但我又说不出口的话：我丈夫没有做这些，他是无辜的。

"他们已经请律师了，戴夫。尼克说在不得已的情况下，他会拖威尔下水，但他还在找那笔钱的下落。"

"他当然会这样做。没有人会让别人带着四百五十万逃走的。这意味着你需要一个律师了，你要确保这一切不会影响到你。"

我靠着皮革坐垫，挺直了身体。

"事情暴露又怎么样？我没有偷过一分钱。"说这些话时，尼克的警告从我脑海中滑过。他说为了找到那笔钱，他也会拉上我。一股寒意突然从我身体里滑过。

"你或许不会怎么样，可威尔如果用偷来的钱买了你也使用过的东西，例如汽车、家具或一起度假之类的，作为他的妻子，你也应该负责。"

我松开握住方向盘的右手，手指上的卡迪亚戒指闪闪发光。

"威尔买了戒指。"

车里沉默了下来。

我把额头抵在方向盘上，轻轻地磕了几下。

"怎么会发生这些事情？我怎么会在一周内，从一个婚姻美满的女人沦落成一个戴着赃物珠宝的寡妇呢？"

"现在不是自怜自艾的时候，爱丽丝。现在我们要去找到并聘请城里最好的律师。"

我想起了在追悼会上碰到的埃文·谢菲尔德，一位七英尺高的律师，他在这次事故中失去了妻女。我想他的内心应该也很沉重，悲痛的心情如潮水一般向他一次次袭来。震惊、愤怒和悲痛席卷着他。我想象着自己坐在他面前，注视着他悲伤的眼睛，告诉他那失踪的四百五十万美元。这个想法突然让我茫然又害怕起来。

"我今天还要打几个电话，"我抬起头，发现一个保安正站在我的车前，充满关切地看着我。我给了他一个浅浅的微笑，好让他知道我没事，然后他就走开了。

"还有，帮我个忙好吗？不要把这件事情告诉爸妈。爸爸已经担心到花钱为我安装警报系统了，我不想让他们再担心了。"

"你确定这样好吗？"戴夫说，这时刚好来了一条短信提醒，"你不能……"

戴夫还在说，但我没有听。我盯着 678 号码发来的信息：你好，爱丽丝，你怎么知道这个号码的？

我的胃里上下翻腾，手指颤巍巍地输入：你怎么知道我的名字？你是谁？

紧接着，我的信息下方出现了一个气泡，说明对方正在打字。我屏住呼吸，等待着答案。

"喂，"戴夫在电话那头喊我，"爱丽丝，你还在听吗？"

我摁了挂断键，结束了通话，眼睛直直地盯着手机。几秒钟后，屏幕上闪着一条短信：只有一个人知道这个手机号，但是他已经死了。他从我这里拿走的东西，在你那里吗？

我突然感到恶心。他指的是钱，他是谁？是他的同伙吗？

我：除非告诉我你是谁，否则我是不会回答你的问题的。

678-555-8214：我不是在和你商量，我想要我的钱。

我：什么钱？

678-555-8214：告诉我威尔把钱藏在哪儿了，否则你的下场跟他一样。

回家的路很漫长，我恍恍惚惚地沿着蜿蜒的伦诺克斯路前行。手机就像是个烫手山芋，被我扔在副驾驶座前的地毯上。我几乎没有注意到窗外的风景，也不知从何时起，从庄严的公寓和精修的草坪过渡到了多籽的植物带、暗黑窗的内衣店和男士们的桥牌店了。我把车开到慢车道上，跟在缓慢移动的外地人和频繁停下来的马尔塔公交车后边，双手紧握着方向盘，力度大到要把方向盘折成两半了。

此前，我从未被人以性命相威胁过。虽然我不知道这个人是谁，也不知道这家伙离我有多远，但他发这些短信时冷漠的口吻，就像一个冰冷的拳头紧紧地攥着我的胃。

告诉我威尔把钱藏在哪儿了，否则你的下场跟他一样。藏在哪儿了，否则你的下场跟他一样。藏在哪儿了，否则你的下场跟他一样。

借着路灯，我靠在了驾驶座中间，检查了一下手机。屏幕是黑的，没有新短信进来，感谢上帝。不管那个678是谁，我敢肯定他将会给我带来严重的威胁。这个人认识威尔，知道那笔钱，还认为我知道威尔把钱藏在哪儿了。人们真会互相折磨。

我突然想到两个问题。第一：发信人怎么知道是我？这个人一定早就知道我的手机号码了，他是什么时候知道的呢？第二：如果这个号码不是威尔的，那他为什么把它留给娜塔莎？为什么要把它写在偷钱买的商品的收据上？

听到后边的车在按喇叭，我抬头看到交通灯已经变绿了。我随手把手机放在一边，重新启动车子，跟着前边的白色越野车往前走。

一个新的想法让我把方向盘握得更紧了。那个追踪不到的号码和678的号码会不会属于同一个人呢？

这个想法在我脑子里翻来覆去，都快要把我的头皮戳破了。百思买的极客说那个无法追踪的来自西雅图的号码，是在消息发送程序中发到我手机上的，所以无法追踪。如果678号码也是通过应用程序发的短信怎么办？两者完全有可能来自一部手机。

我开到北方高地的右侧，沿着一条双行道穿过弗吉尼亚高地中心。现在已经快六点了，街道和人行道上挤满了下班赶回家吃晚饭的人。我缓慢前行，试图说服自己发信息的是同一个人，但我做不到。短信的口气相差无几，内容却反差太大。

我把车拐进停车场，捡起手机，翻出那个隐藏的号码发来的那一串短信，与678的威胁信息比较了一下，这些短信好像并没什么恶意。我想赶紧回家，不想相信从雷尼尔·维斯塔那里听到的关于威尔的一切，就好像所有人都不想让我找到关于威尔的真相一样。

我在想，谁想让我对威尔的过去一无所知呢？如果我找出真相，这个人会失去或得到什么呢？我唯一想到的人就是……威尔。威尔不想让我知道，所以他向我隐瞒了他的家人、他的背景、他和雷尼尔·维斯塔以及他和西雅图的关系。威尔是最有可能发这些信息的人。

当然，这是不可能的，死人无法发信息。

科班的话从我脑海闪过，威尔让他以已故的母亲起誓：我承诺如果他有什么意外，我会照顾你。科班是号码背后的那个人吗？他在背后履行对死去的朋友的承诺？我试图接受这个假设，但还是感觉有些不对，有些东西还没有成形。

然后我突然想到科班也不知道威尔在西雅图的过去。当我给他讲这件事情的时候，他和我一样震惊。除非，这个男人是个顶级演员。

挫折感燃烧着我的胸膛，我把车掉头，转了个圈，加满油，准备回家。我需要帮助吗？要联系警察，让他们追查678这个号码吗？也许我应该告诉他们，尼克威胁我，让我帮他找回钱。也许尼克就是幕后黑手呢？

但是如果戴夫是对的呢？我也会被追究责任，他们会夺走戒指。我张开握住方向盘的手，戒指将阳光反射到前挡风玻璃上。我想象着自己把它从手指上摘下放进证据袋中的场面，突然一种恐慌感紧紧地扼住了我的喉咙。我还记得威尔把戒指放到我面前时的笑容，但也就是在那天早晨，他永远地离开了我。想到这里，我不禁握紧了拳头。

除非砍掉我的手指，否则他们是不会得到戒指的。

我家的报警系统已经过时了。这是那个装警报器的人——一个大腹便便，让我管他叫大个子吉姆的人——在我走过前门时告诉我的。我的接线板和运动传感器跟新科技比起来，实在是太落后了。新科技是通过GSM运行的，而不是硬电话线。他说话拐弯抹角，废话连篇。我中途打断了他，为了不显得生硬，我笑着说："哪家有准确的价格吗？"

吉姆朝我咧着大嘴，露出一嘴歪七扭八的黄牙，笑着说："我这儿有，但我得慢慢跟你讲，免得把你吓跑了。"

"你就赶紧说吧，像撕掉创可贴那样赶紧说完得了，这样比较省事儿。"

"六百。"他递给了我一个手写的方案，并用钢笔轻敲着嘴巴，"这个价格包括安装的所有新设备，我们会把一楼所有房间装上玻璃窗，把卧室墙上的控制面板也换成新的，这一揽子设备基本能使你的系统彻底更新换代。"

我口袋里的手机有点儿发热，那些警告在我脑海中闪过：告诉我威尔把钱藏在哪儿了，否则你的下场跟他一样。

"这个万人迷系统要多少钱？"我问。

吉姆挑眉毛，"你说的是双摄像和语音对讲、紧急按钮？"

"这些都是最好的吗？"

"是的，夫人，都是最好的。此外还有一个视频监视系统，通过手机或者电脑就可以控制。"

"我要了。"

"可我还没说价钱呢。"

"不管多少钱，我都会付给你的。如果今天能全装好，你还可以享受一顿可口的家常便饭，外加可观的小费。闻这个味道就知道，我妈妈应该在做意大利面。"我给了他一个微笑，暗示今天是他的幸运日，"我妈妈做的肉丸子也是顶好的。"

他向后顿了一下，笑道："成交。"

我让他继续工作，然后沿着走廊走到厨房。妈妈站在炉子旁，搅着一个大罐子，里面的食物都足够一个街区的人吃了。她听到我把包放在柜台上的声音，转过头给了我一个微笑。

"嗨，宝贝。你回来得正是时候，晚饭十五分钟后就好了。"

"太棒了。"我亲吻了她的脸颊。闻到西红柿、大蒜和香料的味道，我的胃像打了结一样地犯恶心，"我邀请那个安装报警系统的人一起吃晚饭了，希望你不要介意。"

妈妈的脸上露出亮光。她最喜欢和赞美连篇的陌生人一起分享她的厨艺，吉姆对妈妈的食物更会赞不绝口。她在围裙上擦了擦手，然后到砧板前，准备切黄瓜，做沙拉。

"你整个下午都去哪里了？我还以为你出去一个小时左右就会回来呢。"

"哦，我跑了几趟腿，亚特兰大的交通状况就不用我说了。有时候下午四点高峰期就开始了，所以在路上耽误了很久。"我打开水龙头洗手，"我能帮你做点儿什么吗？"

她用刀尖指着一个装满葱的碗，"拿出来一个，把它切碎，好吗？"

母亲开始聊起她对威尔葬礼的想法，说有几块场地，她想去看看。我甚感宽慰，肩膀上紧绷的肌肉也松弛了下来。母亲要么是没注意到我的含糊其词，要么是决定不再继续这个话题。但是我没有把对戴夫说的话告诉她。在我知道对威尔的指控是多么无懈可击之前，我不打算让父母知道我损失了四百五十万。他们已经够费心的了，死亡的威胁和刑事指控可能会把他们送进医院。

最重要的原因是——是的，在这件事情发生几天之后，我知道它在某种程度上也可以称为非理性原因——我不想再破坏威尔在他们心目中的形象了。我的父母一直很爱威尔，就跟戴夫的理由一样，因为威尔对我的爱是如此明显而又狂热。一想到他们酸溜溜的话，想到在每个圣诞节和生日，他们提到威尔时脸上闪烁的亮光，我就感到非常沉重，就像心底有块石头拽着我一样。

戴夫拿着 iPad 和一瓶啤酒从后门走了进来，马球衫上还挂着他设计的太阳镜。

"为什么挂我电话？"

双胞胎的好处就是两人会心有灵犀，即使一句话不说，他也知道你在想什么。但当你有了秘密以后，心有灵犀就成了一件最糟糕的事。

问题是，我了解戴夫，我知道如果告诉他威胁我性命的事，他就会寸步不离地守在我身边。尽管我很爱弟弟，但一想到他整天在我身边打转，我就会觉得烦躁，精神紧张，浑身不自在。

"我没有挂你电话，"我撒谎道，"可能是它自己挂掉的。"

他眯起眼睛，"那你为什么不回我电话？"

"我们的谈话已经结束了，你还有什么要说的吗？我想回房间了，现在可以亲自结束对话了。"我从冰箱里拿出一瓶水，转身面向他，"就像现在一样，让我们结束吧。"

突然，口袋里的手机嗡嗡作响，我感觉到臀部在震动，这让我的脉搏加速，体温升高。我脱掉外套，随手扔在了柜子上。

他翘起脑袋，把我的脸打量了一遍。

"你怎么了？为什么面露惊慌？你是不是有事没告诉我？"

"没什么，戴夫。我没什么要告诉你的。"

他把手抬到半空中，"这就没意思了。"

"没错，这次谈话也没有什么意思。"

母亲的叹息声还像以往一样。对她来说，争吵才是我和戴夫正常的交流方式……但现在可不是。现在这场争吵是因为他想知道我的秘密，而我却紧紧捂住我口袋里的手机。

"我发誓，你们俩现在比学走路的孩子还要糟糕。"

她把一堆盘子放在戴夫的手中，"摆到桌子上好吗？"

他给了我一个我盯着你呢的表情，然后走向餐桌。

他刚一转身，我就把手机掏了出来。

678-555-8214：仅供参考，我知道怎样避开报警系统。

隐藏号码：为什么装报警系统，爱丽丝，发生了什么事？

第二十一章

整个晚饭期间，口袋里的手机就像一大块钚紧贴着我的臀部，宛如一种悄无声息却又能置人于死地的毒药在口袋里蔓延。如果看到那串来自不同信息渠道的数字之前，我还有些疑虑的话，现在肯定没有了。我知道怎样避开警报系统和发生了什么事这两条信息肯定不是一个人发的。

除非有人想搞得我心神不定，但这完全有可能。这个想法在我胃里发酵，把我刚吞下去的意大利面和肉丸搅和成令人恶心的浓粥。

"爱丽丝，亲爱的，你听到我们说的话了吗？"桌子对面的母亲说道。

我停下正在卷意大利面的叉子，抬头发现她正看着我，忧心忡忡地皱着眉头，"抱歉，你们说什么了？"

"我们刚才正在讨论我们的计划，以及詹姆斯这周必须回家的事情。"

弟弟脸上挂着歉意的笑，附和道："他周一一整天都安排了手术，然后，需要在家待一两天整理自己的思绪，我希望你能理解。"

"你不必为自己的生活和工作道歉，去吧！没事，去吧，我没问题的。"

"我下周末会回来，到时候再看看事情发展得怎么样了。"他对着桌子说道，其实主要是对着戴夫说的。这时我才想起詹姆斯准备独自回萨凡纳，他要离开我弟弟了。

我环视了一圈我的家人，想知道我错过了其他什么对话。

"其他人有什么计划呢？"

"我们就待在这儿。"他们几乎异口同声。

"你们不需要回去工作吗？"我问父母，然后问戴夫，"你的工作怎么办？下周没有展览会吗？"

"我会找同事顶替我一下。"他抬高一边肩膀，像没事人似的，可我知道他在胡说八道。房地产这一行竞争很激烈，他办公室里嗜血如命的伪君子总是死死地盯着其他经纪人的客户，这一点早已臭名昭著了。这让我心存愧疚。

我看了一眼妈妈，然后把目光转向爸爸，他们两个看上去都很沉默。他们看我的眼神中，包含着千万种情愫——忧虑，决心和固执。他们这周还不打算离开。其实，母亲看上去已经准备用链条把自己锁在椅子上，然后用螺栓把椅子固定到地板上了。

"你们真的不用待在这里，我会照顾好自己的。"

尽管我只是提个建议，但她看起来还是很受伤，我话还没说完她就摇摇头说："我和你爸爸已经处理好工作了，我们想留在这里，只要你需要我们，我们很乐意陪着你。"

母亲甜甜的爱意像一股暖流涌上我的心头。如果顺了她的意，她就会搬过来，强制我一日三餐按时吃饭，直到我重新和别的男人约会为止。我想独处一段时间，这很奇怪吗？我不是个沉闷寡言的人。我爱我的家人，理所当然希望他们住得离我近点儿。他们收拾好行装，回到自己的生活中，留下一个寡妇独自悲伤，这是最令人感到恐惧的时刻。但是此刻，我却在竭力说服我的家人们离开。

我放下叉子，尽可能轻柔地说："我喜欢你们待在这里，我也很感谢你们四个人在这里陪了我一周，我真的很感谢，但我真的不需要你们的照顾了。周一早上，我要去工作了。"

母亲担忧地皱着眉头说："这么快吗？"

我点点头道："如果我是自己的心理病人，那我会告诉自己必须这么做。回到正常的生活和工作当中，然后为自己创造新的生活。说实话，我竟有点期待一群调皮的孩子包围着我。这可能需要我花费一些精力。"对于我的玩笑话，她没有露出丝毫笑意，我把手伸到桌子对面，握着她的手说："妈妈，请相信我，我知道自己在做什么，我向你保证。"

她瞥了一眼父亲，父亲耸了耸肩，让母亲自己做决定。她摇了摇头，更加坚定地说："我不同意你单独留在家里。"

"我会和伊丽莎白一起吃晚饭，或者邀请她来喝一杯。追悼会过后，我就再没有见过也没有联系过她，对其他女性朋友也是如此。一切都会好起来的。"

"好主意。做你自己想做的事情，"母亲说道，"我也会继续操心葬礼的事宜。天气渐渐暖和了，你窗台上的花盆里可以种一些提神的……"

我试着做出让步，"为什么你不能回家待几天呢？处理你需要处理的事情，然后过几天再回来，我们一起过这个周末。"

戴夫像往常一样帮我说话，"我有一个更好的主意，不如我们下周末一起去看望爸妈，怎么样？反正离得近，爸妈也不用再开车过来了。"

我高兴地点点头，"说实话，我不介意离开小镇一段时间。"

"我不知道……"她吞吞吐吐道。

"爱丽丝，她没问题的，"父亲边说边向我眨眼睛，"是吧，亲爱的？"

"当然啦，周五我直接从学校出发，赶过去吃晚饭。"

最终，我们以人数和计谋取胜，母亲勉强同意了，这时父亲把话题转到周末的计划上。镇上新开了一家烧烤店，他一直想去尝尝，或者可以去新影城看部电影，我们可以在那里靠在懒汉椅上喝酒。我笑了笑，装作自己很喜欢这个计划，但同时也在计算着独处到来的时间。

我有些事情要做，但必须瞒着在座的各位。

晚饭后，我从包里翻出一张空白支票和一百美元小费，让父亲转递给吉姆，然后径直走到楼上。一整天的肾上腺素早已耗尽，倦意就像灌了铅的毯子一样压得我透不过气来。

吉姆蹲在我卧室里面的地上，整理着工具箱，我不小心被他的工作靴子绊了一下。

"谁啊，"他说道，一只手掌稳稳地扶住了我的手腕，"骨折了对谁有好处吗？"

我没有告诉他，这里只剩我一个人了。骨折带来的伤害远远比不上一颗受伤的心灵。我站直了身，告诉他我没事。

他在头顶上方的墙上安装了一个崭新的警报嵌板。

"我刚想叫你上来呢，"他撑着地，站了起来，用手拍打着下半截裤腿上的灰尘，"可以占用你一两分钟的时间，和你讲一下注意事项吗？"

我的眼睛在灼烧，大脑变得模糊，身体越发疼痛，但还是点头说："请说吧。"

"好，现在我给你的系统设置一个故障码，设定之后，你需要换成自己的密码，用这个密码来控制系统开关，还可以更改仪表板的设置，所以请务必选一个自己烂熟于心的密码。看到这三个按钮了吗？"他指着一排竖着的按钮——那是一些通用的标志：报警、火灾和急救，"这些是应急按钮，另外两个按钮在你的床头，隐藏在两边床头柜的后面，不出三秒你就可以找到它们。你要确定自己搞清楚了这一套流程，否则上演激烈枪战时，你可没时间问问题了。如果出现误报警报的情况，我会全额退款的。"

"明白了。"

"那就好。现在我要在按键中间的正下方设置故障码——2580。我一完成，你把它换成自己的密码就行了。"

"我为什么要用故障码，不用应急按钮呢？"

"防止你解除武装后，有人会越过你的肩膀拿枪对准你的头。"

我震惊得睁大双眼，"真的会发生这种情况吗？"

吉姆点了点头，他的下巴也一起颤动了起来，"前不久在巴克海特，一对夫妇就遇到了这种情况。丈夫从车库往家走时，突然出现两个武装分子，他们用手枪把夫妇打晕，卷走了所有现金和值钱的东西。丈夫当时就用了故障码，否则他们两个很有可能当场就死掉。"

"天啊！"我深吸了一口气，但还是无法使自己平静下来。一想到有人会跟踪我回家，用手枪指着我，逼着我交出并不在我手上的百万巨款就觉得好像有一大群蚂蚁在我的皮肤里爬行。

他指着键盘下面的数字 800，说道："我离开后，请先拨打这个号码，然后设置暗语。这是新添加的安全措施，我们的操作人员每天都会打过来，问你暗语。如果你身边有坏人，那就说出错误的暗语，暗示他们发动装甲部队来援救。如果你忘记了也没关系，我走之前会给你留一本用户手册，里面讲得很详细。"

"把它交给我爸爸，可以吗？他等会儿会付钱，你收拾好了就下楼吧，妈妈在等你吃晚饭呢。"

吉姆露齿一笑，"我早就收拾好了。"

他走后，我脱掉球鞋，从口袋里掏出手机，瘫倒在床上，一看没有新短信，也没有新的来电。我不知道该觉得欣慰还是失望，可能两者都有吧，欣慰失望各占一半。

我滑动短信列表，找到号码678，看到最后两条威胁短信，"告诉我威尔把钱藏在哪儿了，否则你的下场跟他一样"和"告诉你，我知道怎么避开警报系统"。我一条都没法回复。

我退出这个界面，点击与匿名号码的对话框：爱丽丝，为什么要装警报系统？发生了什么事？

我在想除了楼下帮我打扫厨房的人，还有谁会关心我？我的同事、女性朋友和左邻右舍？他们中没有人会用匿名号码给我发短信。我把手按在眼睛上揉了揉，可能我太累了，压力太大了。我晕晕乎乎，迷惑不解地躺在这张曾经和威尔一起睡过的床上。这些都无法解释。

我还没想好找出匿名号码那头的人是谁，是利大于弊还是弊大于利，但手指已经开始打字了。你为什么要在意这件事？你是谁？

两秒钟后，屏幕上就出现了回复，好像对方的手一直按着屏幕，在等着我的短信。我是你的朋友，我想让你安全，告诉我谁在跟着你，为什么跟着你。我想帮你。

　　我：不要和我玩游戏。如果你知道我在西雅图，还安装了警报系统，那你也应该知道那笔被偷的钱。

　　陌生人：我知道那些钱，只是不确定你知不知道。

　　我胆战心惊地输入了下面的话。

　　我：你是小偷吗？

　　陌生人：那要看你相信谁了。

　　最后一条短信就像鞭子一样抽打着我。到目前为止，我听到的唯一说法就是偷钱的人是威尔，这就说明……
　　不可能。死人是不会发短信的。
　　我正在思考着下一条发什么，这时屏幕上亮起了一条新短信。

　　陌生人：请告诉我，我能为你做些什么。

　　我：不用了，除非你告诉我你是谁。

陌生人：相信我，我不想要任何东西。但我不能告诉你我的名字，这样对我们两个人都好。

我：什么意思？那你为什么一直给我发短信？

陌生人：因为接下来还有好多事情会发生。

第二十二章

罗杰斯、谢菲尔德和谢伊的律师事务所坐落在市中心，在桃树路上方的云层里时隐时现。这三家律师事务所的大厅能满足你对亚特兰大最有名望的律师事务所的所有期待。现代化的装修，无缝的玻璃墙，从这里就能环视整个市中心。大厅二十英尺开外有一个黑发接待员，身材好到可以去做兼职模特。

"爱丽丝·格里菲斯约见埃文·谢菲尔德。"

她指着窗边的一排皮革座椅，"他的助理一会儿就过来，请问您想喝点什么东西吗？"

"给我来杯水，谢谢。"

其实我最想的就是离开这里了。乘电梯下去到车库，开着车极速前进，加大油门开回家。与其说我害怕在这里告诉他一切，倒不如说我觉得承认自己的丈夫是个撒谎的小偷确实是一件很糟糕的事情。不，我想打退堂鼓的冲动大多是恐惧所致。从最后一次见面起，埃文鬼鬼祟祟的眼神就一直萦绕在我的心头。

他的助理带我走进办公室，埃文正坐在远处的一张圆桌旁。

上次分别之后，他蓄起了胡子，下半张脸上冒出一堆脏乱的金色毛发，像是在证明他是企业界的风云人物，或者他的悲痛已经沉重到了无以复加的地步。

我招了招手，"你好，埃文。"

他的西装外套叠好放在旁边的椅子上，衣袖正好挽到胳膊肘下边。我试着放松一些，但也没用。他驼背耸肩，脸上青一块紫一块的，像是被殴打了一样，露出一丝尴尬的笑容。他在椅子上舒展开笨重的身体，伸长胳膊向我打招呼，示意我坐到桌子对面，桌上有一桶冰和一个摆着各种品牌瓶装水的托盘。

"很高兴再次见到你，爱丽丝。很想问问你是怎么熬过来的，但是我讨厌这个问题，而且，我相信我已经知道了。"

他当然知道了。他知道自由航空公司对他造成的伤害永远无法磨灭，就像他心里空着的那块地方一样。他知道如何凝视太空，如何用永无止境的假设来折磨自己，只为消磨掉几个小时的时光。如果自己的妻子路上堵车了呢？如果她为了五百美元的飞机优惠券，放弃自己的座位呢？因为航空公司总会用优惠券诱惑那些超额的乘客。如果如果如果……呢？他知道这些假设，所以没有必要大声说出来。

"谢谢你能在这么短的时间内安排和我见面。"我说，"我知道你事务繁忙。"

他摆了摆手，示意我不必如此客气，"你是心理学家，我想见你很奇怪吗？"

我坐在他对面的椅子上，他的坦诚让我放松了下来。

"你这么说很有趣，我刚才正在想如果我坐上车仓皇而逃，那会有多奇怪呢。"

"是因为我的聪慧机智还是个人魅力呢？"他自嘲地微笑道，指向自己庞大的身躯，"赫尔曼·曼斯特和男性魅力。"

"其实是因为你的眼睛。"我鼓足勇气，仔细打量着他的眼睛，它们和我想的一样糟糕。他漂亮的眼睛像青苔一样绿，但眼圈发红，眼睛周围的皮肤松弛，纹路纵横交错，这一发现让我很失望。

"看到它们会让我难过。"

他畏缩了一下，但并没有躲开我的视线，"看着你的眼睛，我也很难过。"

"那你一定很容易上当受骗，才会遭受这样的惩罚。"

他的笑容里缺乏一丝幽默，"这些天发生的事都与此相关，对吗？"

对此，我真没什么想说的，所以我一句话也没说，只是盯着窗户外面，看到一对雄鹰在软绵绵的白云中飞扑驰骋。我和戴夫在西雅图搜索威尔的过去时，一群人（大约三十个）登上自由航空的私人飞机，前往失事地点。我看到了《赫芳顿邮报》上刊登的照片。在那张照片中，站在一片黑压压秸秆前的埃文显得格外突出，他靠着一片烧焦的田野，紧握双手，表情严肃，好像失去了什么重要的东西。看到他们，我想，自己可做不到这样。报纸对此事会怎么写我呢，一个心理学家？拉倒吧。

"上周，我得到了一个教训，"埃文的声音把我拉回现实，"那就是没有人理解我们经历了什么。人们认为自己能理解，其中很多人也想理解，但却做不到。真的做不到。除非他们失去了我们所失去的东西，否则他们真的做不到。"

痛苦像一股急流向我涌来，来势汹涌，势不可当。埃文刚刚说中了人们热衷集体悲痛的主要原因。我们是同一条船上的陌生人，双双陷入了痛苦之中。最起码，我们知道自己并不孤单。

"这不仅仅意味着失去了威尔，还……"我停顿了一下，在脑海里寻找合适的表达。

要么是埃文已经想到了这一点，要么是他脑子反应得比我快，他说道："还感到恐惧？"

我马上点头，"确实，这很让人感到恐惧。无论什么时候，我一闭上眼睛，就会想到这场事故。我看得到他的眼泪，听得到他的叫喊，他的恐惧捶打着我的胸口。我忍不住回想飞机翻转、掉落之前的最后一刻有多么可怕；忍不住想如果坐在飞机上的人是我，那会是种什么样的感受。"

我说着说着，眼泪就决堤了。这就是我不想来的原因。为什么我在地球上找不到一个让自己踏上那块玉米地的原因？是谁说上帝不会强加给你自己承受不了的压力，这纯属一派胡言，因为这种感觉——痛苦就像麦克卡车一次次从我身上碾过，对威尔的思念从四面八方袭来，重重地压着我，直到无法呼吸——

快要让我窒息了。

埃文从桌子对面递给我一盒克里奈克斯纸巾，"我尝试忘记这些，开始新的生活。我有时候会忘记这场事故，我会在苏珊的语音信箱留言，会半夜穿着平角裤站在女儿的房间里，拿着她的暖瓶。可婴儿床上是空的。我的妻子和小女儿都已经死了。"

"天哪，埃文，"我声音颤抖着说。我从盒子里抽出一张纸巾擦掉脸上的眼泪，"几天前，我接到几个记者的电话，他们说，坠机可能是因为飞行员睡眠不足或醉酒驾驶。这有一个——"

"单身派对，我知道。我已经派人在迈阿密打听这件事了。但目前为止，还没有消息。"

"他有没有和蒂芙尼·里韦罗说过话呢？"

"谁？"

我给埃文简单说了一下我与莱斯利·托马斯的谈话，他完全呆住了，面无表情。要不是看到他衬衫衣领处涨红的脖子，我以为他没在听我讲话呢。

"这件事情还没有查出来，所以她可能——"

他往桌子上狠打了一拳，震得桶里的冰咯咯作响，"我知道，我知道这些浑蛋一直在隐瞒着什么。飞机不会平白无故地从天上坠落，除非……"他停下来猛吐出三口气，桌上的纸都飘了起来，"如果这是真的，如果驾驶舱里有人行为不当，出于个人的原因，我也会把航空公司以及每个人的行为都记下来。我向你保证。"

"我心里的心理学家认为，报仇不会改变任何事情。你的妻女，我的威尔……他们不会重生。"

"那你内心深处的寡妇会怎么说？"

我没有思考——甚至连一秒钟都没有——就脱口而出："说要除掉那个杂种。"

"好吧，我要亲自和蒂芙尼谈谈，有必要的话我会亲自飞过去。"他用手擦了一下脸，愤怒消失得像出现时那么快，但他瞬间又难过起来，"上帝帮帮我，如果我妻女的死是因为一些浑蛋太自以为是，没有打电话请病假的话……"

提到家人，他看起来又像是要哭了，我知道他的感受，就像情感中包含着多重人格障碍，涵盖了所有的糟糕情绪：困惑、遗憾、愤怒、内疚和孤独，为什么他们却用一个"悲痛"就都给概括了呢？

"这些天，我吃不下饭。"我说。埃文的诚实让我放松了警惕，不由自主地蹦出一些话来，"就算饿了，吃东西也只是觉得味如嚼蜡。我吃下去后，立马又吐了出来。每次去厕所，都会呕吐，这个秘密让我有些小激动，因为我觉得自己可能是怀孕了。"

"你和威尔是不是想要个孩子？"

我点了点头，"恶心持续的时间不久，所以这些奇怪的反应绝非我所愿。我不知道这种恶心是身体反应还是自己的一厢情愿，抑或是平常的烦心事所致。但我还是忍不住去想如果我怀了孩子，如果我和丈夫的小结晶在我体内成长，那生活也会变得容易一些。"

"我觉得孩子会让你感觉宽慰很多，这样你就有了继续活下去的意义。"

他的话敲响了心理学的一个警钟。

"你的意思是，你找不到生活的意义了吗？"

"我是说，有时我很难想起自己在做什么。特别是在凌晨四点时，我站在女儿黑暗空洞的房间里，盯着空空的婴儿床，她的哭声一直在我耳边回响。"

这个男人的一阵悲伤戳中了我的内心深处，它告诉我，虽然我会悲伤到心碎，但这样事情会变得更糟。我把手伸向对面，握住他的大手，告诉他我能感同身受，并表示对他的同情和鼓励。

他把手从我的手中抽开，然后把头埋进自己的手中，在手指间舒了长长一口气。

"抱歉，你可不是专程过来借我个肩膀让我哭泣的吧。"他抬起头，脸上的伪装把他塑造成为一个半职业化的人，"你说你需要一些法律建议，是与这一起坠机事故有关吗？"

"不是。是的。好吧，就算是吧。从某种程度上讲，两者都有吧。"我挤出一丝微笑，但笑得很大声，像打喷嚏一样突兀。

我被埃文的情绪所影响，变得严肃起来，"我想知道我是否要为我丈夫的罪行负责？"

他一脸茫然，"你说的是什么罪行？"

"多半是盗用罪。"

"多半是？"他往两个杯子里装满冰，把其中一杯推向我，然后从一堆水中拿出一瓶递给我。我选了毕雷矿泉水，他帮我打开时，发出了一阵嘶嘶声。"我好像应该警告你，律师和当事人之间的保密关系要在付费之后才能生效。"我正要问他是否当真是这样——我一直以为这是好莱坞电影的情节设定——他补充道，"如果我们在酒吧，我会让你给我买瓶啤酒，几美元就可以搞定，但这里不是酒吧。"

我从钱包里拿出五张票子，滑到桌子对面。

"从头说起。"埃文说道，把现金放入口袋里。

我照做了，一一道出了所有事情，从那天早上飞机坠毁开始讲起。我告诉他那场不存在的奥兰多会议以及那份西雅图的工作；告诉他我是怎么通过悼念威尔认识了米勒教练，又是怎么去的雷尼尔·维斯塔，怎么了解的那场大火；告诉他道歉信以及约科班喝咖啡的事情，还有威尔让他照顾我的事实；告诉他我和尼克一起去环形公路散步，得知法务会计师如何通过破解安全书，寻找那丢失的现金；告诉他卡迪亚戒指以及匿名号码和号码 678 发来的短信；告诉他这些威胁短信迫使我安装了一个新警报系统。我毫不费力地把这些话一股脑儿倾吐了出来，说完才感觉到，这是种多么大的解脱。埃文表情严肃又冷酷，全程用心倾听，没有在黄色记事簿上匆匆记下任何字。

等我说完，他便把记事簿放在一边，把前臂搭在桌子上。

"好了，一件一件来。首先，自由航空公司在联系你之前，就已经公布威尔的名字了吗？"

"是的，公布之后大约半个小时就联系我了，但还是我母亲先给我打的电话，这半个小时对我来说特别长。"

"一群蠢人。"他摇了摇头，一副愁眉苦脸的样子，"你知道你现在可以开价了吗？如果你把他们犯下的过错告诉媒体，以此作为威胁，他们为了让你保持沉默，你要多少钱他们都会给。"

安·玛格利特·迈尔斯的脸从我脑海中一闪而过。她在家庭援助中心，把五万四千美元从桌子上推过来时，那副饱含同情心的面孔实在是夸张，还自以为是地笑着告诉我，以后还会有更多补偿。

"我不想从他们那里得到任何东西，尤其是他们的赎罪金。"

"你只是现在这么说而已，等几个月后，你债台高筑、银行账户日渐削薄时，你怎么用一份工资生存下去？如果你怀孕了怎么办？到时候每分钱对你来说都是宝贵的。"

"不，我不会那么窘迫的。几天前，我发现威尔之前买了人身保险。一共三份，总共有二百五十万美元。在经济上，我是没问题的。"

埃文高傲地抬起头，"你的意思是，你之前并不知道他买保险了？"

"我只知道他买了一份，保险金额最少的那个。他没有告诉我他买了另外两份保险。"

"你觉得他为什么要这样做，为什么会买这么多保险？他已婚，没有孩子。全国像他这样的人，投保额连这个数额的一半都不到。"

我高高耸起肩膀，"我也从来没有想过他会犯盗窃罪或纵火罪，所以你的猜测和我的一模一样。"

"是谋杀罪。"

"什么？"

"如果他就是那个杀死自己妈妈和那两个孩子的纵火者，理论上来说他犯了谋杀罪。"

一股寒意钻进了我的骨子里。

埃文喝了一大口水，咬碎了一块冰，"好了，我们现在要理清一些事情。如果他的老板能够证明威尔是那个偷偷挪用公款的人，而且证明他用那些钱买了你们俩共同拥有的东西，那他的老板就会盯上你。佐治亚是个财产公平的州，这就意味着如果你从那些钱中受益，AppSec 现在或是将来会让你赔偿的，甚至要罚款。毫无疑问，他们肯定会追查戒指的。"

我尽量把卡迪亚戒指往手指根部套，把手握成拳头，"这是威尔去世那天给我的。想得到它可以，先切掉我的手指再说。"

"尽管这种情况很有可能发生，但我敢说他们不会这样做。但你得自己掏钱，把这笔花销填补上。如果他们发现那笔保险费，他们也会紧盯上这笔钱的。"

"他们会这样做吗？"

"我没有说他们能得到那笔钱，只是觉得他们会想办法弄到手。我知道事情并非一向如此。但从你在挪用公款指控中的不利地位而言，威尔隐藏了他的过去倒成了一件好事。我们可以用它来证明你的婚姻中存在着很多秘密，你丈夫对你有所隐瞒。比如他过去在西雅图的生活，还有你一无所知的公公，这些事情将来都会对我们有利。"他给了我点儿时间来消化这些信息，然后往我们俩的水杯里添了点水，打破了片刻的沉默，"好了，现在说说短信的事吧。你报警了吗？"

"还没有，我想先告诉你。"

"我真佩服你受到了两次人身威胁还能等这么久，你都不知道因为一些傻子事先没和律师商量就去报警，我失去了多少已经敲定下来的案件。"

"就是那个想要钱的人威胁我，但我没有偷这笔钱，也不知道它藏在哪儿了。警察会问很多问题吗？"

"噢，你可以指望警察，特别是威尔的老板如果已经开始调查了的话。但是，爱丽丝，作为你的律师，我必须得问你，你把所有我该了解的事情都告诉我了吗？我只有知道了所有事实，才能帮到你，我讨厌被蒙在鼓里。"

"是的，我知道。我没有什么事情瞒着你。说实话，我已经把我知道的都告诉你了。"

内疚撞击着我的胸腔，趁他还没看过来，我赶紧转移目光。

我还有一件事没告诉他，一件我不敢大声说出来的事。这件事太难开口了，说出来会让他认为我疯了。

"如果那样的话……"他两只手拍在桌子上，站起来走到门口摇了摇头说，"我们走吧。"

"去哪里？"

"去警局立案。"

"什么？现在就去吗？"

他扭曲地咧着嘴，露出紧绷且不自然的笑。但从这个笑中，我看到了之前的埃文、幽默的埃文、坠机事故和空荡荡的婴儿床把他的生活乐趣夺走之前的那个埃文。

"我不会向你收取额外费用的，我保证。"

埃文把车开到一个离我家最近的警局，那是一栋灰色石质建筑物，坐落在何西阿威廉姆斯大道上，小到看起来不足以服务这座人口超过六百万的城市。警局里面像一个公共卫生间，拥挤又肮脏，充斥着化工清洁剂和尸体的味道，给人一种恐惧感。衣着凌乱的男人们在休息室大厅右侧的工作台那里排着队，手腕上铐着手铐。他们狡猾的目光转向我时，我赶紧向埃文靠近了一点。

值班的是一位头发花白、六十岁左右的男警官，直呼着埃文的名字，和他打了声招呼。尽管对埃文态度很随和，但警官只是很客气，谈不上友好。他把一只手肘靠在桌子上，像在酒吧里一样，开始说明立案情况，并要求我们填一个极为复杂的表格。他说话的语气像一个醉汉，接着警官就把表格递给了埃文。

然后，我和埃文坐到远处墙边的一排空椅子上，我拿报纸挡着脸，低声对埃文说："他看起来不是很友好呀。"

"因为他对我恨之入骨。"埃文并没有刻意放低声音。他靠在椅子上，跷着二郎腿，一副满不在乎的表情，"我是一名辩护律师。他和他那帮子人费了九牛二虎之力逮捕的犯人，却在我的辩护下获释了。从他的角度来看，我站错了队。"

警官噘嘴点了点头，但没往这边看。

"那我怎么也成他的对头了？"我说，"我可什么也没做。"

"没关系，只要填好表格，我们就可以做陈述了。"

我开始填表格，十分钟后，我们回到了前台。

"德雷舍警探在吗？"埃文说道。

警官低头看着表格，答道："不在。"

"那威洛比警探呢？"

他手中的笔仍抵着表格，叹了口气后，倚靠在椅子上，伸长脖子晃了晃说："约翰逊警探现在有空。"

埃文皱起眉头，"他是新来的吗？"

"她是女的，是的，巡逻队新来的。"

"太好了。"埃文说道，但语气明显有些失望。

"在那里等一下。"警官的笔越过我们的头顶，指向我们刚才坐的那排空椅子，埃文和我又回到了原来的座位上。

等了足足有四十分钟，他才带我们去见约翰逊警探。她身材娇小，脸庞清秀，精神饱满，绑着高高紧紧的马尾，十分漂亮。她的姿态有些拘谨，表情过于严肃，看得出这位年轻女性想要证明些什么，感觉就像是要打破拘束，打破规则。她招呼我们在一张干净的桌子旁坐下，杂乱拥挤的房间里摆着这么一张桌子，真是有些奇怪。因为屋里大部分桌子上似乎都堆满了文件和脏兮兮的咖啡杯，没有一点闲置的地方。她看了看我填的表格，皱着眉抬起头说：“犯罪嫌疑人是谁？”

我屏住呼吸，刚要回答，埃文抢先说道：“我们希望你可以告诉我们那个来电号码……”我再一次为他没有丢下我而感到庆幸。去西雅图之前，我从来没有报过警，从来没有什么让我走进警局的理由。但今天是我这周第二次进警局了，我完全没有准备好要诉诸警力。

“假如这不是诈骗电话。”约翰逊警探说。她浏览了埃文助理打印好的手机截图，上面有我和电话号码 678 的详细短信记录。她看到了第一条威胁短信：告诉我威尔把钱藏在哪儿了，否则你的下场跟他一样。然后她抬起头问：“什么钱？”

“四百五十万美元不翼而飞了，有人认为是格里菲斯女士的丈夫从之前他任职的公司偷走的。”

她看了我一眼，但转过去问埃文：“她丈夫现在在哪里？”

“他是自由航空公司 23 号航班中的一名乘客，格里菲斯女士现在是一名遗孀。”

警探睁大眼睛，但是我看得出来那不是因为同情。

"原来是这样，那钱现在在哪里？"

"我的委托人昨天刚知道挪用公款的事情，并不知道她丈夫死前把钱藏在哪儿了，但是钱绝不可能在他们的共享账户中。当然，我们可以要求银行来证实这一点。"

约翰逊警探靠在她的座位上，突然兴趣大增，"让我理一下思路，格里菲斯先生挪用公款——"

"据说是这样，"埃文打断道，"据我所知，现在还没有正式的起诉。"

警探不高兴地看了埃文一眼，"据说格里菲斯拿走了四百多万美元，然后在一场坠机中消失了。"

"他没有消失，"埃文说道，说话的语气很小心，"他去世了，死亡的方式要多恐怖就有多恐怖。"

"与此同时，钱也消失了。"

坐在我旁边的埃文把椅子往前挪了一点，"警探，我不喜欢你给的暗示。格里菲斯太太上周失去了她的丈夫，还有一百七十八位其他的遇难者，他们失去了丈夫、妻子、父母还有孩子。所以我认为你不应该那样谴责他。"

埃文当然清楚她在谴责威尔什么。

我也清楚。我的心快速跳动，像只困在我肋骨里的小鸟，因为我也心知肚明，这也是过去九天里一直让我精神恍惚的事。我尽可能从各种角度去考虑，提出所有的可能性，每一次都有一个答案像奶油一样浮到我的心头。

埃文看懂了我的心思，没有说话，但他的表情命令我闭嘴，只管继续思考就行。

"先生，我没有谴责任何人、任何事。我只想要彻底了解目前的情况，这样我才能知道该采取哪种方式来保证格里菲斯太太的安全。"她转向我，"我想从格里菲斯太太那里了解这件事。"

"我除了在收据上发现 678 的号码，没有其他要补充的了。那个电话是威尔写上去的。"

"你的丈夫有理由威胁你吗？"

埃文一只手拍在桌子上，用手撑着身体说："警探，她丈夫已经死了，你明白吗？"

她的目光没有离开我，"是吗？"

"当然。"

"你确定你的丈夫在那架飞机上。"这既不像是问题也不像是结论，好像介于二者之间，"你百分百肯定。"

我真想跳过桌子，抓住她的耳朵，咬烂她的嘴，因为我不确定威尔在飞机上。妈妈先于自由航空公司给我打电话时，我就不确定。如果这不是航空公司的过失，只是一个阴谋把戏呢？如果威尔当时坐在某个地方的电脑后面，侵入自由航空公司的系统，把自己的名字列入到了乘客清单上呢？

"不，"我说，同时埃文也怒吼道："她当然确定。"

警探忽视了他，目光炽热地注视着我，"不，你不确定，或者，这不是真的？"

我吞了口口水，向正在摇头的埃文投以歉意的目光，说道："不，我不确定。"

埃文拉下他那张严肃的律师脸，拉着我的胳膊，把我从椅子上拽到屋角，我被他逼到了文件柜和饮水机之间，背后则是一堵空墙。

"我都不知道该从哪儿讲起了。不，不说了。爱丽丝，我知道，威尔死了。"

"据说是这样，"我用他的话来回复他，他气得抬起了手，"听着，我知道这听起来很奇怪——"

"这不是奇怪，而是疯言疯语。威尔的名字在死亡旅客清单上，他们在失事地点发现了他的戒指。"

"但是戒指上没有任何刮痕，这怎么可能呢？而且，他们还没有发现他的 DNA。"

"因为他们还在从废墟里搜寻遇难者的遗体！天啊，爱丽丝，你想想，还要花费几个月才能一一确认每个人的身份。"

"好，那你怎么解释那个匿名号码发来的短信呢？我去西雅图这件事，只有威尔会受到影响。他可以追踪我的电话，看我什么时候去、什么时候回来。他肯定知道怎么用无法追踪到的号码给我发短信。还有，我浴室的梳妆台上，出现了一封神秘信件，上面是威尔的手迹，写着'对不起'，邮戳上的日期是事故发生之后的日期。我觉得他是想要离开，想让我认为他死了，想让我对他死心。"

"信是不会突然神秘出现的，是美国邮政总局把信送到你家的。我们都知道，这个机构已经成立有十年之久了。你知道伪造死亡有多难吗？"

"你知道，我已经否认过了，我在脑海中和自己争论了成千上万次，我当然知道这听起来很离谱。这正是我一周多以来保持沉默的原因，虽然我应该听从内心，但它告诉我威尔没有死，它让我找到藏钱的地方，因为威尔也会在那里。"

埃文把手从脸上拿了下来，说道："我真希望你在我们走进这扇门之前，就已经把这些告诉了我。"

"为什么？这样你就可以把那五张票子还给我，然后让我滚是吧？"我笑着说，语气带有调侃的意味——虽然我不内疚，但我的同情心试图让我向他道歉。如果警探和我想的是对的，如果威尔没有死，那我永远不会为在找他帮忙时的言行道歉。

但埃文丝毫未笑，"不，这样我就可以告诉你，伪造死亡其实是违法的，但没有犯罪的话，就不需要隐藏身份。除了捏造身份，逃税还有自由航空公司的赔款和人身保险呢。如果拿了这些钱，你从本质上就成小偷了。"

他的话让我收起了笑容，回了声："哦。"

"哦。"他的眼神在我肩膀上游走，一脸茫然。我转身看到警探还坐在桌子旁，用一种令人费解的表情看着我们。埃文背对着她，站在我们中间，所以我只能看到埃文。

"好吧，实施新计划。我们去那个警探那里，向她解释你这个寡妇悲痛欲绝，想象力丰富，甚至还有些痴心妄想，然后再离开这个鬼地方。"

返程途中，我们去了咖啡店，埃文和我就一些事情达成了一致。首先，在航空公司发现生物学依据以证明威尔在失事的飞机上之前，或者在那个匿名的号码再给我发短信之前，我们先搁置威尔是否还活着的争论。这两个号码再发短信过来，我就截屏保存为文件，上传到一个共同的云存储账户，这个账户埃文的助理事后会帮忙建立。最后，埃文会把 678 这个号码发给一个他过去合作过的私人侦探，让他帮忙继续追踪。

"亚特兰大警察还不错，"他说，驶进停车场后，他把车停在我的车后面，"但是他们工作很忙，工资也不高。我朋友办事要更快一些。还有，在你屋子里装上警报系统后如果再受到威胁，立刻联系我，好吗？"

我同意了，但没有打开车门，"埃文，我对在警察局发生的事情向你道歉。我知道在见警探之前，我就应该把所有疑虑都告诉你，但谁也没想到会发生那种情况。我确实不是个理智的人，要不是其他人说威尔可能还活着，我也不会让自己再有这个想法，因为我不想重新燃起希望了。"我摇了摇头，"我不是个善于解释的人，是吗？解释也没有意义。"

"不，它很有意义。现在的情况是，你并没有在疯言疯语。准确地说，我的反应不是律师对客户的关心，更多的是为一个发现自己丈夫还活着的人由衷地感到高兴，然后感到很空虚。我发现这是一种羡慕之情。我知道那样会让我听起来很悲惨，很愚蠢，但那确实是我的真实感受。我是个悲惨痛苦的人。"

"你失去了家人，有这些想法也无可厚非。"

他眼睛下的阴影突然变暗了，额头上的皱纹也因焦虑而变得更深。

说了再见后，我猛拉了一下门把手，然后又想起了一件事，"她的名字是什么？"

"谁的名字，那个警探的吗？"

"不。"我摇了摇头，"你女儿的名字。你和苏珊娜叫她什么？"

埃文沉默了很久。

"艾玛琳。"他清了清嗓子，满脸肃穆地说，"艾玛琳，我们都叫她艾玛。"

"很好听。"我紧握住他的胳膊，以示鼓励，然后下了他的车，"每次听到这个名字，我都会想起她。"

第二十三章

星期天，母亲还是不想走。

"冰箱里有两份砂锅菜，分量都够半个军队吃了。"她说。我们站在前门廊，看着父亲把他们俩最后的一些东西塞进街尾的卡车里。戴夫和詹姆斯昨天下午就已经离开了，现在妈妈要在离开前，抓住和我共处的最后几秒钟。

"我觉得，这周你应该邀请几个闺密——丽莎、伊丽莎白或者克里斯蒂——让她们来陪陪你。"

"好主意。"我的心情并不像发出的声音听起来那么激动。和其他女孩一样，我也爱我的朋友，但家人连续陪伴了我将近两周之后，我现在只想安静地待着。毕竟，悲伤是一场孤独的旅行。

"我把汤一份一份冷冻了起来，你工作的时候可以带着当午饭吃，或者留着其他时间吃。冰箱塑料袋子里还有一些曲奇球，你想吃甜食了，就拿到烤箱里烤一下。"

"妈妈，冰箱里的食物足够我吃到圣诞节了。"

"我知道，这只是……"她的额头因担忧而布满了皱纹，"你确定能照顾好自己吗？想到你要单独待在这里，我就感到难受。"

"我大部分时间都不在家。我要工作，或许还要加班。现在是学校开学季，我相信会有很多有意思的事情。"

"爱丽丝，就五天哈。"我父亲在院子里喊，"她没事的。"

母亲正准备反驳，我急忙挽住她的胳膊，把她向我拉近一点。

"爸爸说得对，妈妈，我会好好的，我保证。"

妈妈眼含泪水，微笑着说："你知道的，我应该是那个安慰你的人，不能搞反了。"

"如果能让你好受点儿的话，我保证在周五再见时，吃成一个不修边幅的大胖子。"

她笑了，然后含着眼泪拥抱了我。

"随时给我打电话好吗？如果有需要的话，我会在三个半小时之内赶到的。"

"我知道了。"

"还有，你说过要去看一下葬礼场地的，我把地址放在厨房柜台上了。"

"好的，我保证。"

我把她送到车旁，又给了她一个大大的拥抱，然后微笑着挥手告别，直到父亲开着车转过拐角消失不见，我才转过头，站在院子里看着房子。

接下来的这个下午就像一条开阔但空荡的路。

我知道我该如何去填满它。

走到屋里，我从口袋里掏出手机。

"Siri，哪里可以藏四百五十万美元？"

语音助手弹出来一串可能的答案，其中有一条写道，一沓一百万美元可以塞在食品袋、冰箱的保鲜层和微波炉里。这些答案既有用又好笑。为什么会有人把一百万美元换成一张张一美元的纸币呢？但是如果威尔把钱都换成百元或千元大钞，那这笔赃款的尺寸就好掌握了。即使新装了警报器，这个房子又不是美国联邦储备系统，屋里还是有很多可以藏那么一大笔现金的地方。况且，威尔是一名技术专家，绝不可能胡乱塞一兜现金随身带着的。最让他放心的资金流动场所应该是：网上。

好吧，那么我该找……什么呢？一个随便写在废纸上的银行账户？一个被遗弃或者忘记的闪存盘？或是保险箱的钥匙？找一个不知道是什么而且仅仅有小手指大小的物件，真是让我忍不住发牢骚。

我决定先从阁楼开始，然后从上往下找。我倒出盒子和包包，检查橡板后面和皮箱里的东西，连壁橱和床底都找了个遍；然后挪开家具，掀起地毯，从厨房里拿来螺丝刀，打开所有通风口，把胳膊尽可能往里伸；最后连冰箱和厕所水箱都没有放过。

整个房子就是一个情感雷区，每个房间里都装满了炸药。威尔的外套还挂在后门的挂钩上。冰箱里还有他最爱喝的橙汁，橙汁前面摆着一盒奶油，只可惜，他再也没有机会把它倒进咖啡里了。墙上挂着的那幅带框的装饰画是我们一起在纽约挑选的。他总觉得沙发上的抱枕太多，所以经常随意扔在地板上。他的剃须刀和半瓶须后水还放在水池边上，我拧开盖子，把它放在鼻子上，这熟悉的味道让我在微笑的同时又眼泛泪光。

突然之间，我无法呼吸了。我知道导致这种反应的科学常识——嗅球连接到了大脑中调节情绪和记忆的区域——但威尔这股来势汹汹的味道还是让我沦陷了。我看到了他，我闻到了他。我听到他的声音在我耳边回响，感觉到他的指尖划过我后背的皮肤。这种感觉令人无法抗拒，我甚至在镜子里去寻找他的身影，但是身后除了墙，什么都没有，悲伤就像铅一样重重地沉在胃里。我拧上盖子，把须后水带到我的浴室，然后瘫坐在梳妆凳上。

头顶上几个百瓦的灯泡忽明忽暗，只见镜中的我头发油腻，皮肤凹陷，下巴上还起了一个小脓包。

我撑着站起身来，打开淋浴头，又走回去，从最底下的抽屉里取出面膜。我急忙打开面膜，心跳却突然停止了，然后又像火车发动机一样扑通扑通地跳动，速度越来越快。盒子上、水管上、浴盆上都贴了新纸条，这次是一张字迹潦草的亮蓝色便利贴。

别找了，爱丽丝。不要管这件事了。再这样，我也保护不了你！

尽管一阵阵水蒸气从打开着的浴室门奔涌而出，但我还是起了一身鸡皮疙瘩。我环顾四周，如果威尔还在房子里，我肯定能感觉到他就站在我身后。是谁把它贴到这儿的？怎么贴的？什么时候贴的？从……事故发生后，我就没打开过这个抽屉了吗？确实是，我很确定。

　　我的胸口挤压着一股强烈的情感——一种亢奋，无法言说的激动。我感到无比宽慰，骨头软得如烂泥一般，跌坐到了椅子上。

　　这张他亲笔写的字条证明威尔还活着，肯定还活着。

　　我歇斯底里地尖叫一声——一边笑一边叫——我告诉自己要振作一点。如果从心理学的角度出发，我会向自己解释：我是因为希望威尔活着，所以才把自己的幻想合理化并且拒绝接受他死去的事实；我把对威尔死亡的否认当作防御机制；我一直推迟自己应该做的事——为丈夫的离世感到悲伤。但现在，我说服不了自己，因为这次出现了一条无可否认的信息。

　　别找了。不要管这件事。

　　这次只有纸条没有信封。这说明威尔不得已才会亲自把它贴在这儿。

　　我抓起梳妆台上的手机，发了一条短信。从那个号码第一次给我发短信起，接下来这条短信就像一首循环的歌曲在我的脑海中回响。威尔，是你吗？

我的心就像拳头一样紧紧攥着。

三十秒后我收到了回复。爱丽丝……

我：爱丽丝什么？这个问题很简单，你只需要回答是或不是。

陌生人：在这种情况下，什么问题都不是那么简单的。

一股怒火从心中迅速燃起，灼烧着我。我突然有种被人耍了的感觉。我想要答案。如果威尔溜进家里给我留个便条会招来麻烦，但他至少能承认自己是谁。我又开始打字回复他。

我：回答我的问题。你是不是那个看着我的眼睛向我保证会与我白头偕老的男人？

我屏住呼吸等待着答复，但迟迟没有动静。

我：告诉我！是你吗？

我盯着手机屏幕，期待手机那头的回答。

陌生人：对不起。我从来没有想过要把你牵扯到我的麻烦事中。

我忍不住哽咽了。

我：我想听到答案。我想听你告诉我。

陌生人：好吧。对不起，就是我，我是威尔。

他的回答让我把过去十二天里压抑的情感一下子释放了出来。难过，生气，悲痛，惋惜，绝望。这些从我内心爆发出来的情感让我不顾形象地猛烈抽泣起来，就像波浪那样快速而汹涌，让我喘不过气来。我的丈夫没有死。

我按了拨号键，拨号声音响起时，我突然想到：威尔还活着，但他筹划了一个完美的计划，让所有人——包括我，他的妻子，他在这个世界上最爱的人——都相信他去世了。他知道我会伤心欲绝，但还是耍了手段，把自己的名字添加到了乘客名单上。第三声响后，我挂断了电话。

刚开始，情绪就像远处酝酿的暴风雨一样慢慢地向我袭来。我呼吸急促，指尖和脚趾开始刺痛。我盯着手中的纸，感觉有个冰凉而坚硬的东西在腹中游动。它像条蛇一样穿过我的身体，在皮肤下游走，像煤油一样点燃我的血液，突然我开始颤抖起来。威尔离开我是有目的的，他是为了钱，为了那四百五十万美元。

从来没有人让我觉得自己如此无用。

洗完澡，我光着脚，湿着头发，走下了楼。有时候我会用滚烫的热水用力擦洗皮肤，直到出血为止，这时我会将愤怒转化为决心。威尔不想让我找那笔钱？他想让我袖手旁观？不好意思，现在的我根本就控制不了自己。

我走进厨房，打开水壶，从橱柜里取出杯子。刚要伸手从食品柜里拿出茶包，手机突然响起了新短信提示音，一条接一条。

陌生人：我对这一切深感抱歉。你知道的，你是我在这个世界上最不想伤害的人。

陌生人：我不想把你扯进来，也不想对你说谎。如果警察来找我，如果他们没收了你的手机，发现了这个号码，也没事。他们无法追踪到我，也无法把你牵扯进来。

陌生人：爱丽丝，你在吗？回答我。

我咬紧牙关，把手机调成静音，然后扔到放餐具的抽屉里。

我和威尔还在交往的时候，有一次，他放了我的鸽子。那天，我身穿黑色紧身连衣裙，脚踩着高跟鞋，在拉思本酒吧等他，喝了柠檬马提尼和新欢鸡尾酒，但他居然忘了和我有约。那时候我就知道他是个工作狂，我认为他肯定是沉醉在软件设计之中，从而忘记了时间。我从六点半等到七点，又从七点等到八点。我从起初的担心变成了烦恼，最后又变成了愤怒。最后，我往酒吧桌上拍了两张二十美元的钞票，出门叫了辆出租车回家了。回家的路上，我怒气冲冲地发短信挖苦他。我说，很遗憾他没来赴约，因为这是我们的最后一次约会了。

十一点左右，他一定是在哪儿看到了手机，因为从那时起，他就一直给我打电话，向我道歉，祈求我的原谅。他提议我们第二天都放下工作，给他一个补偿我的机会。他保证自己会安排得妥妥当当，而我却只字未回。

但是他明显的慌乱和坚持不懈打动了我，半夜，我给他回话了，发短信告诉他我要睡了，明天再说。

十五分钟后，他焦虑不安地出现在我家门口，我让他进屋。我假装看上去一副生气的样子，我也确实这么做了。可当他熟悉的身体靠近我时，我感受到他脖子上的脉搏强有力地跳动着，他温柔地吻我，用强壮的胳膊控制着我，带我穿过走廊进入卧室，那时我就已经原谅了他。第二天早上，床头柜上的闹钟响起时，我和威尔还在缠绵，早就把工作抛到九霄云外了。

但是，忘记赴约和为了钱抛弃我，两者性质不同，并且这和伪造死亡、让妻子肝肠寸断也不在同一个层面上。这次，我不会原谅他了。

我把电池放在一个胡乱摆放刀叉和汤匙的昏暗抽屉里，然后从桌子上取来电脑。我得回想一下，从最开始想起，专注于所有事实。四百五十万可不是一笔小数目，从公司账户上偷钱肯定会引人注意的。如果我知道他是怎么偷钱的，或许就能找到线索。

我拿着电脑坐到沙发上，然后在谷歌搜索引擎中打出"盗用公司资金案例"。加利福尼亚的一位首席财务官盗用了将近九千万；芝加哥一家肉类加工厂的负责人偷走了七千多万；西海岸一家销售公司的副总裁通过一份回扣计划偷走了六千五百万，然后冒险将其全部卷走。还有相似点儿的案例，嗯，萨凡纳的一个员工用电话诈骗了经理四千多万。

然后，看到网页底部的一个故事，我的心就像被刺扎了一样。我颤抖着点开链接，突然就进入了一个写着全国未解之谜的网页。

二十世纪九十年代中期，在波士顿抵押贷款银行，一个名叫哈维尔·卡多佐的人被指控从他老板那里偷走了七千三百多万。警察破门而入，去他家实施逮捕时，发现电视还开着，厨房柜台上吃了一半的意大利面还留有余温，但哈维尔却早已不见踪影。他和那笔钱都消失不见了。

一两年后，威尔的名字也会在此之列吗？

我点回到盗用公司资金案例的页面，上下滚动，点开链接。从中，我总结出了两点。

其一，四百五十万的数额较小。我确信尼克和 AppSec 的董事会可不这样想。但是和我浏览的其他案例相比，这钱真的很少了。

其二，偷钱的几乎都是随身携带公司存取款账簿的人，比如法人代表、财务主管或者某个管理营业额或工资总额的人。但威尔是一个软件工程师，他的编程技术可能会给 AppSec 带来生意，但他是怎么偷的呢？他应该有一个同谋，一个在公司地位较高、能给威尔铺路或者掩盖其行踪的人。

我一下子想到了尼克。他没说要调查其他员工，但是他故意含糊其词。严格来说，他的确恐吓过我。他还说他的工作有风险，所以不难想到，他可能会孤注一掷。我叹了口气，把电脑推到一边，拿起爸爸的便笺簿，窝倒在沙发里。我翻开一页干净的纸，把我的思绪匆匆记下：

1. 钱是从 AppSec 上消失的。大约四百五十万美元，具体数额还在计算中。

2. 尼克认为威尔是小偷。说实话，我也这样想。

3. 威尔可能把钱从 AppSec 账户转到了某个他私人所有的账户里，多次转移要持续数月乃至数年。

4. 钱不在家里，但可能有威尔藏钱的线索。

5. 尼克想拿回钱，所以无论号码 678 那头是谁，他都会谋财害命。会是同一个人吗？

写最后一条时，我的心受到了重击，血液直冲大脑。那个人没有再发短信，但只是时间问题。威尔不会发这样的恐吓短信——告诉我威尔把钱藏在哪儿了，否则你的下场跟他一样。

藏在哪儿了，否则你的下场跟他一样。藏在哪儿了，否则你的下场跟他一样。——然后安静地消失。如果相信他的话，我想我应该相信他知道怎么避开警报器。

割草机的轰隆声在外面咆哮，狗在街道上乱窜，这些声音打断了我的节奏。父母走后，我找回了自己的生活规律，锁上门，在闪闪发光的键盘上输入密码，启动警报系统。我告诉自己不用担心，因为我有最好的警报系统保护我的安全。

尽管如此，我的心依旧无法平静。

第二十四章

　　割草机的声音听起来像是从厨房窗户的另一边传来的。我从沙发上转过身，突然从房子的角落里瞥见一个高高的黑影。

　　"那是……"

　　我跳下沙发跑到窗户那边，隔着玻璃看到光着膀子满身是汗的科班。他低着头，推着割草机从房子的一头跑到另一头，胳膊上的肌肉紧绷着。他身后半个院子的草坪被修剪得整整齐齐。院子的另一半由于春季异常湿润的天气和快速升高的气温，依旧野草丛生，杂乱无章。

　　我二话不说，快速拉开后门，警报声划破长空。科班吓得猛一回头，脚像冻在草坪上了。

　　我双手捂住耳朵，"哦，该死！"

　　这种嘈杂的情况下他是听不到我说话的。他弯下腰把割草机给关掉，就好像这样有用似的。

　　"稍等！"我穿过走廊来到前门输入警报器上的密码，刺耳的声音立刻停了下来。刚消停了一两秒钟，屋里的电话响了。

我从厨房柜台上拿起手机又回到院里，尽量让自己平静下来。话说回来，至少我知道警报器没有坏。那些去佛罗里达州的人现在还没到，难道是耳朵震聋了，要不就是吓得心脏病突发死了。

　　"你好？"

　　"我们接到了阿什兰大道 4538 的警报。需要我们提交有关部门吗？"

　　"哦，不用，对不起。那是错误的警报，全是我的错。我还没用惯这玩意儿，开门前我忘记关掉了。"

　　"你确定只是失误吗？"

　　"刚刚确认过。"我走到后院的一片阳光下，科班站在露台上，双手叉腰。我挥手告诉他没事，然后他向割草机走去。

　　"夫人，我们需要听到暗号。"

　　对，暗号。大吉姆说过每次和他们通话的时候他们都会问的，这是让他们知道一切安然无恙的关键。

　　"拉格比。"

　　"谢谢，夫人。愿您度过美好的一天。"

　　我把手机放在石桌上，抱歉地向科班挥了挥手，"你在这里干吗？"

　　科班看了看自己身后刚割好的草地，然后看着我，"我在帮你修剪草坪。"

　　"这我知道，只是……星期二早上我的庭院服务人员来到这里后，他们一定会大吃一惊，他们会认为我在欺骗他们。"

科班无奈地笑了笑，"他们最好保持警觉。人只有在竞争下才会更加努力工作。"

我还没来得及回话，他就猛拉开关线，开启割草机，回去工作了。

他快割完的时候，我从厨房拿了两瓶喜力回到露台，坐在午后阳光笼罩着的椅子上。我吸吮着空气中刚割过后的草香，品尝着浓烈的啤酒，看着科班轻松地推着割草机在草坪上一来一回，看起来割草机一点儿也不重。

科班确实是男人的楷模。瘦瘦黑黑，光滑的皮肤，健壮的肌肉。或许这能解释威尔为什么不介绍我们认识，因为他害怕跟他竞争。他一定在健身馆看到过女孩子们和科班搭讪，可能威尔害怕我也会那样。

我想起了我的丈夫，心里顿时暖暖的，同时悲痛也涌上了心头。这些回忆进入到我身体里的每一根血管：威尔为了钱放弃了我，放弃了我们的感情。很好，生气很好。因为伤痛会让我哭泣，但一旦哭出来，我怕会停不下来。

修剪完草坪后，科班关掉开关，院子瞬间安静了下来。

我拿起第二瓶酒晃了晃，"酒能消万难。"

"谢谢。"科班一边穿过刚刚修剪好的草坪，一边从裤兜里掏出T恤擦了下脸，"没什么比干完活来瓶凉啤更爽的了。"他从我手中接过啤酒，感激地点了下头，轻拍着我的肩膀，"干杯。"

我们都喝了一大口。科班坐在了我旁边的椅子上。

"所以,"我说,"修剪草坪也成为关心我的一项内容了?"

"是,趁我还在这里,看看你还有没有其他需要我干的。可能房子需要涂刷,或许下水道堵了,我还会清理排水沟。还有,你上次给车换油是什么时候?"

我的思绪一下子回到了十二天前那个下雨的早上,那天我们还躺在床上,威尔问过我同样的问题。但是我什么都没有说,只是喝了一口酒,"你完全就是个勤杂工啊。"

他自嘲地笑了笑,"这可能是多动症的一个好处吧。三十秒钟都坐不住的人,能学会做很多事情。另外,我父亲没有什么生活经验,我又是五个孩子中最大的那个,妈妈也是能使唤我就尽量使唤我。"

心理学家训练的那一套又不自觉地蹦出来了,"这对孩子来说任务有点儿重。"

他耸了下肩,"我不介意。我还有点喜欢命令妹妹们呢,她们一般都不听我的,跟倔驴一样,这一点很像我们的妈妈。"他开心的笑容说明他喜欢她们这一点。

"为什么威尔没有介绍我们认识呢?我是说,很明显他给你讲过好多关于我的事,但是我却对你们的友谊一无所知。你觉得他为什么要这样?"

科班好像对我突然转变的话题感到惊讶,但并没有表现出来。他往椅子后面靠了靠,深吸了口气。

"我也无数次问过自己这个问题。威尔是个谨慎的人，我敢肯定他经过了周详的考虑，但是对我而言，我能想到的唯一原因是，或许我们的友情并不像我认为的那样好。我是说，我认为我们很亲密，但也许我错了。"

"但你还是大老远到这儿来给一个寡妇修剪院子里的草坪。"

"没那么远，我的房子就在旁边。"

我知道科班在开玩笑，道德责任让他从亚特兰大郊区来到我这里，他还努力表现得无所谓。但是他的语气告诉我，这个话题让他很不愉快。他受到了伤害，因为我丈夫没有告诉我他们之间的友情。他今天的到来让我对他们的友情很看好。

"谢谢你，科班。你不需要做任何事情，真的谢谢你能来看我。"

"很乐意效劳。老实说，现在我知道了我所知道的……"他瞥了我一眼，脸上闪过一丝神情，看起来有些不安，"我想这也许是我的问题。"

我把啤酒放到石头杯垫上，"你指什么？"

"我说过我觉得威尔的行为很古怪。我注意到了一些征兆，我也记住了，但是我并没有采取措施，一次也没有，他甚至要我保证照顾好你。实话实说，如果不是有什么不好的事要发生，他怎么会把妻子托付给朋友？但是我一次也没有坐下来对他说：嘿，兄弟，你怎么了？需要帮忙吗？"他耸了耸双肩，"这样看来我才是更糟糕的那个，而不是威尔。"

我猛地喝了一口啤酒，但是这冰冷的液体突然哽在我的喉咙中。如果科班是更糟糕的朋友，那么我呢？是什么样的妻子竟然没注意到自己丈夫惹上了大麻烦，只能通过伪造死亡才能躲过劫难？我应该更差劲吧！这个答案让我头晕目眩，突然间就怔住了。我努力让脚扎根在水泥地上，双手死命地抓住椅子，努力与大地保持接触。

科班的坦白使我们在某种程度上处于同样的境地。我们都被我丈夫背叛了，我们都是失败的。接下来我要说的是我仅有的借口。

"威尔的公司丢了一些钱，"我说着，看向邻居家树上的一只松鼠。我不忍看到科班脸上的惊讶，或者说得更糟一点——他将要面临的审判。

"实际上，是很多钱。据他老板说有四百五十万，目前还在计算中。他们尚未提出任何指控，但这是迟早的事。AppSec的人都认为是威尔干的。"

一阵沉默，然后还是沉默。

我转过身去，科班正面无表情地盯着我。他又看了我一会儿，接着用手摸着肚皮突然大笑起来。

"科班，我很严肃。这不是玩笑话。"

他觉得不可思议。

"威尔·格里菲斯开着一辆底盘有洞、变速器有严重问题的破车。如果他一夜暴富了，他怎么不买一辆好点儿的车？你知道个屁，我看见他的钱包都是用布基胶带粘的，他怎么不买个新的？"

"他买珠宝了。"

"得了吧，他戴过的唯一珠宝就是你买给他的结婚戒指。你什么都不要说了，他的手表都是摆设，我敢肯定那是塑料的。"

"这是他给我买的。"我晃了晃手，卡迪亚钻石在阳光下闪烁着，"他给我买了珠宝。"

科班的笑容顿时僵硬了，"那个戒指证明不了什么。威尔舍不得给自己花钱，但他却很乐意为你花钱。或许这是他节省了几个月才买回来的。重点是，他有一份好工作，他有资本偶尔挥霍一下。"

"他付的是现金。"

"好吧，我承认这看起来不正常，但是我不知道……"科班有点儿哽咽，脸上满是疑虑，"你觉得是他干的吗？"

我耸了耸肩，"如果真是他干的话，那这笔钱既不在我们账户，也没在房子里。"

"还有什么其他的地方吗？"

我默不作声，因为突然间，消失的威尔让我感到崩溃。我可能要独自偿还我和威尔买房的贷款到八十岁。我冰冷的脚得不到他的温暖，破碎的心灵得不到他的抚慰。他选择了金钱，这让我怒火中烧。没有了他，我的一切被夷为平地，我迷失了我自己。

"我知道，"科班轻柔地说，"我也很想他。"

我点了点头，尽量找回当初的愤怒，但现在已经气不起来了。我现在唯一的感觉就是悲伤。为我，为威尔，为科班失去了一个朋友。

"你知道吗？我欠你一句道歉。"

科班转过身来看着我，皱着眉头，"为什么？"

"我发现了一张纸条，确切说，是两张。上面都是威尔的字迹，都出现在事故后。"

他又沉默了，过了一两秒才反应过来，"纸条上写了什么？"

"第一张写着对不起。第二张写着我有危险，并要我停止调查威尔的过去。事故发生后我去过西雅图，和那些记得他的人聊过。"我摇摇头，"那里有很多刺激的东西，但没有一样好的。"

"什么刺激的东西？发生了什么事？"

"毒品，纵火。因人而异吧，不同的人有不同的看法，也可能是谋杀。我见到了威尔的父亲，他从未提起过他，我还以为他父亲已经去世多年。他有严重的老年痴呆，但这都不是重点。重点是，几天前我早上喝咖啡见到你时，我怀疑过你。我以为是你送的纸条……我不知道怎么说，耍我或是折磨我，还是其他什么。"

科班感到愤怒，"我绝对没有——"

"我知道。"我笑了笑，"这就是我要说道歉的原因。"

他笑着答道："我原谅你了。"

"就这样？"

"就这样。"

我们各自坐着思索了好久。我靠着椅子，科班也是，他把腿伸到前面，面向太阳闭着眼。一阵尖叫声从其他房里传来——院子里某个地方有小孩在嬉戏玩耍——再远处传来微弱而又熟悉的轰隆的汽车声。

"等等，"科班突然想到了什么，猛地睁开眼睛说道，"既然纸条不是我送的，那会是谁呢？"

我没有回答，或许我应该回答的。科班紧闭着嘴，目光凝重，细细打量着我。我知道他想从我的沉默中看出点儿什么来。

他的眼睛瞪得又大又圆，"不。"

我犹豫了一下。我已经试探过了，通过他今天的回答，我觉得能相信他。

"还有一些短信。"

"说了什么？"

"好多。但最后一条承认他就是威尔。"

"不，不，这……"他捂住嘴摇着头，像狗咬住了骨头似的用力地摇着，"这不可能，这不合理。"

"当然不合理，从老板那里偷走四百五十万也不合理。你自己也说过，威尔行为古怪。如果面临坐牢或消失，他会怎么选择？如果他不够爱我，做了一些错事呢？"

说着说着，我的声音开始颤抖，眼中满是泪水。我之前认为我一旦哭泣就停不下来的想法是对的，因为这确实发生了。我感觉伤口被重新撕开，血肉淋漓。我双臂抱着腰，蜷缩着狠命地哭着。而且我哭得很不雅观，哭得喘不过来气，憋得满脸通红，鼻涕横流。因为一切都在眼前摆着，不是吗？到最后，威尔还是不够爱我。

可怜的科班一时不知所措。他这种人完全不知道该如何安慰一位哭泣的伪寡妇，所以他就只是呆呆地坐在那里，一脸的不安。他盯着我的脸，仿佛在寻找什么东西，很可能在找任何能让我停止哭泣的线索。

过了好久我才平静下来，小声啜泣着，鼻涕也不再流了。我终于能颤抖着呼吸了，他把 T 恤递给我让我擦脸。衣服上满是青草、花露水和男人的味道，这让我更加想念我的丈夫。

"我只是有一事不明。"

我嘲讽地笑了起来，"只有一件事？我有上万件事都不明白。"

他喝干了最后一口啤酒，"如果威尔没死的话，那他在哪里？他又去了哪里？"

我又高耸着肩膀，"钱在哪儿，他就在哪儿。"

第二十五章

那天晚上我无法入睡，愤怒像一棵仙人掌般通过我的每根血管，锋利的刺不停地扎着我。每次我迷迷糊糊要睡着时，总能听到楼下混在刀叉中的手机，因威尔发来的短信而哔哔嗡嗡响个不停。

到现在为止他给我发过多少条短信了？十条？二十条？还是四十条？我盯着天花板咬紧牙关，直到感觉下巴疼痛，告诉自己我不在乎他。

如果戴夫还在这里，我会去他的房间里再要一颗神奇的蓝色药丸。昨天以来——不，是过去的两个星期以来，我用它来帮助自己入睡，只为远离手机的骚扰。

到了早上，经过肾上腺素和怒气的沉淀，大脑已经变得麻木无觉。我如释重负，掀开被子，像以往星期一的早上一样淋浴、刷牙、吹头发、化妆、穿好裙子和衬衫，然后穿上我最喜欢的高跟鞋，最后摇摇晃晃到楼下去拿杯咖啡。我需要的就是让自己恢复正常。

一个正常的寡妇会打电话给学校请病假。她应该躺在床上一整天，裹着她死去丈夫的浴袍，吃着蘸着花生酱的奥利奥，躲避全世界。一个正常的校长应该会理解她的。泰德会用一连串的陈词滥调来回答我，实际上他是在说，这需要时间，不要着急，只要我准备好了，随时都可以回来工作。

只不过，我不是一个正常的寡妇，难道不是吗？我的丈夫——十三天前，坐着西行的波音 737 飞向死亡——并没有真死，这意味着我也不是一个真正的寡妇。

煮咖啡的时候，我偷偷瞄了一眼餐具抽屉，手机屏幕是黑的。我用手指轻敲按键，没有任何反应，手机没电了。

"哈!"我在空荡荡的厨房里大叫一声，"砰"的一声关上抽屉。这让我感觉像是一个小小的胜利。

如果是威尔的话，他会怎么做去挽救这种局面？他会用什么借口呢？如果他在面对这些麻烦的时候装死，为什么还要给我发短信呢？他怎么知道我不会带着我的手机去警察局，把它们作为证据报案呢？

站在厨房的瓷砖上，我的思绪停在了最后一个问题上。我真的要举报我丈夫吗？我应该举报吗？我一直认为偷窃这种罪行理应受到惩罚，但这一次，当我面临的人是我的丈夫威尔时，这种想法正在慢慢消退，已经在我的胃里挤压成一团恶心的刺球了。

然后我想起了威尔的母亲和那两个可怜的孩子睡在床上时

的情景，一场大火摧毁了他们的房子。如果那就是威尔放的火呢？如果他坐牢了，我们再也无法见面了怎么办呢？我的人生会发生多大的变化，会多么了无生趣？

我有很多问题。也许我应该在做出决定之前听听他还有什么要说的。

咖啡机"啪"的一声停了下来，我把咖啡倒进一个大的旅行杯里，从储藏室里拿了一个格兰诺拉燕麦卷，从柜台上拿了我的钥匙和包，又从抽屉里拿出了已经关机的手机。

稍晚一会儿，我要给他一个解释的机会。

上课前十五分钟，当我走在福雷斯特学院的时候，高中生们都挤在停车场，他们戴着名牌太阳镜看着我走过，甚至都没有想去掩饰他们的眼神和过度关注。我就像一个心理学实验的研究对象，一个刚刚从寡妇行星归来的外星人一样。他们正在研究我，就好像我的大脑已经被吸走了，重新装了一个外星人的大脑。

高三的乔希·伍德拉夫从我隔壁的车里钻出来，从他敞篷车的车顶眯着眼睛盯着我看，"嘿，格里菲斯太太。您还好吗？"

我往后退了一下，按下我钥匙上的锁扣，露出阳光般的微笑，"早上好，有什么好消息吗？"

他皱了下眉头，很明显在假装谦虚，开始向我炫耀他所收到的大学信件——所有的录取通知书和所有一流的学校，但没有一个是他父母想要的。

"不过还是没有收到哈佛大学的。"

"不管怎么样，你都应该感到自豪。已经有很多名校想要录取你呢。"

他对我耸耸肩，好像在说或许吧，"爸爸还在找关系，希望我尽快能收到哈佛的通知书。"

"我为你祈祷！"我努力使我的回答充满希望，尽管对这些孩子来说，他们从不把运气考虑在内。对他们来说，成功建立在努力工作和人际关系这两件事上。金钱是一种给予，失败从来都不是一种选择。

乔希心不在焉地对着我笑，站在那里一动不动，直到我转身走向高中教学楼。

早晨的空气很凉爽，但停车场感觉就像是一座巨大的火山，而我必须在上百度的高温下行走。我穿过柏油路，尽量在清晨的阳光下不出汗，但我的丝绸衬衫已经沾在了我的皮肤上。

"早上好，布丽姬特、伊莎贝拉。你们两个小美女今天早上看起来元气满满啊。"

她们看上去并不活跃，看起来就像是两个半睡半醒的青少年，一不小心上了一节微积分课。

"格里菲斯夫人，您还好吗？"其中一个问道。

我咽下叹息，"非常好，谢谢你。"

布丽姬特拍了拍我的身体，"比如说您知道您的衬衫露出来了，对吧？"

我向下一看，她还真说对了，该死的。衣服的标签还在我腰间飘着，线头还露在外面。我把双臂交叉在胸前，直直盯着她的眼睛，"我马上进去弄好。"

"而且您只戴了一只耳环。"伊莎贝拉说。

我的手指飞快地摸向我的耳朵，拇指摸到光秃秃的左耳垂，脸上顿时又红又烫。天哪！难怪孩子们刚才都停下来瞅着我走过停车场，呆呆地看着我这个可怜的寡妇来到学校，看起来就像一张凌乱的床。我摘掉另一只耳环，把它扔进了包里，同时检查我的裙子，还偷瞄了一眼鞋子。感谢上帝，两只是一样的。

"很明显，我今天走得太匆忙了。"

"很明显。"她们异口同声地说。

没再多说一句话，我转过身朝教学楼走去。

找个地方进行敏感性训练成了我的首要任务。

我刚进门就发现艾娃在我办公室，我对她的到来并不感到惊讶——没有人比艾娃更会利用我不关门的便利——尽管她经常坐在角落的凳子上。这个地方她经常坐，应该把她的名字写在椅子后面，就像导演的椅子那样。今天，她僵硬又焦躁地站在办公室中间，背包搭在一个肩膀上，抓肩带的手都勒白了。

她似乎有点喘不过气来，"有人告诉我你回来了，但是——"

"早上好呀，艾娃。周末过得怎么样？"

她把重心换到另一条腿上，修剪过指甲的手指不停地缠着肩带，焦急地看着站在走廊里的人，"什么？"

　　我绕过她走到桌子的另一边，把包扔在地上，然后坐了下来。威尔的照片（他去年在音乐城照的）在我的电脑屏幕旁对我微笑。我打开最底层的抽屉，把照片连框一并扔了进去。

　　"我问你周末过得怎么样。"

　　"哦，挺好的，我感觉挺好的。"她咬着丰盈而有光泽的嘴唇，环视着房间，"罗林斯老师告诉我们你不会再回来了。"

　　我一直都很喜欢泰德，但想到他在大礼堂会议上说这些话时的表情——眉头紧皱，语气充满同情，暗示我在家里肯定崩溃了——我就想要退缩。我不想要任何人的同情，我也不配。

　　"我想给您打电话，"她说，"但没有您的电话号码……"艾娃走到桌子旁，我脑海里出现某种潜意识，"我想过去看您，但我不知道如果我突然出现在您家里，您会怎么想。"

　　我盯着她的眼睛，"为什么？"

　　她饱满的前额皱了皱，"为什么不了解您的感受吗？"

　　"为什么你要不打招呼突然过来？你为什么会这么想？"这些问题就像愤怒的指控，我知道这很粗鲁无理，但我控制不住自己。有太多话题要聊——艾娃，她由于不安来回晃动的手，我责难的目光，还有包里关机的手机——我要崩溃了，就像我同时在看电视、播放收音机还要讲话一样。我至少要先关掉一种声音。

"因为我……"她走出门，然后到处张望着，声音越来越小。她又从桌子那儿走回来，把背包扔到地上，坐在角落的椅子上，后背挺得笔直。办公室外的走廊上很安静，其他孩子都在上课。

"我想知道您怎么样了，我很担心。"

她的话，还有她唯唯诺诺的语气让我的愤怒泄了气。我应该向她道歉。我应该告诉她，很抱歉把她当成了出气筒，但我似乎做不到。这个话题让我很不舒服，所以我又把话题拉回到她身上。

"谢谢你的关心，谢谢你。夏洛特·威尔班克斯怎么样了？有什么新进展吗？"

艾娃迷人的蓝眼睛充满了疑惑，一脸"开什么玩笑"的表情，足足有十秒钟没说话。

"与夏洛特打仗毫无意义。"

"那就好。你这个想法很成熟。那你和亚当·奈廷格尔呢？你们两个还在一起吗？"

"夏洛特可以把他带走。亚当只想弹吉他或者做爱，"她做了个鬼脸，"说实话，他哪个也不擅长。"她向后靠在椅子上，用一种温柔的目光打量着我的桌子，我真不知道她还有温柔的一面。

"我妈妈离开了。"

起初我没听懂她的意思，"离开了？什么意思？离开哪儿了？"

"我们的家和我爸爸。她去了桑迪普林斯，和一个叫布鲁斯的技工住在一起。"她说这些的时候就像是在播报天气预报，表情平静，没有任何感情，"显然，他们相爱了。"

我向后靠在椅子上，呼了口气。

"好吧，唉，这……这对你来说一定是个不小的变化。"

"我想说，你应该看看我在布鲁斯家的房间，特别小。"她咧嘴一笑，让我知道她并不是认真的。

"我指的是你父母的离婚。"

艾娃从她肩膀上捋了一缕头发，把发梢缠绕在一根手指上，"我不知道，我爸爸又不像那种伟大的丈夫，他很少在家，在家时也总玩手机或电脑。我无法肯定他是否注意到妈妈走了。妈妈现在似乎更快乐，她一直面带微笑。"

"离婚对每个人来说都不是那么容易，但你要知道这是你父母之间的事，对吗？你什么也做不了。"

她点了点头，好像不太相信我。

"你知道最疯狂的是什么吗？妈妈走的时候除了一包衣服什么都没带。珠宝，车，甚至连她的比尔金包都不要了。去年圣诞节，要是没有粉钻劳力士，她都不想活了，现在她唯一想要的是平分监护权。"

"听起来她好像找到了更珍贵的东西。"我想起了威尔，没有他，我的生活会是多么空虚。我想到他要怎么回来，他是怎么给我发的那些我不敢看的短信，想到这些，我心中突然一阵剧痛。

艾娃耸起瘦瘦的肩膀，"我想布鲁斯倒无所谓。"

"我是指你。你可能会离开你父亲，但听起来她仍然对你很关心。"

这一次，艾娃并没有微笑。她只是看着我，幸福洋溢在她的脸上。她真的是一个美丽的女孩，我要告诉她，她应该经常微笑，这让我想起电影中的微笑。

"你看起来似乎没什么事，你是怎么做到的？"

她松开手指，把头发向后撩了撩，整理一下学校发的毛衣。

"说实话吗？这都是因为你，因为你丈夫的遭遇。这种事让你意识到什么才是真正重要的，肯定不是钻石劳力士，你懂吧？生命太短暂，你无法把所有注意力都集中在错误的事情上。"

听到这些，我哭了。为了我，为了威尔，也为了艾娃和她的母亲。每个辅导员的工作都是为了让学生们能顿悟这一点，让他们把精神上的包袱放下，但因为我自己的精神包袱，我太伤感了，一句话也说不出来。

"不管怎样——"艾娃猛地把背包从地上推到讲台边——"我没打算把你弄哭。我只是想让你知道，如果你需要我，我就在桑迪斯普林斯的一间小卧室里，我很感谢你。"她那咧嘴的笑渐渐严肃了起来，声音也变得很粗糙。

"说实话，格里菲斯太太，谢谢你，真的，对于你丈夫我真的很难过。"

她一走，我就用袖子擦干了眼泪，然后用桌上的电话打给埃文，"嘿，是我。"

"你终于联系我了。我给你留了十几个语音留言了。你把手机落家里了还是怎么回事？"

我四处摸索地上的包，它被我用脚踢到书桌后面的角落里，跟电脑线缠在了一块儿。

"手机电池没电了。"

"好吧，充电了吗？我和服务员说过了。"

"她说什么了？"

"什么也没说，这就是问题所在。我希望她个人更坦诚些，这就是我想要在本周晚些时候飞去那里的原因。我们都要去，因为我的体形会把人吓跑的，我想如果我和你一起出现，可能还会好点儿，恰巧你又是个心理医生。"

"也许你说得对，只要能帮上忙我就很开心。"

"好了，我的助手正在安排我的日程。一旦她确定好时间，她会告诉你的。"

"好的。"

"我还和我的一个老朋友谈过，他的公司专门处理企业账户欺诈事件，而且众所周知，AppSec 的上市计划一推再推，因为他们无法把钱集中起来，这已经是公开的秘密了。风投们都退出了，他们不想再跟公司合作了。"

"什么是风投？"

"风险投资基金。他们把钱投到 AppSec 这样的公司来换取股权，公司通常将他们的钱作为上市的流动资金。在 AppSec 的案例中，三年前就有一些热情的投资者，但在过去的一年里只有一个人投资，那就成了 100% 的股票，所以他们的资金并不是完全流动的。"

"我只是一名学校的心理医生，埃文。我真不知道这意味着什么。"

"这意味着，如果威尔的老板认为 AppSec 随时可能上市的话，他就会失去理智。这家公司陷入了严重的财务危机，他们的账目一团糟。难怪四百五十万丢了以后都没有人知道是怎么回事。"

铃声响起，教室里的孩子们蜂拥着往大厅里跑。我扯着电话线，走到办公桌旁，伸手关上办公室的门。我工作了六年多，这是我从来没有做过的事。学生们都注意到了，就在我关门的时候，看到他们都皱着眉头，一脸惊讶。

"好吧，"坐回办公椅后我接着说，"但这仍然无法解释，一个软件工程师怎样在没人注意的情况下偷走公司那么多的钱。他难道不需要让人签支票吗？"

"不排除他是用电子转账的，他很可能没有谨慎地掩饰这一线索，这既是个好消息也是个坏消息。对小偷来说是个坏消息，但对调查人员来说是个好消息。要想把钱追回，他们只需要追踪到这个文件线索。"

"我不太确定。威尔是个天才，他不会给调查人员留下明显线索的。"

我猜得没错的话，如果威尔带着钱藏起来，他一定会确保两者都不会被轻易追踪。事实上，我敢打赌我是他唯一落下的东西，我包里那个已经关机的手机是唯一的线索。

在电话的另一头，埃文在扒拉他桌上的文件，"我找到几个已拨电话。我猜，如果我能查出 AppSec 雇谁来做调查，那可能会给我一些提示，看看他们去哪儿找这笔钱。对了，自由航空公司给的支票你是怎么处理的？"

"我撕成两半了。"我没有提到，要是我能把它塞到安·玛格丽特的喉咙里，我肯定也会这么做的。

"你没有申请过人寿保险，是吗？"

"没有。"

"很好。不过，作为威尔的妻子，你将会是第一个被他们当作共谋的人，而且重要的是，你千万不要碰这笔不干净的钱。在不久的将来，经济上你能撑得住吗？"

我心算了一下，每月的费用——房贷、公用事业、汽车和保险——这个答案可不乐观。说到薪水，私立学校可是出了名的吝啬，威尔的薪水可是我的两倍。我可以卖掉他的车，但科班说得对：它既破又经常出故障，可能连几千美元都不值。现在我工资低了三分之二，我还不能完全确定该如何解决房贷，但我确定：挨饿之前，我会卖掉和威尔一起买的房子。

"爱丽丝，如果你需要帮助，我很高兴——"

"我很好。"我做了个鬼脸，表现出我能解决问题的自信，"谢谢你，埃文。别担心，我会把事情弄明白的。"

"我只是不想给他们任何理由来找你。"

"明白了。"这一次，我的暗示就到这里吧。

"好的。在帮助你的过程中，还有什么我应该知道的吗？威尔让你签过什么文件吗？或者除了戒指以外，他买过什么特别贵重的物品并且没有给你解释钱是从哪儿来的吗？汽车、度假、家具，任何在你们的共同账户上没有记录的东西。"

"没有，我想不出来。我得告诉你，我为什么把手机电量给耗完了。"

"他有再发短信吗？你应该把截图上传到云存储账户上，记住了吗？"

我向后一靠，往窗外望去，看到停车场里闪着光的汽车和远处的树木，"那意味着我不得不去碰手机了。"

"那些恐吓短信有那么可怕吗？"

"那不是恐吓，是其他隐藏的号码发来的短信。我知道这些短信的背后是什么人。"

"你知道？是谁？"我停顿了一下，正准备说，但埃文并不打算听我说，"天啊，你是说那是威尔，是吗？"他没有了那种中立的律师口吻，而是带着怀疑的语气。

"是的。"说完这个字，我心里顿了一下，"是真的，就是他。"

"你怎么知道？我的意思是，真的是他，而不是一个自称是他的人？"

"因为我知道，因为那就是我们吵架的方式。我被激怒了，不理他，他给我打电话找借口、道歉。但是，天啊，埃文，真的是他。"

"他说什么了？"

"我不知道。"我想到了短信，心里顿时来了情绪，让我无法呼吸，"我不敢看他的信息，我从昨天下午就没碰过手机。"

一阵沉默，漫长而沉闷，我觉得我有必要保护自己。

"你比谁都清楚在过去的十三天里我是怎么度过的。现在我发现的这些都不是真的？这只不过是一些变态的伎俩，这样他就可以带着几百万美元逃跑了？呵呵，不可能。埃文，不敢相信，我对他是如此愤怒。我真的不知道该怎么办。"

埃文长叹了口气，"我努力站在你的角度看问题，真的，爱丽丝，但我一直在想，如果我突然发现苏珊娜和艾玛还活着，没有什么能阻止我跟她们在一起。当然，在过去的两个星期里，我也很生气她留下我一个人煎熬，但我的愤怒远远不及知道她还活着这件事。"

"这不一样。你对你女儿的假设与我经历的现实完全不同。威尔是一个成年人，不是一个天真的孩子。"但是在我说这些话时，有什么东西在愤怒和怨恨里面探出了头来，我伸出一条腿，用脚摸索着我的包。

"爱了就是爱了。如果你都不看手机，你怎么知道他的理由是不是值得原谅的呢？"他停顿了一下，好像陷入了沉思，似乎在想别的事情，"嘿！我一直想问，是谁告诉你隐藏的号码无法追踪到的？"

"什么？哦，是西雅图百思买的一个极客。他说，这些短信来自一个应用程序，类似于短信阅后即焚。一旦短信发出去，任何踪迹就都被清理掉了。"

"让另一个专家来看看总不会有什么坏处。你什么时候有空？"

"正常情况下五点吧，但我在三点以后就可以随时离开。"

他说了一个地址，就在我家附近的小区，我写在了便签上，"去找齐克帮忙，我会提前打电话告诉他你四点左右过去。"

"好的。"

"哦，还有，爱丽丝，给你的手机充上电。"

第二十六章

我看着写在便利贴上的地址，和小区一家脏兮兮的音乐商店——山姆唱片店窗户上的店名进行核对。埃文给我的地址，就是这个地方。我推开玻璃门，四处张望。

山姆唱片店生意很火，周围站着数十名嬉皮士和潮人，跟着耳机里的节奏点着头，翻着那些老旧的黑胶唱片。我从他们身边挤过去，朝远处收银台后面的漂亮女孩走去。

看到我后，她那性感的粉唇露出慵懒的微笑，"嘿，你还好吗？"

她的声音很慢很甜，我敢肯定她嗑了药。

"我找齐克，他在等我。"

她指着我右手边亮黄色的门说："从这边走。"

我谢过她，往后面走去。走廊很长，里面有很多储物间，小得都不能称之为房间。我顺着往里走，窥视每一个储物间，发现一堆没有标记的盒子和许多空的外卖盒子，但没有看到一个人。

左边的最后一间屋子里堆满了电脑部件——电脑控制台、记忆板和组装了一半的笔记本电脑。网线和插线板像蛇窝里的蛇一样一直通到一个不锈钢桌子边，桌子后面的那个人，看起来一点儿都不像技术专家，更像是个冲浪高手：头发蓬乱，半眯着眼睛，穿着破旧的 T 恤衫、宽松的短裤，胸前的皮革挂带上串着小珠子。他正在敲键盘，所以我猜我找对地方了。

我敲了下门框，但是……他没有反应。我又用力敲了敲，然后清了清嗓子，"你好，你是齐克吗？"

他瞄了我一眼，几乎都没有看我，"不好说。"

"埃文·谢菲尔德让我来的，我是爱丽丝·格里菲斯。他说你可以帮我看看手机。"

齐克还是一直看着屏幕，但他伸出了一只手。我下意识地握了上去，然后才明白他根本不是在问候我。

"手机拿来。"他说，语气中透着不耐烦。

好吧。我从包里掏出手机递给他。

他用一根数据线把手机连到电脑上，然后就一言不发开始工作了。他的手指在键盘上飞速敲击着，一股怀念的情绪涌上我的心头，提醒我自己，我是多么想念威尔。随着键盘的快速敲击，长串的符号和数字在屏幕上来回滚动……我倚着墙坐到椅子上。

"百思买的人说，这个号码发自一个应用程序，所以该号码无法被追踪。"

齐克不屑地说："你相信了？"

我咬着牙，很明显表示我相信，"你觉得你能追踪到他吗？"

"顶多五分钟就能搞定。"

这时我的手机又收到一条短信，他看了看屏幕，"要我说，这家伙还挺固执的。"

我咬着嘴唇，环顾房间四周，瞅着白墙上我欣赏不来的涂鸦，把地板上的电线和充电器放在板条箱里，努力让自己不去看手机。但我还是听到了自己的声音，"一共有多少条短信？"

齐克停下来，"八十三条。"

"帮我个忙，好吗？给我读一下最新的那条。"

他用奇怪的眼神看了我一眼，用手指滑过手机的屏幕，短信说："如果能回到过去，如果能让一切重新开始，我会选择另一条路，我把一切都搞砸了，但娶你是我唯一正确的选择。"

我强忍着眼泪，将注意力集中在我的愤怒情绪上。威尔没有死，而是选择了离开，他选择了钱而不是我，这个世界上他最爱的人。即使他能够回来，即使我们可以从头再来，我还依然愿意吗？

即使这愤怒就像一群饥饿的白蚁在我体内乱爬，但我明白，我的答案会是愿意，我不应该这样，但我确实是愿意的，因为我觉得也许我能改变这一切，也许下次我可以让他选择我，而不是钱。每分钟都有一个愚蠢的想法从心痛中诞生。

齐克敲了几分钟键盘，目光离开屏幕看向我，"目前，网络匿名的方式有成千上万种，而这家伙使用了一种有缺陷的方法。"他在本上写着什么，然后把纸撕下来连同手机一并递给了我。纸上写着个地址，那是亚特兰大一个我不认识的地方。

"没开玩笑吧？只用了四分钟？"

这是我从进门第一次看到他笑，他咧着嘴，电脑蓝光照在他的牙齿上使我眩晕。"这就是我挣大钱的原因啊。"

这座房子位于城市西北郊区文宁斯，墙体是由奇形怪状的石头和砖堆砌而成的。在这里，这种新建的社区不计其数，每个社区里又有很多这样的房子，所有的房子都建得一模一样。精心修剪的草坪上摆满了杜鹃花，门前一边一盏灯笼，而且至少有一盏灯笼挡住了窗户，路边还有结实的灰浆邮筒和百叶窗。

我开车慢慢驶过，想看看有没有人，但并没有发现任何人。室内的灯都关着，但在今天这样一个阳光明媚的春日里，已经快到晚餐时间了，为什么他们都不在呢？这里没有任何人活动过的迹象，窗户也没有阴影闪过。如果威尔在这里，他肯定躲在某个我看不见的地方。

而且，威尔为什么要躲在这里呢？这说不通啊。如果他拿到了钱，为什么要往亚特兰大郊区跑？为什么不出国直接消失呢，或者至少躲在邻州的山里？威尔这么聪明，不应该躲在郊区一个离家这么近的地方。

我把车停在角落，把手机放在裙子口袋里，然后踮起脚尖，蹑手蹑脚地走过邻居的后院，尽量不让高跟鞋陷进茂密的牛毛草中。和新建的房子一样，附近的花草树木也都是新栽的，最多也就种了没几年。刚栽的小细树光秃秃的，对绿化覆盖率没有一点贡献。

该死的，我已经失去了理智。我简直是光天化日之下的活靶子，成了最糟糕的偷窥者——居然还穿着裙子和高跟鞋，简直没有比我更差劲的人了。

我走到厨房的窗前，把鼻子贴在玻璃上。屋里，椅子被推到一边，前面的桌子上放着一台打开的笔记本电脑，屏幕是黑的。旁边有一个白色杯子，里面盛的是今天早上的咖啡还是下午茶，我看不出来。此外，厨房又黑又空。

我顺着拐角绕到后门，一双泥泞的男式球鞋被扔在一堆报纸旁边。住在这里的人爱跑步、爱回收再利用，我在"不是威尔"的条目下又添了两条。威尔更喜欢去健身房，喜欢在网上看新闻。我挤过灌木丛，走到下一个窗口前。

客厅也是空的，这个房间太普通了，我无法对住在这里的人做出任何猜测。屋里只有一张沙发、两把椅子、几张桌子和几盏台灯。我四处寻找照片、书籍或丢弃的衣物等个人物品，但一无所获。如果没有鞋子和笔记本电脑，这儿简直就是个样板房。

大厅里"啪"的一声，亮起了一盏灯，我吓得心跳骤停，然后又开始快速跳动。如果是威尔，我该怎么办？躲藏到灌木丛中，还是打破窗户？我紧握窗台，屏住呼吸等待着。

看着那个在角落里走来走去的人，我的失望犹如瘪掉的气球，又沉又硬。那个人不是威尔，但我马上认出了他。高大的身材、宽阔的肩膀和咖啡色的皮肤。就在昨天，他推着割草机在我家后院来回走动，这个肤色我见了很多次。

我将大脑里的记忆进行重组，把它们移到合适的位置。房子、威尔、科班。如果这里就是被隐蔽号码的实际位置，那么自从他追踪我到西雅图之后，威尔就一直在这里给我发短信。但科班在这里做什么？威尔在哪儿？不管我如何努力把这些碎片放在一起，都无法拼接起来。

科班进了房间，我跟着他走到下一个窗口。他弯着腰在玩手机，拇指在屏幕上滑动。突然间，他停下脚步盯着屏幕，皱起了眉头。

我进入高度戒备状态，就像艾娃的跑车一样，每当车后保险杠离其他物体太近时，车就会发出警报。我脑子里的警报在尖叫，它警告我身后很危险。可能是个峡谷，也可能我正身处悬崖边缘。

毫无征兆，他的头突然转了过来，目光凝视着窗户。

我紧挨着的那扇窗户。

就好像他知道该往哪儿看一样。

我赶紧蹲在地上，屏住呼吸，听着房间里的动静，但我只能听到自己心跳的声音。他看到我了吗？他现在正在往外面走吗？我可不想在这儿傻等着。我趴在地上，手脚并用，匍匐前进，我的心都提到了嗓子眼儿。松草刺痛我的手和皮肤，衣服也被荆棘划破了——我的裙子、上衣都破了，但我无法停下来，我低着头继续前进。我在灌木丛中爬了二十英尺，终于到了房子的尽头，接下来呢？只要一进院子，我就会被他发现。

要么被发现，要么只能祈祷他不要出来。

一扇门"砰"地开了，还有一只狗在叫，管不了那么多了。我从树旁一个箭步，穿过院子跑到我的车里。

我跌倒在驾驶座上，脏兮兮的手颤抖着把钥匙插进锁孔里。逃跑的时候，我瞥了一眼院子，科班正站在门口，一只手放在眼前遮挡阳光。

他正微笑着。

几分钟后，我一转弯开到两辆 SUV 车的中间，停在家得宝停车场，尽量小口呼吸着。从科班的院子里跑出来后，我已经没那么喘了，但我的呼吸还是有些急促，就好像空气在肺里卡住了一样。我鼓着脸屏住呼吸，就像当时科班教我的那样——噢，真是讽刺——确实有效。我吐气时，肺也没有那么难受了。

科班看到了我。他不仅看到了我，还能很轻易就追上我。我不是运动员，高跟鞋和铅笔裙可不是百米赛跑的最佳装备。在我穿过院子奔向我的车时，像科班这样的运动员可以轻而易举地追上我。

但他根本就没有追我。

他也没有惊讶，还面带微笑地看着我。

手机硌得我的耻骨疼，我从裙子口袋里把它拿了出来，凝视着黑屏，回想起几个月前泰德和我为学生家长举办的一个信息宣传晚会。晚会主题是网络暴力，会开了不到半个小时就被一对父母打断了，他们在自己孩子的手机上安装了 GPS 跟踪器，而这个孩子并不知情。他们自豪地把这件事告诉我们，就好像监视孩子是上帝赋予父母的权利一样。我也犯了一个错误——我大声质疑这样做是不是越界了。泰德整个晚上都在努力缓和气氛。

但关键是，我知道这种技术确实是存在的。

这些父母谈论的追踪器是隐形的，在手机后台悄悄运行。你所要做的就是搞到对方的手机，装上这个软件，然后你随时都能知道他们在哪儿。这种意识慢慢地在我脑海里浮现，如果不是威尔的这些短信，我就会把手机扔出窗外。

然而，另一种想法使我的呼吸又一次变得急促起来。

被屏蔽的号码将我引向科班，而不是威尔。

我颤抖着打开手机，翻看所有的短信，总共有八十七条。

发自内心的歉意、详细的解释和含泪的遗憾。除了一点，他说的其他的都是对的。

他说了十七次我爱你，但没有一次说的是我想听的。他从未说过，我是他最爱的人，这才是我们应该告白的方式。这就

294

意味着，这个号码另一端的人也不是我想象的那个人。

这意味着……什么？威尔死了吗？我很愤怒，就像之前我认为他选择了钱而不是我一样，我不愿意相信。那之前的纸条呢？那些道歉并警告我不要再调查他过去的纸条呢？如果发短信的是科班，那写纸条的也是他吗？

我的肩膀靠在窗户上，这一天，我又一次在令人作呕的浪潮中轰然崩塌。我感觉它正在向我袭来。熟悉的感觉在我的肺里骚动，在我的眼角燃烧，收紧我的喉咙。这所有的信号都表明，我正处在即将崩溃的边缘。

一开始，看到纸条和短信，我选择去相信，相信另一端的那个人就是威尔。我需要去相信。当面对飞机和烧焦的玉米田这一现实时，我选择换个角度去看待问题，就像我看待婚姻那样：威尔不愿意谈论他的过去，他的故事里也有一些漏洞。每当有不一致的时候，我就说服自己说这是一个愚蠢的错误，让我自己去忽略它。我一直认为，重要的是我们的现在。

只是，你怎么能爱上一个你不了解的人呢？

答案在我的心中滋生繁衍，在悲伤中吞噬一切，然后用一根尖刺把愤怒的气球刺破——这不仅仅是威尔的背叛，也是我自己的失败。

爱、牺牲、诚实、信任。我们看到的是我们想看到的。我们搜集信息，却只搜集那些有用的信息来塑造信念，做出自己的选择，抑制爱，又或者将它释放。

我把电话扔到副驾驶座位上，挂上挡，向高速公路驶去。

我丈夫死了。
我的心碎了。
我的眼睛现在睁开了。

尽管是交通高峰期，我还是在一小时之内回到了唱片店。现在已经快七点了，天空已经变成了粉紫色。

除了柜台后面的漂亮女孩，唱片店里已经没有其他人了。她正在数钱，听到门铃时，她竖起一根手指。我没有等，在她抬起头之前，我就从那扇亮黄色的门里挤了进去。

我发现齐克还在那儿待着，还在他凌乱的房间里啪嗒啪嗒地敲着键盘。

"你回来了。"他一边说，一边盯着他的显示器。

我把手机扔在他的桌子上，"你忘了帮我解决追踪器。"

"不，我看见了。"他抬起头来，头向后仰着，看着我蓬乱的头发和凌乱的衣衫，右边袖子有两块布都错位了。

"你到底怎么了？"

"我被追踪了，如果你当时提醒了我，我就不会这么狼狈了。"

"你也没问啊。"

我忍不下去了，发出一声叹息。

"那你现在能把它取下来吗？麻烦了。而且我还有另外一个号码需要去追踪，在我短信页面顶部的那个678的号码。"

齐克滚动屏幕，把信息找了出来。除了前两条信息之外，现在又有了四条新短信，短信说如果我不拿出钱，保证让我不得好死。

"发短信这家伙有神经病吧。"

"告诉我，我希望你能告诉我这是谁发的。"

"这个家伙是通过一个公司网站来发送的信息，但是——"他在手机上点击了几个按键，皱了皱眉，"嗯，很奇怪。等一下，可能需要一会儿。"

"既然这样，还有什么可疑的或鬼鬼祟祟的东西是我应该知道的吗？"

他用脚把一个充电器从板条箱里钩出来递给我。

"把你所有的充电器都扔掉，或者最好能带给我。我这里回收嗅探器。"

我不知道什么是嗅探器，但我还是把他给我的充电器放进了包里。

他又看我的手机，用手指划动屏幕，"这件事很着急吗？"

"就当作这是你女朋友的手机。"

他的眼睛闪着光，向我示意坐在他身后的椅子上，"请坐，你要在这里待一会儿了。"

第二十七章

　　在市中心的英特曼莱饭馆吃过意大利饺子后，我跟埃文聊起了事情的最新进展。我告诉他齐克是怎样通过手机号追踪到文宁斯的那栋房子的，我又是怎么在那里看到了科班·海耶斯；以及后来我又是如何逃回到齐克那里，让他将我手机上的追踪器给拆除，将记录我手机短信的一款应用程序删除的。而在我离开时，他仍然在继续追踪那个给我发过两条威胁短信的 678 号码。

　　"出于某些原因，这个号码不像头一个那么容易追踪，不过齐克承诺说他一搞定就会立刻联系我。"

　　埃文仍旧穿着工作服，那是为他超长的身形专门定制的，洁净且带有细条纹，不过他的夹克挂在椅子的靠背上，衣领领口也没有扣，还撸起了袖子。再加上山里人的那种胡子，如果不是因为眼神里透着悲伤，他一定很迷人。

　　"但是另一个号码，"他一边说着，一边伸出长臂把手机还给我，"你认为那个被屏蔽的号码是威尔，而齐克通过追踪手机，找到了科班·海耶斯？"

"不是。齐克找到的是文宁斯的地址，但是透过后窗我看到了科班·海耶斯。"

埃文的眉毛都快皱上了天，"你透过后窗往里看？你疯了吗？"

"你那样问真是可笑，因为我确实疯了，我已经疯了。要不然就是我丈夫已死的噩耗还萦绕在我的心头。随你怎么想吧！"

他两只手臂重重地落在桌子上，支撑着他的身体，坚硬的桌子在他的重压之下竟有些颤抖。

"这不是开玩笑，爱丽丝。如果这个人假装是你已死的丈夫给你发消息，那肯定将会有大事发生。你最好离他远点儿，更不应该一个人跑到他家后院。如果他看到你了怎么办？"

"他已经看到我了。"

埃文坐在那儿，面无表情，似乎在等待着关键一击。

"科班看到我了，第一次是透过窗子，第二次是我穿过他院子的时候。所以我才会陷入困境，我被他那片灌木丛给困住了。"我透过衣袖上的一个洞伸出一根手指，发现我的皮肤被划伤了，"不管怎么说，他并没有追我，只是站在那儿看着我离开。让人不寒而栗的是，他居然在笑。"

"你认为他的笑就让人毛骨悚然了？"

正常来说，我会对埃文毫无表情的脸或者轻描淡写的陈述，抑或是两者兼有报以嘲笑，但是考虑到此时的语境，我并没有找到一丝可笑之处。另外，埃文抓住了重点：科班的笑并不只是让人胆寒那么简单。

埃文拿起叉子，又起一个饺子，然后"咔嗒"一声把叉子跟饺子都扔在了盘子里。

"我不喜欢这样。这个人假装成威尔，这说明他是一个既阴险又危险的人，而且他知道的事情太多了。"埃文摇了摇头，拿起叉子，"我不知道他想干什么，但他绝对是个威胁。你不能回家，你那里不安全。"

"我有一套全新的警报系统，给我安装的人说，那是市场上最好的系统了。摄像头和应急按钮都很好用。"

"如果他真想图谋不轨，警报系统根本挡不住，爱丽丝。这种事我见过太多了，所以我很清楚，打算犯罪的人终将会实施犯罪。你在别处会更安全，朋友家里、旅馆都行，你要是经济拮据，欢迎来我的客房暂住一段时间。"

我没有回答，主要是因为不知道该说什么。我们是律师与客户的关系，又都丧偶，还是朋友，我们之间有那么多的联系，我们有太多产生交集的方式。他是出于好心才这么说的，但和一个异性成为室友，貌似并不是个好主意。

"看得出来，我的提议吓到你了，不过，你应该知道房间里有独立卫生间，门上有锁，我并不仅仅是请求你而已。"他耸了耸肩，表示没什么大不了，与他的表情形成了鲜明的对比，

"你的家人和朋友收拾行装离你而去，才是最坏的事情，谁都会这样说。我的房子太安静了，要是有人能在屋里转转那就太好了。"

说这话时他的眼睛紧闭，好像他并不是在为我考虑一样，但是，他却努力将苏珊娜和艾玛转瞬即逝的印象保留在脑子里。我知道他的提议是出于好意，出于爱，出于不想失去，出于渴望。我已经感觉到我正在越界，更何况我从未迈进过他家一步。

我准备礼貌地拒绝，但埃文一定感觉到了我想要说什么，因为他打断了我，"好好想想，好吗？只要你想过来，房间随时给你准备着。如果你不需要的话，至少答应我，你会和朋友或者家人待在一起。"

我点头微笑致谢，埃文继续吃他的意大利面。

"你问齐克他能否追踪到间谍软件的来源了吗？"

"没有。我不知道还可以这样。"

"我也不太确定，但是如果别人能做到，那他也能。还有——真没想到我必须得说出来——离科班·海耶斯远一点儿。如果他再假装威尔给你发信息，我再强调一遍，不要理他。如果他再给你打电话或者来你家，你就报警，然后把经过都记录下来。我们需要这些记录来让法院发布禁止令。"

我桌上的手机嗡嗡地响了起来，戴夫的头像出现在屏幕上。

"我弟弟，不介意的话？"

埃文朝我挥挥手，"去吧。"

我拿起手机，用手指堵住另一只耳朵，以此来降低餐厅里的噪音，"嘿，我能晚会儿给你打回去吗？我正在吃饭呢。"

"不，没门儿。你知道我给你发了多少条短信吗？整整十三条，母亲找不到你，给我打了至少两个电话了。她担心坏了，你在什么鬼地方呢？"

"对不起，你都不敢相信我这几天经历了什么。"

自从我上次见他到现在，虽然才过了两天，但其间发生的戏剧性事件比两个月的都多，我将这些事迅速地给他讲了一遍。我挑重点给他讲了蒂芙尼、第二个便条、自称是威尔的信息、齐克通过手机追踪到文宁斯的地址这几件事。

当我提到科班透过窗户看到我时，戴夫打断了我，"真见鬼，爱丽丝，你报警了吗？"

"埃文和我正在说这个问题，这也是我在忙的原因。你可以帮我给母亲打个电话吗？告诉她我很好，明天早上我会给她打电话。"

"我会告诉她的，但是你知道她会继续给你打电话的。我建议你还是接一下，就算是帮我俩一个忙。哦，对了，你看到西雅图警方发来的邮件了吗？"

"没有，怎么了？警方说我们什么时候能拿到报告了吗？"

"他们已经给你发过去了。"

"全部吗？"

"全部。火灾的情况，对威尔不利的证据，全部都发了。"

"然后呢？说了什么？"

"鬼才知道，简直就像在读西班牙文一样，一句话我只能看懂四五个词。不管怎么说，你要是有时间还是看一眼，然后给我回个电话，我们俩也许能把这些警察专用语翻译过来。"

我看着桌子那边的埃文，他正切下一大块带酱的面包放到他的盘子里。

"交给我了。"

埃文同意过来看一下警方给出的报告，但我只能在我家里用笔记本电脑给他看。尽管我们俩都没有直接说出来，但我们都清楚结论背后的缘由。埃文想确认没有人潜伏在我家空房子的角落，有了今天这个骇人的发现以及冲出科班后院的事，我也想让他帮我确认一下。

尽管黄色的灯光洒在大街上，我的房子在夜晚天空的衬托下，仍然是一片漆黑。

"说实话，"我说着，从黄铜钥匙扣上找到家门钥匙，"有你陪我回来，我感觉好多了，我早上出门的时候真没想到得天黑才能到家。"

埃文点亮手机，凑到门把手旁照亮，"那确实够瘆人的！"

我推开门，迎接我的却是悠长而响亮的警报声。我快步跑向报警器输入密码，埃文四处摸索着灯的开关。他找到了，整个大厅都亮了起来。

"警报响起就意味着这里没有人。"我指着装在大厅墙角的移动感应器，"每个房间都有这玩意儿，安装的人告诉我，这东西的灵敏度很高，在晚上照样好使。"

埃文似乎并不确信。他从四周的角落一直检查到前厅，然后把头转向另一边。

"我还是想自己看一遍，你不介意吧，嗯？"

"实际上我还要谢谢你，真的很感激你。"我打开固定的门闩，重新设置了警报系统，然后让他和我一起去厨房，打开过道的灯，"要喝点什么吗？我这儿有苏打水、啤酒、红酒，如果你想要的话还有更烈的。"

他打开食品储藏室的门，然后关上了，"来杯红酒吧，谢谢。"

我让他在我房子里转转，检查一下门、门把手还有窗户。我打开一瓶黑皮诺，拿着酒和两个玻璃杯走到另一边，从笔记本电脑中找出西雅图警方发给我的邮件。几分钟之后，埃文回来了，他看起来放松了许多。

"都检查过了吗？"

"都查过了。"他坐在高脚凳上，眉头紧皱，眼睛盯着电脑屏幕。

"这看起来像份事故报告。"

我把桌子上的一杯酒给他推过去，向他那边靠了靠，从他肩膀旁边看着屏幕。

"对，然后呢？"

"说真的，这并没有给我们提供什么新的信息。大火烧死了威尔的母亲和邻居家的两个孩子，警察在旁边的公寓里发现了助燃剂，但是接下来发生了什么？"

我耸了耸肩，"那个办案员呢？他负责调查威尔，戴夫和我认为他可能知道得更多。"

埃文浏览了一下文件，"怀亚特·劳丽，你有印象吗？"

"没印象。"

"我明天看看能不能追踪到他。你和你弟弟检查过法庭记录吗？"

"没有。"

"那些文件能向我们展示大火之后的情况。要是有搜查令或者逮捕令就好了，或者案件上了法庭那就更好了。那样我们就能把故事拼接完整了。"

我现在连骨头里都是满满的失落感，感到整个人都很沉重。

"唉。"

他简单地浏览了一下，然后肩膀轻轻撞了一下我的肩。

"爱丽丝，这不是什么坏事。警方可以推托，不给我们看报告，但法庭记录却是公开的，在网上很容易就能找到。"他点着鼠标，粗壮的手指在键盘上敲着，"找到了，美国华盛顿西区的地方法院。这是什么时候的事？"

"1998年或者1999年。"

"呃，那时候可能还没有电子档案，但我们至少能找到一两份材料，最好是总结性的材料，这样最起码能拼得出事情的大概。"他填完一份网上表格，点了提交。两秒钟后，屏幕上出现了结果。

"搞定了，你有打印机吗？"

埃文和我各坐在沙发的一头，一堆打印出来的资料铺在我们中间的垫子上。资料也没有太多：一些是法庭记录，还有一些是关于那场大火的新闻报道，其他也就没有什么了。迄今为止，我们还没有从资料上获取任何新的信息。

埃文说得对，小部分原因是因为我们在网上获得的信息不完整，一两份资料只是单页的信息总结。

更大的问题还在后面，对威尔不利的证据，充其量是概括性的。汽油桶是在 1997 年买的，它不会和任何在雷尼尔·维斯塔的人扯上关系。威尔家旁边的房子先起的火，那栋房子没锁过门，也一直没有人租，调查人员发现了一些无法识别的 DNA。这对调查并没有帮助，后来才知道，那个调查员是个瘾君子，那时正在雷尼尔·维斯塔妓院。这件案子被搁置了很长时间，陪审团才做出最终判决。

我坐在沙发上，把正在读的文件一扔，重重的挫败感油然而生。

"这感觉就像是在做无用功。我的意思是，开始我只是想了解威尔的过去，但是现在……现在我不确定。我的意思是，发生了的事终究不会改变，我不知道这有什么意义。"

埃文却没有表现得那么悲观，"如果要说我在工作中学到了什么东西的话，那就是一直追查下去，直到得出完整的结果。如果你想知道威尔在出事之前每周、每月甚至每年在想什么的话，那你就需要知道威尔所经历的那些塑造了他性格特征的大事件。"他"啪"地拿出一张纸，"我敢说，那场火灾就算是一件大事。"

我不情愿地耸了耸肩，我们继续读那些材料。

从那些文件中，我还找到了戴夫和我在社区之家见到的那个老头的信息，起诉的主要证人是一位妇女，名叫科妮利亚·哈克，住在 47 街区，公寓侧面遗弃的房子是起火的地方。早在法庭上时，哈克女士就做过证，在失火那天晚上她听到威尔的父母在打架，但是她听到的不是两个人的声音，而是三个人——两个成年人，一个男青年。哈克女士之所以能分辨出这些声音，是因为她有好几个孩子，她听得很仔细，确定不是威尔和朋友们在打闹。

午夜时分，万籁俱寂。一个半小时之后，房子就开始起火了。哈克女士逃了出来，但她却失去了一切，而且她和大多数居民一样，都没有买保险。

"你觉得哈克女士居心叵测吗？"我说道，伸手去拿酒。说起这个名字，我又想起了其他一些事，我的记忆又回到了以前。

"应该是，尤其是她经常报警这件事已臭名昭著，她还指控格里菲斯夫妇打破了她平静的生活。她还说，我引用一下：'生活那么混乱，我甚至都没办法正常思考了。'"

"另外，她的孩子在哪儿？她在法庭上提到过孩子，但火灾现场报道却对她的孩子只字不提。"

"如果他们不是目击者也不是受害者，那我们就可以说他们是旁观者。"

记忆碎片放对了位置，最终完全显现。我从未见过威尔的那个高中朋友，因为他离开后去了哥斯达黎加，专教那些富有的旅行者冲浪。他叫哈克。我一直以为哈克就是他的名字，但现在我不那么确定了。他是邻居家孩子中的其中一个吗？

我把头靠在皮革沙发上，闭着眼睛思索从哪里着手去解开这两周以来的疑惑。从坠机事件开始，从雷尼尔·维斯塔开始，还是从那些纸条和短信开始？我回想起威尔离开的那个早晨，那时我们的婚姻还是世界上最简单的事。我们只会让对方感到轻松、舒适、快乐。如果我那时候就知道现在发生的事，我还会有当时那种感觉吗？

我摇了摇头，重新梳理了一下思绪。

"那现在要做什么呢？"现在已经九点四十五了，我现在最想做的就是上床睡觉。

"我明天早上会让助理过来帮忙，我们可以看看她能不能找到其他相关的信息。"

"不是，我是说科班，我们应该联系警方吗？"

"跟他们说什么呢？"

"呃，就说我今晚告诉你的那些事情啊，短信、追踪器、我离开时那不怀好意的笑。"

"不怀好意的笑并不算是犯罪，而且严格来说，发短信也不是犯罪！"

我坐在沙发上，稍微挺直身子，"他假装成我死去的丈夫！"

"这可能算是。我们现在所能确定的是，齐克通过那个号码追踪到的房子，科班只是在里面出现过，谁能说威尔没有躲藏在地下室里呢？我们不知道科班是否随身带着那个发信息的手机，甚至都不知道他是否住在那儿。如果真要说，反倒是你犯了罪，因为你侵犯了别人的隐私。我知道这听起来很让人沮丧，但我的意思是，在我们去找警方之前，还需要搜集更多的信息。"

"好吧，那追踪器呢？"

"我再说一次，我们没有证据说那就是科班放的。不幸的是，这是一个科技比法律发展更快的时代，那些间谍软件是合法的。除非齐克能用合法的、非黑客使用的方法查到科班使用了追踪器，否则我们很难证明他有罪。"

"那不是警察应该做的吗？"

"警察在获得充分证据后才能采取行动，但我们现在没有证据。从这一点上看，对科班的怀疑也只能是怀疑而已。"

"那法院禁止令呢？"

"我们能申请暂时的保护令，但再往下就没有多少能够争取的了。我们必须揭发他的行为已经侵犯了你，并且威胁到了你的安全。但那个家伙给你割完草，你还递给他一瓶啤酒，这一事实让你很难申请禁止令。"

我长叹一口气。

"听着，我不想让你为难，我只是告诉你办事的流程。我们明天早上首先要做的是找个私人侦探，然后再根据他的调查做下一步打算。这是我们最好的行动方案，这样你能接受吗？"

我勉强点了点头。

"好的。"他双手拍着膝盖，把双腿从沙发上伸开，低着头对我笑了起来，耸耸肩，把手插进裤兜里。我看了他很久，没有了律师的一贯作风，他悲伤的眼神使我想起那个让我心痛的大男孩儿。

"你确定你没事吗？"

"当然。"我的嗓音里透着一丝恐惧，我试着用笑容将其掩饰。看他撇着嘴，我就知道我被识破了。

"如果你不想和我待在一起，你可以去住旅馆。"

"我很好，我已经装了一款叫作迈克老爹的警报系统，不记得了吗？"

"记得。"

埃文伸出一只手，把我从沙发上拉了起来，我和他一起走向前门。他走近门把手时，停了下来，紧皱眉头转过身来，"齐克有给你回信吗？"

我从兜里掏出手机，查看了一下，"没，还没呢。"

"我想知道他为什么花了那么长时间，我会在回去的路上给他打个电话，要是他有进展的话我会告诉你的。明天我们要商量一下去见蒂芙尼的计划。"

"听起来不错。"

"那好，机灵点，关好门，不要给任何人开门，相信你的直觉。哪怕你发现有一点不对劲，赶紧去按应急按钮，装了就要拿来用。"

"埃文，放心吧，我不会有事的。"

他没有再说话，猛地拉了一下门把手，警报声响了起来。

"哦，该死的。"我赶紧来到控制台，输入密码，刺耳的警报声停了下来。凭经验我知道接下来会发生什么，我跑进厨房，手机已经响了一会儿了。

"拉格比，拉格比，拉格比，"我以问候的方式说道，"抱歉，我保证这是最后一次！"

"格里菲斯女士，您没事就好，晚安。"我挂了电话回到客厅，我的心也放了下来。

埃文还站在那儿，手插在兜里，咧着嘴笑得很开心。

"还不错，至少我们知道这些装备能正常工作。"

"我邻居会讨厌死我的。"

他把我拉到身边，给了我一个拥抱，用他的螳螂长臂把我抱在怀里，他身上有种不熟悉的洗发水和润肤液的味道。有那么一秒钟，我又想起住他客房的那个建议，和那个建议一样，这个拥抱也很尴尬。这个拥抱太紧，太亲密，让人猝不及防，他的下巴抵着我的头顶，他干燥温暖的手在我的脖子上抚摸。

我挣脱着将他推开。

"注意安全，好吗？"我点了点头，他笑着说，"明天早上我给你打电话。"

他走出房门，站在门廊那里，我在他后面插上了门闩。他指了指警报器的密码板，我朝他挤了挤眼，重设了密码，然后透过窗户朝他竖了竖大拇指，表示警报器密码已经重新设置好了。他确定我安全后就快步上了车，过了一会儿，就离开了。

我关上门廊的灯，想了一下，又把它打开了。

如果有一个夜晚要把所有的灯都开着的话，我是说每一盏灯，那就是今天晚上。我把脸贴在窗户的边框上看着外面漆黑的夜，在黑暗中能隐约看到一群维多利亚人从街上走过，他们的影子若隐若现。楼上的一扇窗户有光亮照入，除此之外，万籁俱寂。

"我以为他会留下来过夜呢。"一个熟悉的声音出现在我的身后，我心跳骤停。

第二十八章

我一动不动，惊慌和恐惧油然而生。

"什么⋯⋯你是怎么进来的？你是如何躲过警报器的？"

科班从阴影下走到前厅，打扮得就像詹姆斯·邦德电影里的坏人头头儿。靛色的牛仔裤，黑檀色的毛衣，黑色的帆布鞋，穿着利落，精心搭配，如同外面的黑夜一般。他看起来好像能在我房间里的墙上攀爬，从窗户窜出去不发出任何声音。谁知道呢？可能他就是这样进来的。

"我从你的高科技专家丈夫那里学到了很多，包括如何躲过警报器。"他发出啧啧声，脸上再次露出不怀好意的微笑，比今天下午我从他院子逃跑时看到的更让我害怕，"我告诉过你我知道是怎么回事，看起来你没有当回事啊。"

他的话进入我耳朵几秒后我才恢复了心跳，又过了几秒我才明白他话中的含义。我要把什么当回事？然后我突然明白了，科班在说从 678 那个号码发来的短信：我知道如何避开警报器。

"等一下，是你发的那条短信吗？你就是那个一直给我发信息的人？"

他抬起双臂暗示我们之间的距离——隔着一个大厅，一座房子——我将其视为肯定的回答，这说明另外一条信息也是他发的。来自同一个号码的第一条恐吓信息，目的很直接、很犀利：告诉我威尔把钱藏哪儿了，否则你的下场跟威尔一样。

我看向科班的眼睛，黑曜石一般，并不像精神错乱掉了。我想他真会那么做，会直接杀掉我。

但他为什么要这样做呢？为什么要用一个手机号码给我发恐吓短信，而又用另一个号码假装成威尔呢？这说不通啊，我耳朵里的咆哮声变得很空洞，就像是自己沉入了海底一样。

"听着，我不知道钱在哪儿，而且前几天我才知道有这笔钱这回事。"

"你当然不知道。"他话虽然这样说，但语气却不认同。他的语气明显表明我知道钱在哪儿，而且，如果必要的话，他真会那样做。

在我拖着步子慢慢往后退，靠近警报器时，汗水顺着我的乳沟往下流，我努力去想能够分散他注意力三秒钟的方法，我会用这三秒钟去启动应急按钮。哪个傻瓜设定的这个时间？当你惊慌失措时，三秒钟简直就是永世。

我又后退了半步，"说实话，科班，我找遍了整个房子，钱并不在这儿，你要是不相信我，你可以自己找。"

他眯起眼睛，集中注意力盯着我肩膀上方的控制面板，"你真以为我很傻，是吗？"

没听错的话他这是在反问我。我并没有回答他。

他抓住我的手腕，把我拽向房子里面的走廊，这让我离警报按钮更远了。

我在后面一路跌跌撞撞，观察着他的腰带处，看他有没有带枪，看他的紧身衣里有没有藏着匕首。在我看来，他什么也没带，不过他也不需要。他那强健的身体就是他的武器。

他把我拽到厨房，让我转过身去，把我按在洗菜池的水槽口处。

"你有什么计划，爱丽丝？悼念威尔一两个月，然后拿着保险金离开这座城市，然后美食、祈祷、恋爱，然后再找回自己的青春吗？"他学我的话讥笑道，眼睛里充满了怒火，"这倒也是，你们两个人能玩得更嗨。"

我不知道该说什么，但他似乎在等我回答，我能想到的就是：我……我不知道你在说什么。

"他在哪儿等你？南美？东欧？墨西哥？"他发出令人不快的声音，鼻子哼哼着，厨房里瓶瓶罐罐反射的光把他头上的汗珠照得闪闪发亮，"墨西哥不算，太热了，我们都知道威尔更喜欢凉爽的气候。"

我摇了摇头，心跳再次加快。我在计算，将科班假装我去世的丈夫给我发的八十七条短信的逻辑连贯起来，从他现在说的话来判断，威尔似乎还活着。

但是科班之前却试图用奸计欺骗我。

有那么一两秒钟，我想到顺着他的幻想说下去还是有用的。如果他认为我也参与了盗窃的话，那这样做倒是个迂回策略。

但他向前凑了两步，看到他脖子纵横交错青筋暴起，我所能想得到的就是他的愤怒和怨恨，这让我又一次退缩了。

"我知道那纸条还有短信都是你发的，对吧？"

他气愤地诡笑道："我还一直以为一切都是巧合，AppSec公司查到他头上时，他正好坐飞机去了他最讨厌的城市。"他摇了摇头，"不会的，这不可能。虽然我确实相信了你，还以为昨天的眼泪太让人感动了，你简直就是个演员。"

他向后退去，我从他身边掠过，往厨房里面走，但是每当我们俩之间有一两步的距离时，他都会大步跟过来。就像猫捉老鼠的游戏，他疯子一般在我的厨房手舞足蹈。但是现在我快走到大厅了，我停下来计算了一下那里到后门的距离。如果我能走到那儿，我所要做的就是把门打开，然后拉响警报。我能走到那儿吗？

他笑着看着我的脸，"你看到一个黑影跑过去了吗？不要害怕。"

我把话题又引回安全地带，"我并不是在演戏，我是一个悲伤的寡妇，发现自己嫁的这个男人是个贼，一个从他老板那里偷走了四百五十万美金的贼。"

"是五百万。"

"什么？"

"足足五百万，是我偷的，我才是想出这个计划的人，威尔只是实施者而已。"他挺起他的胸膛，用拇指戳在心脏中间，"你知道整个过程有多复杂吗？你知道我要攻克多少楼层才能搞到CSS里的股票吗？只有拥有超高技能和智慧的天才才能想出这个天衣无缝的计划。多亏了我，我们才能得到那五百万美金。"

没有人会独吞这笔钱，对吗？尼克把钱全拿走了。

我突然意识到科班就是个自恋症患者，要不就到了自恋症的边缘了。过分自恋是精神失常的一种表现，但并不典型，这也解释了为什么我之前没有发现他精神失常。自恋症患者善于伪装，看不出来精神错乱，所以很难被发现。

"什么是CSS？"我说着将两只手插进黑色牛仔裤兜里。这是一个很随意的动作，但也是个很谨慎的动作，我的手机在兜里，冰凉坚硬的手机贴着我的手，让我松了一口气。我把手机调到静音，幸好他不知道我的手机在兜里。

"应急安全系统，保护着 AppSec 公司 2013 年风险投资盈利的股票。我告诉威尔将这些股票全都转到我在巴哈马成立的公司名下，然后抛出去换成现金。威尔自己压根就想不到这些。他可能是电脑方面的能手，但要说到做生意，他就不行了。"

虽然我没怎么听，但还是眉毛上扬，表示他很了不起。我要让他来说，让他尽可能地多说。

"但威尔肯定是搞砸了，因为 AppSec 公司发现了。我和

317

威尔的老板谈过，他告诉我他们请了两个法务会计师来追回这笔钱，所有的迹象都指向了威尔。"

就在这时，来了一个电话，手机在我的大腿上振动。我能滑锁接听还不被他发现吗？

科班耸了耸肩，意思是然后呢。

"我们都知道他们最终会查到的。"

我被他的冷漠吓到了，拿手机的手指都僵硬了。我在这儿站了一会儿，审视着科班困惑的表情和噘起的嘴唇，想起那两份新的保险单，还有床上那张家务活儿清单，答案已经揭晓了。

我摇了摇头，不再去想这些事。"你会消失的，对吗？我的意思是你们俩一起消失。你和威尔早已经打算离开，所以飞机坠落时，正好钱也不见了。你确定他把所有的钱都带走了。"

我的手机还在振动，我把它转到语音邮箱，然后又响了起来。

"你告诉我威尔把所有的钱都带上了飞机。"

我皱起眉头，努力去想自己说过的类似的话。"对吗？"

科班点了点头，"你在告诉我你抽屉里的便条时说的，不记得了吗？威尔留下来的便条。"他的提醒让我心跳加速，还没来得及反应，他又向我靠近了两步。我向后退，但已无路可退，都退到厨台旁了。"但他犯了一个致命的错误。"

"什么错误？"我的声音很弱，真讨厌自己听起来懦弱的样子。

他露齿而笑，狼人般的獠牙衬得皮肤乌黑如炭，"威尔居然把这么美丽的妻子一个人留在这儿。"

我的皮肤一阵刺痛，犹如吞下了一只恶心的刺球。

"你知道，我像威尔一样了解你，我的意思是不只是表面的东西。你聪明、可爱，有很多优点。"科班的手对着我上下挥动，眼神往下看，越来越往下，"优雅、性感。威尔真的非常非常幸运。"

"曾经是。"我纠正了他一下。害怕和恐慌使我反应迟钝，我已经无法理性思考，说话很慢，吞吞吐吐。

他双手交叉在胸前，眯起眼睛打量着我，"你知道，有那么一瞬间我确定你参与了威尔的失踪计划。但你并没有露出破绽，即使你把我发给你的信息当成是他发的。要么你是真不知道，要么你和威尔一直都先我一步采取行动。"

"我没有撒谎，我真的不知道。"

"嗯，我慢慢开始相信了。"他走向我，一直靠近，更近，直到我闻到他身上的香水味，"让我们把老鼠从洞里熏出来，怎么样？"

"什么意思？"

"我的意思是他不会回答我。"科班从兜里掏出手机，"但我们来看看他会不会回应你。"

在我说话之前，他就已经把一只胳膊架到了我脖子上，让我的头靠着他的头，拍了张自拍照。闪光灯闪得眼前一片漆黑，因为恐慌我只得老老实实看着摄像头。

我刚从白光中反应过来，科班已经收回了手机，手还在点击着屏幕。他把照片粘贴在邮件上——没有主题，也没有文字，只有一张合照，科班一脸微笑，我两眼苍白。几乎是同一时间，他就收到了一条信息。

"好消息，"他说道，把手机翻过来给我看，"你丈夫还活着，活得还挺好。"

你要是敢伤害她，我就割破你的喉咙。

撇开一切，不管心里那极端的恐惧，也不管这个知道如何避开警报系统并让我相信会杀了我的疯子，我内心是非常开心的。

威尔还活着。

我的手机嗡嗡振动起来，这次我从兜里拿了出来。科班没有阻止我，只是靠在厨台看着我，他那种令人不寒而栗的微笑又露了出来。

号码是一串很长的数字，很像是从国外打来的。我用手滑锁，放在耳边接听，我的声音小得几乎听不见，比我的心跳声还小。

"喂？"

"爱丽丝，离开那里！"

我立马哭了起来。过去两周，我一直梦到这个声音。我向上帝祷告，即使我并不完全相信。我愿意用我的所有去换取一个机会，一个可以再次听到这个声音的机会。最终——最终——这个声音在电话那头响起，我只能一个劲儿地哭。

"威尔？"

"你听到我刚才说的话了吗？科班这个人很危险，为了把我揪出来，他会伤害你的，甚至做出更极端的事。我现在正在路上，你赶紧离开那里。我不管你做什么，赶快离开那里去找人帮忙。就算是为了我好吗？"

威尔正在路上！我知道他说了好几句，但我只听到"我正在路上"这句，我丈夫正在回家的路上。

"快点儿！"

科班把手机从我耳边夺了过去，"对，哥们儿，你最好快点儿，你漂亮的妻子还在等着你呢，哦，不要忘记还有我的钱。你的那部分也要给我，这是对你耍花招的惩罚。"

"她性子很烈，像比利男孩。我打赌她在床上绝对是个女妖。她会打翻家具，叫得像个女优。你说是不是？"

听到科班的话，我胃里一阵翻滚。看到他眼神错乱，我挣扎着向后退，但他的手像铁钳一样死死地夹住我的胳膊。

电话另一端的威尔哇哇说了一通，但我听不清他在说什么。无论他说什么，都只会让科班更加得意。

他看向我，坏笑了一下，"不用担心，咱们还有其他事情要做。"

第二十九章

十几分钟过后，门铃响了，我的心都快提到嗓子眼了，威尔怎么会在这里？他藏身在哪儿？花园的小屋里吗？那他为什么不用钥匙开门而在那里按门铃，又或是选择一种更好的方式——直接从窗户进来，出其不意地发动攻击？然而，这些我都无从得知。

科班看了看表，眉头紧皱，看得出来他跟我想的一样。

一阵急促的敲门声过后，埃文压着嘶哑的声音喊道："喂，爱丽丝，你还在上面吗？我的钱包好像忘在上面了。"

科班狠狠地说道："真是麻烦！"

我回头在咖啡桌上看见了埃文破旧的皮钱包，埃文刚才坐下来时从裤兜里掏出来随手放在了桌子上，走的时候忘了拿。

"现在怎么办？"我问道。

科班抬头看了我一眼，心里盘算着怎么解决这个问题，我十分清楚，他一点儿也不担心埃文，相反，他担心我给埃文发出警报，我才是问题所在。

"用你的手机关掉警报，然后离报警按钮远点儿。"

埃文敲得更急更响了。

"爱丽丝，爱丽丝，听得到吗？"

"没事儿，我会解决的。"科班说着拿出手机，打开警报的应用程序——他的手机上也有这个程序，他就是通过这个绕开我的警报的——然后前门的报警器发出了几声鸣叫。他一把抓住我的手臂，把我拉到跟前，他的腕力很重，把我的胳膊都抓出了瘀青，"把钱包给他，让他赶紧走人，明白吗？不老实的话我就当着你的面扭断他的脖子。"

我点了点头，忍不住蠕动喉结，尽管埃文很强壮，但他肯定不是科班的对手。

"这样才对嘛。"科班把我转过来，狠推了我一把，"去吧。"

我有很多方式可以求生，比如给埃文使眼色；重新拉响警报并且使用紧急求助按钮；或是关上门逃生，但我相信如果我那样做了，科班一定会当着我的面伤害埃文，这我可无法接受。而且，如果我逃跑或是拉响警报，我就再也不可能见到威尔了。

因为这些，我选择去取钱包，勉强挤出一个微笑然后朝门口走去，穿过门廊两侧的玻璃。打开门，我见到了埃文，他双肩高耸，就像是驼峰一般，见到我之后他才松了一口气。

"你去哪儿了？"埃文说道，"我一直在叫你。"

"不好意思。"我的余光看见一个黑影一闪而过，那是科班藏身在黑暗中，"我刚才在取下戒指和耳环。"

他抬起脚准备要进来，但我挡住了他，我就那样僵硬地站在门口，一手扶着门。

一片寂静，静得可怕。

我拿出钱包，伸手放在他眼前，"给你，我在桌子上找到的。"

他疑惑地接过钱包，然后向左靠了靠，眼睛盯着屋里。

我的心跳都要停止了，房间里只有一个米黄色的沙发。科班要是在这儿，埃文肯定会见到他的。

过了一会儿，埃文直起身子，好像什么都没看见一样，"我去找过齐克了，很不走运，678那个号码是个死胡同，没有名字也没有地址，所以也就没有办法进行追踪。"

我面色凝重，假装失落，"嗯，好吧，但还是谢谢他了，晚安。"

我正要关门，埃文用手挡住了门。

"你怎么了？"看着他关切的目光，我摇了摇头。

"就是太累了，准备上楼睡觉。"

他轻轻摇了摇头，眉头微蹙，"你好像哭过。"

"这一天过得很艰难。"

"嗯，如果你愿意和我聊聊……"他没有再说话，只是盯着我的肩膀，尽可能地探身向里瞅。可是除了我身后的楼梯和亮灯的走廊，估计他也看不到什么。

"好吧，就这样吧，不打扰你了，谢谢你给我拿钱包。"他拿起手中的钱包晃了晃，与此同时他用口型对我说：你没事儿吧？

我挤出一个笑容，"客气了，明天再联系。"

我随即关上门，插上门闩，回到了客厅。

进入厨房的时候，我一直在颤抖，科班从阴影里闪出来，竖起手指放在唇间，示意让我安静。我们听到埃文的车门关上，然后他打着火，开走了。

"现在要怎么办？"

科班咧嘴一笑，"等着吧。"

电缆箱上的钟表显示快到十一点了。距我透过门缝把钱包还给埃文已经过去一个小时了，这意味着他没有起疑心，如果埃文报了警，警察现在也早该来了。

警察并没有出现，我们还在等待威尔。

"麦克斯·塔尔梅，"科班不再踱步，看着我说道，"你没听说过这个名字吧？"

我摇了摇头，感觉好像已经好几周没睡觉了，肾上腺素的分泌早已超负荷，我几乎都站不住了。

科班愤怒地朝空中挥拳，一把掀起桌布。

"丹尼斯·夏玛、安德烈亚·韦罗基奥呢？听说过吗？"

"没有。"我忍着哈欠回答。

"他们分别是阿尔伯特·爱因斯坦、史蒂芬·霍金和达·芬奇的导师。"

"哦。"

科班喋喋不休，一直在不断重复那些冗长且毫无意义的话，好像发了疯一样，我早已充耳不闻。

"为什么威尔拿走了所有荣誉？这个世界到底怎么了？为什么大家只关注四分卫而忽视其他团队成员？只记得领唱而忽视其他乐手？在现实生活中，我们才是那些杰出者。没有我们捧着他们，他们哪儿能有今天？"

科班是一个典型自恋者，盲目自大，利欲熏心且冷酷无情，这是他内在的本质，一旦被激怒，他也就不再伪装。

"有点儿像奈塔·斯努克。"我说道，一个自恋的人最想要的就是别人对他聪明才智的奉承。

"那是谁？"

"教阿米利亚·艾尔哈特驾驶飞机的那个女飞行员。"

"一点儿没错！"他在我的脸上戳了一下，"你终于知道我在说什么了。"

我想他愤怒的不仅是威尔拿走了所有的钱，还弃他而去，科班感觉被抛弃了，这让他感到愤怒。科班又像先前一样来回走动，嘴里抱怨着为何没人欣赏自己的才华，他说他是如何想出了好点子，把股份转到巴哈马的一家公司而不是兑换成容易露馅的现金，并且他还知道在什么时间能把这些股票卖个市场最高价。要不是因为科班，威尔可能还在街角卖着廉价的包呢，自负的人都喜欢玩弄弱者。

科班终于停止了演讲，皱着眉头看着我，"我怀疑威尔放我们鸽子了。"

　　"他不会的。"我无比坚决地说道，威尔的所作所为已经说明他爱钱胜过爱我，他为什么不让科班强暴我？为什么不让他报仇？

　　他偏偏说他马上就到。他说自己已经在路上了，威尔说的话——我非常抱歉——在我脑海中回响，这话就像他坐在我旁边亲口对我说的一样。我甚至想象着他驱车在一条泥泞的墨西哥道路上，一只手在车窗外挥舞着。

　　但这是不可能的，科班有一点说得对，威尔讨厌待在墨西哥，非常讨厌！

　　突然，科班的目光移到了后门，"你听到了吗？"

　　我从沙发上起身，侧着耳朵听了一会儿，"听见什么？"

　　"嘘！"他抬起头，手指着一个方向，"那儿。听到了吗？"

　　其实我听到了窗外的一些声响，像是什么东西嘎吱嘎吱作响，或是树枝折断的声音，突然间邻居家的狗发疯似的叫了起来，其他的狗也都跟着叫，这像极了卡通片里的场景，所有的狗都咆哮着以警示彼此有流浪狗的入侵，不同的是这次它们是在提醒科班窗外有人。

　　我翻身坐在沙发上，把手放在额头前，趴在窗前努力向外看，外面一片漆黑，就像无底的黑洞，不远处的狗叫声此起彼伏。这时家里的座机响了，科班眉头紧皱，我知道他这时跟我想的是同一件事——为什么威尔不像上次一样直接打电话给我？电话再次响了起来。

"我是不是应该……"

"不要动。"他大声喊道，然后去厨房拿出座机，看着上面显示的电话号码。

"电话号码是 770，"接着他大声把号码读了一遍，"知道这是谁的号码吗？"

我摇了摇头，"不知道。"这时我的手机响了起来，提示有一条语音短信。就算窗外有人，我也不可能听得见，因为窗外的狗一直在叫，我的心也在扑通扑通地跳。过了两秒钟，电话又响了起来，这次刚一响科班就按下了接听键，"你好。"语气不像是疑问更像是在盘问。

科班的表情就像乌云掠过太阳一样，上一秒还是晴天，下一秒就变得阴沉，无论是谁打的电话，都一定会出乎他的意料，让他感觉不快。

科班说道："你搞错了，伙计，我是来做客的。爱丽丝是我的……"对方打断了科班。看得出来，科班努力想要安抚刚才打电话的人，自负的人都擅长伪装。尽管他没说话，一直在聆听，但他可没闲着。他全神贯注，两眼扫视着窗外，晃动着身体，像一条伺机而动的响尾蛇。

"我很乐意效劳。"科班说道，他的声音充满磁性，"我刚给她打了一针安眠药，我不知道你是否听说，她刚失去了丈夫，

328

情绪还不是很好。"

隔壁的灯亮了，从里面透出至少三个人影来，但一眨眼的工夫，人影又消失不见了。科班冷冷地说道："我看见了。"

看见了什么？我什么也没看见。威尔在我的窗外吗？他到底在哪儿？我盯着窗子，想努力从科班的表情上看出点什么，但我什么也猜不出来。

科班用电话听筒敲着我的头，"告诉那些条子你很好，说这只是个误会，我是你的客人，让他们滚出去。"我还没来得及回应，他又用那令人厌恶的声音说道，"不用了，我自己来。"

"给我滚出去，你们这些浑蛋。"科班嘴里念叨着，把手里的听筒摔到地上，叹了口气，"看来我们遇到了点小麻烦。"

在其他情况下，科班这么说可能是好事儿，但现在他的回答帮我减少了一些疑惑。至少我现在已经知道，这栋房子已经被警察包围了，而科班盯着我，看上去不知道该拿我怎么办，这可不是什么好事儿。我坐的地方是唯一的出口。他现在是个困兽，已经没什么输不起的了。窗户另一边的人只要开枪，我就能得救。

但警察会这样做吗？朝一个手无寸铁的人开枪？科班一定也在想同样的问题，他双手高举在窗前转了一圈，脸上挂着笑容，像是在说："散了吧，这里没什么可看的。"

我记得接下来发生的所有细节——子弹穿透窗户，打碎了一整片玻璃，与空气摩擦产生了火花，"嗖"的一声从我身边穿过。子弹击中了科班，他的头猛地后仰，向后倒下，血和脑浆溅到身后的墙上，像是波洛克（美国现代艺术家，擅长泼画）在作画一般。二百多磅的血肉之躯快速砸向地面，像发生了地震一般，地板一阵颤动。

然后后门被踹开了，涌进来一队便衣武装警察，他们都把枪口对准科班。有个警察蹲下来查看他的脉搏，可能这是必要的程序，其实完全没有这个必要，因为科班的眼睛圆睁，额头上还有子弹穿过后留下的洞。蹲在我身边的一个女警官抬头问："夫人，还好吗？"她用手摸着我的脸和脖子，指尖触碰到我颤抖的肌肤。她把手拿开时，满手都是血迹，我想说这不是我的血，但牙齿颤抖个不停，所有的话都随着一声枪响咽回肚子。她身后一名身材高大、留着黑发的男人在控制局面。

"你们谁他妈开的枪！"他脸色发青，大声地叫道，唾沫星飞溅，"嫌疑人没有携带武器，该死的！"

女警官始终把注意力放在我身上，她到沙发那里给我取来一件羊皮外衣披在肩上，"你在发抖，需要取暖，别着凉了。"女警官转过身朝房间里喊道，"这里能叫到救护车吗？"

救护车呼啸而来，上面下来一队人扛着担架一路小跑，但他们进入房间装科班的尸体时明显放慢了脚步。一名医生拿着医疗袋，离开队伍向我走过来，一边零零碎碎地问我一些问题，一边给我测血压，检查我的身体。

原本警察在房子周围设置了警戒线然后原地等待。谈判专家本来是要在房子前展开对话，然后劝说科班走出房子，并没有计划向科班开枪。现在科班已经躺在地上成了一具尸体，而在场的人没有一个承认开了枪。这让我心中有了猜测，我摇晃着站起身，走到咖啡桌边上，推开他们，挤到后门，他们想要拉住我，但全都被我甩开了，"威尔！"我一喊狗也跟着叫，于是我喊得更大声，"威尔！"

我打开后院的围栏四处张望，在黑暗处疯狂地搜寻，歇斯底里地喊着威尔的名字，想要找到他，我知道是他开的枪，我也知道他已经不在这里了，但我还是朝着天空大声喊着他的名字。我意识到威尔还活着，这简直太不可思议了。我弯腰蹲下，把胳膊抱在胸前，大哭起来。经历了今晚的事，我心中的愤怒和挫败变得更深了，它们就像潮水般袭上我的心头。

一双强壮的大手搭上我的肩头，把我拉起来，给了我一个熟悉的温暖怀抱。"没事了，"埃文说道，他用双臂紧紧地抱着我，"一切都过去了。"

第三十章

"格里菲斯夫人，"一个女人的声音说道，趴在埃文胸口的我抬起头来，看见警探约翰逊站在草边，我们上周在警局见过面，"如果方便的话，我想问你几个问题。"

我哪儿都不方便，浑身颤抖、肌肉紧绷、疲惫无力、倍感恶心，恐惧加上疲倦使得我的肾上腺素飙升。我紧紧抓住埃文的衬衫，大口吸气，感觉整个院子都在旋转。

"我想我得坐下来歇会儿。"

埃文马上就从朋友和安慰者转变到严肃律师的模式，"我的客户需要时间休息一下。"

约翰逊盯着我看了一会儿说："给她十分钟，但不能在这儿，因为后院是犯罪现场，而且你们都是当事人。"然后她向屋里看过去，十几个警察都在我的书房里拍照取证、收集证据。

"那去我车上吧。"埃文说，领着我去房子的另一边。

"那好，"警探约翰逊在我们背后喊道，"前提是就给你们十分钟准备，谢菲尔德先生。然后我就过来找她，明白吗？"

"明白。"

在房子前面，长长一排警车和救护车静静地停在路边。街上空荡荡的，只有他们车上的蓝红灯闪个不停。几个警察站在邮箱旁，挤成一排，挡住了看热闹的邻居。他们看到我俩往车的方向走去时，惊讶地抬头看着我们，埃文给他们简单地解释了一下。一个警察拿着对讲机嗷嗷叫，确认了一下埃文与警探约翰逊的协议，然后挥手让我们通过。

"在我们坐进车里之前一句话都不要说。"埃文小声地对我说。

我嘴巴紧闭，他让我坐在他路虎揽胜的副驾驶座上。我一坐上车，他就绕到车的另一边，钻进车后面，"砰"的一声关上了门。

"真倒霉，爱丽丝。你怎么什么都没有说？为什么不暗示我一下？"

"因为我在等威尔。我跟他说话了，埃文，他给我打电话了。"

"他打给谁了？"埃文似乎并没有那么惊讶，但他看起来确实很担心我。

"我。"

说这句话时，我意识到了一件事，开始摸索口袋里的手机。威尔给我打了电话，这就意味着我有他的手机号码，我可以给他打回去！我翻出通话记录并重拨了最上面的那个号码。几秒钟后，三声等候音响完了，我听到电话那边法语的语音提示，说得很慢很清楚，大概意思是说这个号码无法接通。

"为什么会这样？他一个小时前刚给我打过啊。"我按了挂机，又按了重拨，结果还是一样，愤怒、压抑的泪水再次夺眶而出。

"该死的！"我又接着打了一次。

埃文抓住我的手，不让我再拨了。"没关系。我们会想出办法来的，好吗？我们会找到他的。"

我迅速狠狠地点点头，但只是放松了一小会儿。到目前为止，埃文承诺过的事，他都想尽各种办法做到了。我深呼一口气，努力让自己放松。如果他说他会帮我找到威尔，他就一定会的。

埃文看我平静了下来，就回到他的座位上。"好吧。告诉我所有的事情，从我第二次离开开始。"

我本身就很激动，所以就很激动地开始给他讲述。我讲得乱七八糟，毫无章法，一窝蜂地兜了出来，说到撑不住才换下一口气。我一直在讲，埃文没有打断我，甚至连头都没有点一下，他只是一直盯着我的脸。

"我确定是威尔开枪杀的科班。他提前叫了警察，但当他看到警察不打算击毙科班时，他就自己动了手。"

"威尔不会叫警察的，爱丽丝。是我叫的。"

"什么？"

他用手扒拉一下脸，摸着胡须，点了点头。"你把钱包递给我之后，我总觉得哪里不对劲，回家的路上我一直在想我一

334

定是遗漏了什么，因为你给我传递的一些信息有点不对劲儿，你的警报器没有开，开门和关门都没有响，因为你压根就没有设置好警报器。"

"因为我们在等威尔来。"

"你这是在敷衍我。"

"什么，你不相信我？"

"不，我相信，我绝对相信你，但如果真像你说的，是威尔扣动了扳机，那就意味着他的罪名不仅仅是盗用公款那么简单了。假设不是警察干的，那他们会把科班的死视为谋杀，他们会出动警力寻找凶手。"

那晚发生的事耗尽了我的脑细胞。我努力平息体内汹涌澎湃的情感，它如同打地鼠游戏，让人抓狂。埃文的话让我过了好几秒钟才反应过来——他们会出动警力——他的话让我一愣，我挺直腰板吼叫道："这不对！威尔杀死科班是因为如果他不这样做，科班就会杀了我！"

"爱丽丝，科班可是手无寸铁。"

"所以呢？人们可以用手杀人，特别是像科班那样强壮的。而且，威尔非常了解他，知道他有什么能耐。"

"冷静，我是站在你这边的，还记得吗？我很高兴在科班没有伤害你之前有人开枪杀了那个浑蛋，但是你需要平静下来，好好想想对策，那些警察是从哪儿来的，尤其是他们已经得知科班来这里是为了钱，这就给了威尔杀人的动机，让威尔成了杀人犯。"

　　一种沉重和不快的感觉油然而生，我一开始就意识到这是失望感。真是可笑，我在这里期待什么呢？期待威尔回家？期待他道歉，乞求我的原谅？然后我随便找个理由原谅他，再像往常当作什么事也没发生过一样？除了威尔给我们的婚姻刻上了谎言和背叛的印记以外，那五百万还没有找到，还有一个人——一个可怕、可恶、卑鄙的人——被谋杀了。我们再也回不到过去了。

　　埃文的眼神掠过我的肩膀，向一旁示意，我扭过头看见约翰逊站在我家门前，正在盯着我们。

　　"她已经起了疑心，"埃文凝视着我的眼睛说，"无论你告诉她什么，她都会找出和你说的不一致的地方。"

　　"你是想要我撒谎吗？"

　　"不是，我想告诉你，好好想想你将要说的话。"

　　我眯着眼睛看着埃文，这话听着还是那么让人讨厌。

　　"你的时间不多了。"警探约翰逊一定是向埃文示意了，因为我看见他冲她点头了，"我会说你受到了惊吓、精神不稳定来拖延时间，但是你今天晚上必须要跟她去录口供，她了解到一些基本情况后才会放了你。"

　　我叹了口气，努力让自己不去胡思乱想，但想法又杂乱不堪，我太累了。疲惫让我变得懒散，就像脑细胞在高粱饴中游荡。我把头倚在靠枕上闭目养神了几秒钟。

一只温暖的手抓住了我的手腕，"爱丽丝，你听到我说的了吗？"

"我听到了。"我睁开眼睛，叹了口气，伸手去拉车门，"让我们来了结这件事吧。"

当你知道要寻找什么时，识别谎言就变得非常容易。你可以通过不安和时不时的小动作看出来，如果一个人矫枉过正，他会一动不动，一直等到最后；通过他们呼吸节奏的改变，或者他们提供的很多信息，重复某些词，提供无关紧要的细节来判断；通过他们拖着脚在地上磨蹭、摸下巴、把手放在咽喉处等方式判断。这些都是基本的心理学知识，这些心理迹象表明身体出卖了你所说的话。

所以，警探约翰逊问我和科班·海耶斯是什么关系时，我一脸镇静地看着她，"他是威尔在体育馆认识的朋友。"

我们三个人挤在我家的私人车道上，埃文和我肩并肩靠着，约翰逊在便签上快速地记着什么。狗终于不再叫了，但空气却异常寒冷，街上依然喧闹。

目前，媒体已经听到了一些风声，好几辆新闻车停在马路牙子边，卫星天线正对着星星。十几个记者在车前排成一排，把相机和麦克风都固定在草坪上。埃文迅速挡在我的面前，尽可能让我的脸远离新闻媒体。

警探约翰逊根本不在乎，继续审问我："埃文什么时候来的？"

"十点左右。"我语气平和，呼吸均匀，只回答她问我的问题，不多也不少。

"那他为什么待那么长时间？"

"因为他居然认为我丈夫还活着，还声称威尔欠他的钱。"

听到"居然"时，她提了提眉毛，"上个星期四，你拿着一份声明找我时，还签了字。我问你是否确定相信你丈夫在那架飞机上，你说你不确定。你也认为他还活着。"

"连续好几个星期，我都比较情绪化。"

实话说，这种误导——就是一种谎言。

警探约翰逊把我的答案用粗记号笔圈了起来。在她问下一个问题时，我就知道她要说什么了。

"那现在呢？你依然认为你丈夫还活着吗？"

我皱着眉，露出半开玩笑式的表情，"那我岂不是像科班一样疯狂了，不是吗？"

"这不算答案。"

她问的也不算是个问题，我不准备回答。

"格里菲斯夫人，你丈夫有枪吗？"

"我印象中没有。"

"那他去打过猎或者去过射击场吗？"

"你是在问他会不会用枪吗？"

"对。"

"还是没有印象。"

"够了，天太晚了。"埃文一只手搂着我的肩膀，"我明天早上给你打电话，在格里菲斯夫人休息好之后，尽快再安排个时间进行充分采访。"

约翰逊看起来并不开心，但她还是松口了。当我走向埃文车子的时候，她一直盯着我。

记者们早就准备就绪，他们像赛马一般，从大门蜂拥进来，快速穿过草坪，拿着麦克风和相机。他们大喊着我的名字，问一些乱七八糟的事情，我全部都回答不上来。

"无可奉告。"埃文大喊，用手挡住了他们，不让他们靠近我。然后他把我推进车子，快速发动引擎，开车离开了。

"你应该休息一下。"当车开到街角时他说道。车里开着收音机，音量很低，是一个乡村频道。车里全都是埃文的味道，干净清爽。"到了我会叫醒你的。"

我躺在座位上，打了个哈欠，"去哪儿？"

"我家。在你说话之前，我是不会送你去宾馆的，你也别问了。"

我不问，我已无力再与他争执。我闭上眼睛，迷迷糊糊地睡了过去。

第三十一章

　　我醒来后，发现自己身处一间诡异的屋子，我恍惚了一两秒，才想起来这是埃文家的客房。这里有一间私人浴室，门上带锁，跟他描述的一模一样。这张床简直太舒服了，我在上面晃悠了几下，开始回忆我是怎么来到这里的。我只记得埃文说让我好好休息，还没走出我家的小区，我就已经困得睡着了。

　　昨晚发生的事情如同放电影一样在我的脑海一一浮现，一个黑影从我前边屋子里的阴影中走出来，我听到威尔让我离开。我还记得科班那淫秽的笑容，他的脑袋撞在墙上，鲜血从脑袋里迸发出来，弄得地毯上到处都是，十分血腥。

　　没有任何征兆，一阵强烈的呕吐欲涌了上来。我急忙跳下床，奔向厕所，还好没吐到外面。我已经很久没有吃饭了，胃里空空如也，但我还是一遍一遍吐个不停，吐得只剩下胆汁了，虽然呕吐感散去了，但那种眩晕感还在。

　　我断定，当时威尔就在那儿，大概在二十英尺外。他的声音还在我的耳畔回响：爱丽丝，快离开那里，我已经在路上了。

尽管面对科班的威胁，我也感到恐惧万分，但听到威尔的话，我只是感到了解脱。因为他还活着，他会来找我。经历了心碎和这些戏剧性的事情之后，我还会再次见到他。

但是现在呢，我感觉万斤巨石压在心头，只有深深的失望，我甚至不知道接下来会发生什么。

我用浴室台子上的一次性牙刷和牙膏刷了个牙。埃文在梳妆台上放了一叠苏珊娜的衣服，我拿了一件T恤和瑜伽裤，然后向大厅走去。

埃文的家真是气势非凡，高高的天花板，优雅的雕塑，宽敞明亮的房间，一间比一间气派。我走出大厅，左右晃动了几下头，由衷地佩服苏珊娜的品位。我走到一扇关着的门前，这是位于左侧的最后一间屋子，我能猜到这是谁的房间，如果我打开这扇门，我敢肯定里边的墙是粉色的。

我被靠楼梯的墙上的照片吸引住了，在婚纱照和旅行照里边夹杂着几张近期的婴儿照。最中间的照片上，一名优雅的黑发女人怀抱着一个婴儿。这两个人我从未见过，但是我却莫名地感到痛苦，主要是因为那个每天要从楼梯处经过的男人。他每天都是怎么从这幅照片前经过的？他是否蒙上了自己的眼睛，又是否移开了视线？如果是我，我根本做不到。

我走下楼梯，一股东西烧焦的味儿又差点儿让我吐了出来。等呕吐欲下去了，我跟着声响来到了厨房，入眼处是黑色的橱柜和闪着光的不锈钢厨具。埃文站在我后边，正往锅里倒胡椒粉。

"嗨。"我说。

他抬头看了我一眼，然后深深吸了一口气。这是对于我所承受痛苦的一种表现，是肺部的本能反应。我之所以知道，是因为我也曾遭遇过这种情况。在我最不想回忆的时候，那些记忆又朝我涌来。

"对不起，"我说道，退出了厨房，"我这就去换衣服。"

"不，不，没事的，"他清了一下喉咙，摇了摇头，"嗯，现在不是太好，但是很快就会好的。"

这就是我不想来这里的原因，因为我即将面对不属于我的回忆，进入到一个在我之外也并不欢迎我的领域。

"你确定？"我拉了一下T恤，"我不介意穿着它们。"

"嗯，穿着吧，你的衣服脏了，我发现你们俩的尺码差不多。快进来，我正在做晚饭。"他招呼我进来，示意我坐在对面。

晚饭？我看了看表，"现在几点了？"

"刚过六点，你睡了差不多有十七个小时。"

我瞪大了眼睛，坐在椅子上，"十七个小时，这怎么可能？自从上了初中，斯科特·史密斯给了我唱片之后，我就没有睡过这么久了。而且我还没有吃弟弟给的小药丸，真是不可思议。"

他嗤笑了一声："如果说我在过去的两个星期学到了什么的话，那就是悲伤也会有结束的时候。"

"我要给老板打电话，他——"

"不用了，我已经和泰德说过了，也告诉了你的妈妈。对了，她正在旅行,说让你有空的时候打给她,泰德说你尽管好好休息。"

"那警察呢?"

"约翰逊警探了解得不多。她说,如果你今早没醒的话,她会亲自来看看你,我认为这没有必要。我们明天早上的第一件事就是去警局录口供。"

"她有什么新的进展吗?"

"说了点,吃过饭再给你详细说吧。然后再想想应对的办法。"他的手伸向火炉,黑色的蒸汽像烟一样冒了出来,"我在做玉米卷饼。"

"好,但是,嗯……"我往那边指了指,埃文顺着看过去。他急忙跑到锅旁。把锅从煤气上拿开,但是已经晚了,里边的菜已经变成了焦黑的一坨。

他把菜和锅统统丢进水池,拧开水龙头,"要不——吃比萨怎么样?"

"我想去陪陪你,"母亲在电话里说。我能想象她站在客厅里,背着旅行袋,攥着车钥匙的样子,"我什么时候来合适?"

我坐在厨房的桌子旁,看着他用清洁球刷锅,他的胳膊上沾得到处是油。他一直洗了冲,冲了洗,似乎永远都刷不干净。

"等我拿回房子再说吧。"我的声音刺耳,语气歇斯底里,跟妈妈的声音形成了鲜明的对比。我尽可能地平复自己的语气,"这里依然是犯罪现场,我还在埃文家里。"

听到我提起他的名字，他冲我抬了抬下巴。

"他真是太好了，"母亲说，"替我给他一个大大的拥抱，好吗？告诉他，我非常感谢他。"

这种温暖的感觉，让我的脸上浮现出一丝笑容。妈妈说得对，埃文·谢菲尔德是个难得的好人。尽管因为灾难我们才产生了交集，我依然觉得自己像中了大奖一样。

"妈妈说，她非常感谢你。"

埃文抬起头，咧开嘴笑了，他关掉水龙头，把锅扔进垃圾桶，"跟她说，我喜欢吃派，尤其是樱桃派。"

我照说了，母亲说她马上就给他亲手做一个。她长长出了一口气，如释重负地说："听到你一切都好，我非常开心。"

我们又聊了一会儿，但是我并没有告诉她关于威尔的事。我要先和埃文想出一个计划，直到我确定自己该对警探约翰逊说些什么，我不想把任何人牵扯进来，不管是用谎言还是找个借口糊弄一下，至少得保全母亲不受牵连。我借口说自己累了，又保证明天再跟她好好聊聊，才挂掉了电话。

埃文隔着桌子递给我一瓶冰啤酒，也跟着坐了下来。

"警察已经找到 AppSec 失踪的钱了。"

"全部都找到了？"

"差不多，好几百万美金呢。"他喝了一口又继续说道，"他们在科班的电脑里发现了线索。" 事实已经很明白了。当迷雾驱散，所有真相都会了然于众。我明白了，我甚至都不用去想就知道那些钱怎么会出现在那里，为什么会出现在那里。

"是威尔干的，是他把钱放在那里陷害科班的。"

埃文耸了耸肩，他的表情写满了认同。

"科班工作的那家银行，处理了全部的 AppSec 的交易，他……"

"他把他所有的股票都转移到位于巴拿马一家由他控制的公司，并且以最高价格卖出，科班对我说过很多次了。但是，威尔为什么把所有钱都留了下来，他为了偷钱费了那么大劲儿，为什么不留下足以陷害他的金额，然后把剩下的钱带走？"

"也许威尔并不仅仅是为了陷害科班，也有可能是为了洗清嫌疑。有了这些钱作证据，警察就没有理由去调查他了。"

"除非现在怀疑他谋杀。"

"有可能，但是一旦我收集到证据，他们就举步维艰了，他们手上只有你家旁边的一片被踩平的草地和法医从科班头颅里取出的子弹。除非他们有本事追查到那把枪的来历。"

"可他们一定查不到。"虽然我不知道威尔用那把枪做了什么，但是我知道，那把枪已经永远消失了。

埃文喝了一大口酒，抬起头对我说："昨晚之前，我原以为这是不可能的，没有人可以在实施犯罪时不留下任何线索，没有人可以如此聪明，但是你丈夫可能是个例外。因为所有的事情都在陡转直下，自由航空公司在事故现场找到了他的公文包，包已经摔坏了，而且看着脏兮兮的，还被雨反复淋过，但他的笔记本电脑还是完好的，并且已经被送到实验室分析了。但是谁又知道呢，如果笔记本电脑里有什么证据，他们也可能会反败为胜。"

我知道，我知道他们将会调查出什么，那就是他们将一无所获，哪怕是任何可以证明威尔和盗窃案有关联的证据。实际上，我敢打赌，他们口中任何试图证明威尔有罪的言论最后都只会证明威尔的清白，威尔是一个理想的员工，他连一分钱都不会偷的。

"听着，我把你当作朋友，我了解你现在所处的两难境地。如果警察发现威尔依旧活着的证据，如果他们将科班的死因归结于他，威尔就会入狱，这是毫无疑问的。我知道，如果这种事发生，那么结果将会是灾难性的。"

我点了点头，等着他说出下一句但是。

"但是，作为你的代理律师，我必须奉劝你说实话，做伪证也是种犯罪，并且非常严重。你的配偶身份允许你可以不透露电话的内容。但如果警察问你是否在事故后和威尔通过话，如果你说假话的话，虽然我们的保密协定依然有效，但我就无法为你辩护了。"

"我明白，我不会让你为难的。"

"昨晚咱们俩靠得太近了。"他的语气严肃，但声音却是温暖的。

"下不为例。"

"好，"他点了点头，把手放在桌子上，就好像这件事已经解决了一样，"你还有什么要跟我交代吗？如果在明早之前我能有个心理准备，可能对我们都会有利。"

我想象威尔在小屋的阴影中站着，他脸色铁青，透过窗户，用枪瞄准一个人，毫不犹豫地扣下了扳机，那颗子弹划出一道死亡弧线。我一阵反胃，我知道，他是为了救我，但是他因此而杀人了。而在这次事件的背后，是一大笔赃款。

我又想起他跪在走廊上的样子，他的神情既紧张又充满希望，我等他说出来那几个字：你愿意嫁给我吗？我依旧记得心底里乐开了花，泪水顺着微笑的脸颊流下来，我迫不及待地说，愿意，愿意，我愿意。

我真的清白了吗？我真的要告诉警察我的丈夫还活着？他还是个杀人犯？

我闭上眼睛，"我不知道。"

门铃响了起来，晚饭送来了。

"你再好好想想，有什么事儿就告诉我好吗？"埃文说道，他伸出一只手搂住我，然后站起身来，"该怎么做就怎么做，如果做不了你的律师，我也会是你的朋友。"

第三十二章

我把粉色的茱萸混着泥土放进邮箱，把土均匀地撒在四周，这是一个阳光明媚的早晨，亚特兰大的春天格外令人着迷。明媚的阳光，适宜的湿度，鲜花遍地——从窗户里边朝外看去，笔直的街道两旁盛开着粉色和白色的山茱萸和樱桃树，盛开的景象将整个城市都笼罩在一层黄色花粉之中，呛得我很是难受。

这已经是第三十三天了，我并非刻意在数着日子，而是威尔已经三十三天没有消息了。

几天前，约翰逊警探告诉我，"这个城市里有两万多个摄像头，并且还在不断增加，不管是谁，只要在这里出现过，就不可能不留下踪迹。"

她的话更像是警告，据自由航空和格鲁吉亚公共健康部称，威廉·马修·格里菲斯已经死了。但据约翰逊警探和亚特兰大警局所言，事实还有待商榷，杀死科班的人还没有被抓到，事发现场也并未发现威尔的DNA。

但是自从死亡证明出来之后，保险公司和埃文的事务所之间便开始频繁地书信往来。上星期，埃文给了我三张支票，金额那一栏里有好多个零。我按埃文所说把它们全部存进一个有息账户里，在我确定威尔真的死了之前，我是不会动它们的。

但是今天，我仍是孑然一身。

威尔把自己的行踪掩盖得很好，警察难以通过电话号码或者我和科班的通话记录追查到他。在那台被复原的电脑里，他们也找不到威尔挪用公款的任何证据。他们怀疑威尔还活着的唯一原因就是我：因为我告诉了约翰逊真相——那天早上的口供证明了我的清白，将一切都澄清了，我告诉了她一切，从发生事故的那天早上开始。她看起来并不吃惊。但是她说，在找到确凿的证据之前，不管他是死是活，最好一分钱都不要动。

"嗨，爱丽丝，"我的邻居科勒特在街对面叫着我的名字。她抬手指了指那片鲜花，我种鲜花是因为那片灌木已经被警察和报社记者踏平了。

"看起来还不错。"

我摆了摆手，站起来说："谢谢，只是在明天卖房之前收拾一下而已。"

我正说着，胸中忽然一阵剧痛。尽管银行账户里存着几百万，我现在却要卖房子。我无力单独支付房屋贷款，并且因为要照顾威尔的父亲，我已经把信用卡刷爆了。我把他送到了一个私人养护中心，那里的条件很好，只是每月的费用几乎要把我压垮了。即使埃文向我保证，等自由航空公司那头一了结，钱就不会再是问题，蒂芙妮说得没错，她甚至还提供了一些单身派对的照片来支撑自己的论据，但这个调查会持续数月或者数年之久。经纪人告诉我，现在是出售的最佳时间。

"春天正是售房旺季，爱丽丝。现在卖的话，赚得最多。"这差点儿没让我拒绝他。

你这个智障，我卖房子不是为了赚钱，而是为了现钱。

我告诉我自己，这仅仅是一栋房子，一个不重要的死物而已，即便是没有房子了，记忆还在，但我还是觉得心疼。尽管床空了一半，地上有血，我还是不想离开这里，就在一个月前，我和威尔还计划要一个孩子呢。

"不是吧，你要搬家？"她露出一副惋惜的表情，眼睛瞪得像金鱼一样。我似乎可以知道她心中所想——等你离开后，我们就可以肆无忌惮地讨论你了。

我点了点头，"这个地方对我一个人来说太大了。"

我突然感到一阵剧痛，就像坠机那天一样强烈。出事的那天早上，我是如此渴望怀孕，而现在我真的怀孕了，而且已经怀了一周。我成了统计学家，十个怀孕的人就会有一个流产，而我心中的悲痛也会断断续续持续那么久。我告诉自己，这样反而更好，这个孩子将会把我和威尔紧紧联系在一起，永远不分离，这是一种比婚姻更复杂的关系。但是光是想想以后的日子，我就够伤心的了。

她对我灿烂地笑了笑，"我们会怀念有你在的日子。"

我敢打赌，媒体很快就会对我这件事失去兴趣，但是我的邻居不会。他们会拿着锅和食物来找我，喋喋不休地问我昨天晚上发生的事情，希望我能告诉他们一些新闻上没有说的事。那些事会让我成为英曼公园知名度最高的住户。

但是就像我对科勒特所做的那样，我礼貌地回绝了他们，转身就走。

但是当我走进屋子的时候，埃文给我打来了电话，"嗨！"

"嗨！"我说道，然后笑了起来，埃文和我每次都能聊好久，开头第一句总会问，"你过得怎么样？"

"勇士与卡茨二比二打平，就这点儿事。我在棒球场的休息区找好了位置，在那里见面好吗？"

我和埃文还有一个共同点，那就是我们都喜欢看体育节目。在这几周里，我们发现彼此的兴趣点都很相似，我们对彼此的需要已经超出了对失去彼此的伴侣的相互慰藉。当你回想这件事是如何把两个人聚在一起又把他们分开时，会觉得奇怪，可能某一天，很久以后的某一天，我和埃文之间还会有更多交集，但是现在还没有到那个时候，我们都要哀悼亲人的离世。

"当然，"我说道，"但是该你去买热——"我走进厨房，威尔赫然站在那里，我一下子喘不过气来。

他看起来风尘仆仆的，比上次见面瘦了，脸上的皱纹更深了，遍布了整个额头，嘴巴像个圆括号。就连本来一头黑色的短发，现在也泛灰了，不过他还是像以前一样帅气，我整个人都呆住了。

"怎么了？"埃文在电话那头说道，他的语气变得严肃，"你没事吧？"

"没事。"我简直都要窒息了，甚至连这句话都说错了，我自己都听不清自己说了什么。

那边没声音了。"是他吗？等一下，不要回答，小心点，等会儿你再打给我。"他挂了电话。

我哗啦一声把手机扔在墙角，我们四目相对，我扶着大理石扶手，想要发泄体内的愤怒，但是我没有，我只感到了宽慰、敏捷和突然，还有爱，就像心头涂了蜜一样。我依然爱着他，真该死，我还是喜欢他，经历了那么多谎言和背叛，我还是喜欢他。

"天啊，我一直在想你。"他小声地说道。

我跑向他，紧紧地和他抱在一起。他似乎没有想到我会这么做，往后退了一步，但他还是抱住了我。他环着我的腰，我抱着他的脖子，我简直忘记了一切。我唯一知道的就是他在吻我，我也在吻他，三十三天，这是我们最长久的分别。

接下来，我才慢慢恢复了意识。

我挣脱他的怀抱，用尽全身力气朝他脸上打了一巴掌，声音大到整个厨房都在回响。

他一动不动。

我又打了一下，他的脸上已经泛起了红色，那是我手掌的痕迹。

他的肌肉抽搐了一下，但还是抬起了头，准备迎接下一掌。他似乎很喜欢这样，很喜欢疼痛的感觉一样。

当我住手后，他的表情放松了下来，说道："你不该来找我，也不该这般寻求真相。"

"什么真相？在过去的几个月，我明白了，从你嘴里说出来的话，没有一句是真的。"

他摇了摇头，"我对你的爱是真的，从来没有说谎，一次都没有，百分之百真实。"

我的心里一阵剧痛，环顾整间厨房，感觉既陌生又熟悉。看着冰箱上的纸条，酒吧的照片，我们花了一个周末从南加利福尼亚开车买回来的大理石柜台，我又一次泪眼婆娑。

"可是你还是选择了钱，而不是我。"

他没有点头，也没有摇头，"我把钱送回来了，你忘了？"

"你没有把钱送回来，你把它放在科班的电脑里了，你的目的是什么呢？想让警察停止对你的调查，认为你已经死了？"

"我这是为了你啊，我杀哈克也是为了你。在看到武器之前，警察是不会动手杀人的，但哈克却是一个不折不扣的浑蛋，他可以眼都不眨地捏断你的脖子，只因为他知道我在看着。我不可能让他得逞的。"

哈克？我皱了皱眉，"我以为他在哥斯达黎加。"

"哈克就是科班，他的真名叫科班·哈克，而不是海耶斯。"

突然间，一切似乎都说得通了。

那个来自雷尼尔·维斯塔的小孩就是科班，他母亲就是那个做证的女人，那个声称火灾当晚听到三个人在吵架的女人。科班就是哈克。威尔最好的朋友本该在哥斯达黎加经营一家冲浪培训班，但他其实一直在亚特兰大。

谎言又一次接踵而至。

我把手抱在胸前，扶着桌子坐下，"告诉我真相，威尔，这次你要把一切都告诉我。"

我们在这个小房间里把话说开了，就算是吵得最凶的时候，我们之间也从未有过这般隔阂。就在仅仅一个月前，我们还在这张沙发上无话不谈，威尔把我抱在怀里，我们手拉着手，顾不上说话，一直亲吻着。但是今天，我们之间隔着四张沙发和一个咖啡桌，就像两个相隔甚远的火山口。

威尔身体前倾，把胳膊肘搭在膝盖上，整理桌上的一沓杂志。看得出来，他正紧张地组织着语言，在那沓杂志旁边，有两个装冰水的瓶子，午后的阳光将它们融化，我看到一滴水滴越滚越大，最后流了下来。

"我告诉自己，你不知道我的一切，这无关紧要。"威尔说着，依然低着头，"关于我那部分的生活，就是在雷尼尔·维斯塔的那段生活，我觉得没必要让你知晓，因为我已经把那段日子抛在脑后了。"他观察着我的表情，预测我的反应，他也一定不会喜欢他现在的表情，因为他正皱着眉。"你要明白，我已经不是当年的那个我了。"

我托着腮，一字一顿地说："到底是谁放的火？"

"我对火灾一无所知，这全是哈克搞的。"我沉默了，威尔目光游离，就好像这些话给了他活力一样，"但是，我确实知道他想干什么，我知道，但是我没有去阻止他，我也没有去敲邻居家的门，劝他们离开那里。"

"天啊，威尔……"我的声音戛然而止。

他看着我，露出内疚的表情，"我知道，我都知道，在未来的日子里我都不会忘记那个妈妈的惨叫，我都不会忘记那两个孩子被装在裹尸袋里抬出来，但是，我对天发誓，绝对不是我放的火。"

"你的妈妈那天晚上也去世了。"

"她做了那种事，就不配得到我的怜悯和眼泪。"他的语气中没有愤怒也没有痛苦，他的母亲不是好人，还有同她结婚的那个男人也不是。

"威尔，我在西雅图见到你爸爸了，他过得并不好。"

"你想听到我说我感到很愧疚吗？我不会的，你也不需要，你更不需要给他钱，任何一个在三更半夜吵醒自己孩子的男人都不配得到一分钱，我已经同他和那里所有的人撇清关系了。"

"除了哈克吧。"

威尔摇了摇头，靠在沙发上，肘部支在大腿上，"不，我不知道他是怎么找到我的，我们的会面并不愉快，他只给了我一个选择，他命令我把所有的股票转移到他的名下，不然就会把所有事情告诉你。他这个狗娘养的，简直太疯狂了。但是他很聪明，他知道别人的死穴，他知道你是我的爱人，也知道你对我的重要性。"

我闭上了眼睛，那些话又让我感到一阵恶心，听听他说的都是些什么鬼话。科班也许是个导火索，但犯罪的人却是威尔。首先，是他从 AppSec 偷了钱；其次他还枪杀了别人，动机只是因为有人威胁他，他当然脱不了干系。

我的胸中又出现了一阵似曾相识的疼痛。但是我忍住了。"接着说，"我说，睁开了眼睛，"所以又怎么样？"

"接下来的事儿你都知道了。尼克发现了情况，然后我离开了。"

"不，我是说，你知道在你转移完股票之后发生了什么吗？五百万赃款藏在你的账户里，你永远都不会开心的吧？"

"我知道，但是……我只能去转移那些股票，别无选择。"

"你可以告诉我实情。"

"不，我不能，"他快速地摇了摇头，"你不懂，我从未见过像你这样的女孩，聪明、风趣而又温和，还这么漂亮。"他看着我，脸上的皱纹都展开了，"光凭你看我的眼神，就足以让我爱上你了。"

"我是怎么看你的？"

"你看我的眼神，让我觉得自己是个好人，觉得自己值得被你爱。"我点了点头，这话说得不假。我的确认为他是个好人，认为他值得我去爱。我从来不认为他是一个小偷、骗子或是杀人犯。我爱的这个人，他有哪部分是真的呢？我们的哪些交集又是真的呢？

泪水流了下来，我的眼泪如同断了线的珠子一样。我已经憋了很久了，现在只有我们俩，我抑制不住放肆大哭起来。

"哈克冒充你给我发了短信。"

"我知道，这是我知道他之所以消失的原因，也是我回来的原因。"

"你一条短信都没给我发吗？"

"头两条是我发的。我追踪到你和戴夫在西雅图，我知道你在那里干什么，我想阻止你，但却没有成功。这时我又发现了哈克的阴谋，我把那张纸条放在你抽屉里，因为我很担心，但是……"他摇了摇头，"后来的短信都是他发的。"

"但是为什么？"

"可能他想强奸你，或是想弄明白你到底知道多少情况，也许两方面都有吧。他已经疯了。"

"那飞机坠毁呢？"

我正要说几句谴责的话，但是他突然坐直了身子，"我和这件事没有任何关系。"

"你怎么证明？"

"我正准备去奥兰多，你忘了？我——"

我打断他，"我问了杰西卡，你根本没有会议要去出席。"

"是，没有会议，这都是因为他，"威尔皱了皱眉，"我付五万美金，他会卖给我一个新的身份，让我彻底消失，我们在基韦斯特见面详谈了此事。"

我回想起那天清晨，他在床上送给我钻戒的场景，还有我戴上钻戒时他的表情，以及他流下的眼泪。

我示意他接着往下说。

威尔深吸一口气，又长长地吐出来，"不管怎么样，我错过了航班，所以我在门口等待自由航空公司的下一趟航班。你都想象不到自由航空公司的系统有多少漏洞，我简直没费什么工夫就买了张票，把我的名字加进了乘客名单里。一开始我没有意识到，直到后来那架飞往西雅图的飞机失事，打开了潘多拉的魔盒。"

我想起了坠机时，苏珊娜把艾玛紧紧抱在胸前的场景，想起了追悼会上埃文痛苦的眼神。"那些可怜的人！那些可怜的家庭！整整两周，我以为你也是逝者中的一员，被炸成碎片散落在玉米地里了。你知道这给我造成了多大的伤害吗？"

"我知道，对不起。我一开始不能告诉你真相。"

我低下头，看着我紧握的双手搭在膝盖上，看着我丈夫给我戴上的那两枚戒指。然后我把一只手掌置于胸前，戒指就挂在胸前的衬衫上。"你的戒指是怎么回事？还有公文包和电脑又是怎么回事？"

"提前安排好的。"他抽搐了一下，"人们为了钱什么事都干得出来。"

像你这样的人才会这么做，痛苦在我的胸中回荡。我需要知道真相，但是我现在真想打自己一巴掌，不想听到他的话。我想按下 Ctrl-Alt-Delete 键强制自己重启。太多真相让我难以承受，我的丈夫就是一头野兽。

"看见了吧？"他说，"你已经在这么做了。"

"做什么？"

"用异样的眼神看我，就好像你在想当初为什么会爱上我。"

我无话可说，因为这是真的，这就是我正在想的。

他移开视线，把目光转移到他去年生日时我送他的滚石乐队的照片上。"你一直给我说什么本性、养育和你所教的那些富家子弟，可你却不能设身处地为我着想。你永远无法想象，你的父亲整天只知道家暴，连份工作都保不住，而你的母亲每天都酩酊大醉，根本没时间管你是种什么滋味。你永远不会食不果腹，要靠变质的蛋黄酱和发霉的面包制成的三明治来充饥。你的生活比那种强太多，你甚至都无法想象那是什么样的生活。"

他的话沉重地压在我的心头，是的，经验告诉我，不要因为父母的行为不端而去责备他们的孩子。孩子是父母教育的产物，失败的教育或是父母的缺失会遗传到下一代，尽管孩子本身是无辜的。我经常这么说，次数多到把威尔都给说服了。他知道我不会因为他父母的失败而看轻他。

但是他同样也知道，我告诉自己的学生要抛下那些过往。我教他们要为自己的行为举止承担责任，遵守规则，实现自己的理想。这些我也告诉过威尔，但是就如同之前我选择性地相信他一样，他也会选择性地听他想听的。

　　"我不知道你的生活，因为你从来没有告诉过我，也没有尝试着告诉我。如果我不知道，我又怎么能想象这件事？"

　　今天，威尔第一次变得如此充满戒备，他扶着沙发边，额头拧成一团。

　　"别这样，爱丽丝，能不能现实点？如果我告诉了你，你又会说什么？如果我们第一次约会的时候，我就告诉你关于哈克的事和我的计划，一个绝顶聪明的计划，这个计划足以将我们想都不敢想的钱拿走，你还会给我你的号码吗？你还会答应第二次约会吗？"他摇了摇头，"我认为你不会。"

　　"你和哈克都做错了，威尔，不管是对你父母，对那些可怜的孩子和他们的母亲，还是对 AppSec，对我，对我们的婚姻来说，你们都做错了。如果那架飞机没有坠毁呢？你就去佛罗里达然后人间蒸发吗？你就没有哪怕一秒为我着想吗？"

　　"我只为你着想，即便是我离开了，我想的也都是你，我想和你有一个孩子，我们一起慢慢变老。爱丽丝，我希望我们永远在一起。但是我和哈克的事难以回头，他威胁我说会告诉你我的事情。并且，尼克也发现了股票的事，他知道是我转移了股票，所以我不能久留。"

“那是因为你想要那些钱！”

他的两只手拧在一起，关节在大腿上按得发白，“不！我不是为了钱。我才不想要那些该死的钱。”

“那你为什么不能留下？”

他绷紧了下巴，转移了视线。

“告诉我！”

“因为我宁愿你认为我死了，这个解释可以吗？”

他的话就如同枪炮一般，伤害巨大，可我只能默默承受。他宁愿我认为他死了，这是什么理论？我在等他给我一个解释，他挑衅的神情转而变为痛苦，表情扭曲，就如同面具勒得太紧了一样。

“我弄砸了这么多事，在遗产这事儿上我不想再出岔子了。我想要你真的认为我死了，这样你就不会知道真相。我希望你对曾经的爱人，与你朝夕相处的男人，能有一份美好的回忆。”

他的话伤透了我的心。我从未像现在这样感到困惑。人死了，几百万丢了，为什么威尔做错了这么多的事情？我知道我应该暴跳如雷，我应该感到愤怒和厌恶。

但是现在，看着他那张英俊却疲惫不堪的面庞，我的心里只有痛苦，那是一种从未有过的悲伤，他宁愿伪造死亡也不愿说出真相。

我一阵抽泣，这把我们俩都吓了一跳。“我应该讨厌你，我想要讨厌你，和你同坐在一个屋檐下，我应该感到恶心。但是我却没有这种感觉，我依然爱你，我鄙视我自己。"

他靠近我一些，沿着沙发挪到离我不到一尺的地方，"我永远爱你。"

这是我所了解的唯一真话。每个人都有可取之处，威尔的优点是知道如何去爱。

"所以呢，现在怎么办？"我又开始流眼泪。因为我已经知道接下来会发生什么，他会离开，从此销声匿迹。

他拉着我的手，用拇指轻抚那枚他之前给我戴上的卡地亚戒指，那枚本该还给他的戒指。我知道我会一直戴着它，直到生命的终点。"跟我走吧，我们去山里住吧。那里可以俯视大海，睡在星空之下，我们可以一起远走高飞，从此只有我和你。"

在他说完之前，我就摇了摇头，我不能离开戴夫，也不能离开我的父母。我甚至不能接受搬到西海岸，更别提销声匿迹了。我比任何人都清楚地知道，我的离开会给留下的人造成多大的伤害。

他笑了笑，却让我感到无比悲伤，"值得一试哦。"

他把手指放在我的胳膊下边，我开始颤抖起来，威尔知道我的软肋，我的皮肤一向非常敏感。

"住手。"我轻声说，但却是口是心非。

"我不能住手，也不能离开。"他的手在我的腰间来回抚摸，我的手也搂住他的肩膀。一切都如此自然，就好像世界上只剩下我们两个一样。"离开之前要和最爱的人说再见。"

所以一切都要结束了，这就是告别。我提醒自己，他离开了我，我应该开心才对，我想出了一堆原因——谎言，金钱和欺骗；他那将死的父亲和去世的母亲；科班，还有两个死去的孩子，尤其是这两个孩子。他不是我嫁的那个男人。因为他的所作所为，我应该恨他才是。

　　但当我看着他的眼睛的时候，他看起来又像是我的丈夫，是那个和我一起在众多游客的围观下，在石头山顶共舞的男人；是那个在我说我愿意时，给我戴上戒指，向我致谢的男人；那个说要我生一个长得像我的女儿的男人，但这也是我最后一次见到那个男人。我看着他，我还记得他曾经是什么样的，我们曾经是什么样的，我的心又一次碎了一地。

　　他吻了我，我也没有反抗。不——远不止于此。他吻了我，而我将这三十三天以来的痛苦和困惑还有解脱通通沉溺在吻里吻了回去。我们吻了好久，好像有我们这辈子所有的吻加在一起那么久。突然间，我竟然想不到拒绝的理由，这是我和威尔之间最后的告别。过去的一个月我过得那么痛苦，但此刻我竟然没有一丝痛苦的感觉。他想要我，我想他回来，一切都这么自然而又简单。

　　我拉着他的手，把他拽下沙发，我们上了楼梯。我们把衣服扔在半路上、楼梯上，床角边全都是棉花和扯碎的粗斜棉布片儿。

　　当我们脱完衣服，他把我压在他身下。伴随着温暖、崇敬和爱意，他进入了我的身体。他把我的手放在他的胸前，用一根手指轻抚那枚戒指——他送给我的那枚戒指，"美丽的女孩。"

我抱紧双臂作为回应，诱惑着他。

我们做爱了，一切都是如此自然，又如此让人心碎。有多少次，我们带着甜蜜、心酸和对彼此的熟悉躺在这张床上，就像现在这样，至少有几千次了吧。而这一次，却注定是我们的最后一次了。

他的嘴唇在我的身体上游动，亲吻我的脖子、我的胸部，爱抚我的每一寸肌肤。我只觉得高潮渐起，它在我的内心搅动旋转，但是却又触不可及，我闭上眼睛，双手抓紧床单，等待着它的来临。可能是为了报复，为了用他伤害我的方式伤害他，为了用他背叛我的方式背叛他。也许是为了公平，平实又简单，要威尔对火灾、对金钱、对无辜生命的消逝负起责任，抑或是两者都有。我的理由并不清晰，但我的下一步举动却再明白不过了。我从来不曾怀疑它的正确性。

我睁开眼睛，他还在我的身上游走。他的头微微向后仰，紧绷的面部也放松下来，眼睛也因为快感而闭了起来。很久之前我就知道，这一刻至关重要，这一刻是对他的审判，至少会持续几秒钟。

我把手伸到床头柜后，按下了那个令人感到恐惧的按钮。

一共只用了三秒钟。